流動的瞬間
—晚清與五四文學關係論

楊聯芬

總 序

　　1992 年，兩岸開放探親後的第五年，我在埋首撰寫論文〈大陸的台灣文學研究概況〉過程中，驚覺對岸對於台灣文學研究的投入成果，並在種種因緣之下，開始關注對岸文學，一頭栽進大陸文學的研究與教學。

　　多年來，心中一直記掛著應該把台灣的大陸文學研究情況也整理出來。因為台灣和大陸是現代華文文學研究的兩大陣地，除了兩岸學界的本土文學研究之外，還須對照兩岸學界的彼岸文學研究，才能較完整地勾勒現代華文文學研究的樣貌。去年，我終於把這個想法，部分地呈現在〈台灣的「大陸當代文學研究」觀察〉一文中。但是，這個念頭的萌發到落實，竟已倏忽十年，而在這期間，仍有許多想做和該做的事，尚未完成，不禁令人感慨韶光的飛逝和個人力量的局限。

　　回顧過去半世紀以來的現代華文文學研究，兩岸都因政治環境和社會文化的變遷，日益開放多元；近年更因大量研究者的投入，產生豐盛的研究成果，帶起兩岸文學界更加密切的交流。兩岸的研究者，雖在不同的歷史背景下成長，但透過溝通理解、互動砥礪，時時激盪出許多令人讚嘆的火花。

　　「大陸學者叢書」的構想，便是在這樣的感慨和讚嘆中形成的。從文學研究的角度來看，成果的交流和智慧的傳遞，是兩岸文學界最有意義的雙贏；於是我想，應從立足台

灣開始，將對岸學者的文學研究引介來台，這是現階段能夠做也應該做的努力。但是理想與現實之間，常存在著難以克服的主客觀因素，台灣出版界的不景氣，更提高了出版學術著作的困難度。

　　感謝秀威資訊公司的總經理宋政坤先生，他以顛覆傳統的數位印製模式，導入數位出版作業系統，作為這套叢書背後的堅實後盾，支持我的想法和做法，使「大陸學者叢書」能以學術價值作為出版考量，不受庫存壓力的影響，讓台灣讀者有更多機會接觸到彼岸的優質學術論著。在兩岸的學術交流上，還有很多的事要做，也還有很長的路要走，我相信，這套叢書的出版，會是一個美好開端。

宋如珊

2004 年 9 月　於士林芝山岩

序

　　楊聯芬女士的著作《晚清至五四：中國文學現代性的發生》即將在北京大學出版社出版。她把書稿送來，邀我作序，我欣然答應了。

　　我認識聯芬女士，是在九年前北師大中文系舉行的博士論文答辯會上。當時的印象是：她有才氣，肯下工夫，論文有分量，文筆也不錯。留校任教後則聯繫不多。有時見到她在刊物上發表的論文，卻來不及一一閱讀。這次系統地讀了她的書稿，作者在學術上達到的深度與廣度，不免令我吃驚，我才意識到站在我們面前的，已是一位頭角崢嶸、目光四射、相當出色的青年學者了。

　　這本著作並不全面敘述晚清到五四時期的文學歷史，但卻從發掘「現代性」的特定角度，深入考察了這一時期幾個十分突出的文學現象和作家作品。鈎沉析疑，燭幽發微。就人們熟知的若干老話題闡釋出極富啟發性的新見解，中肯而又精警，很有學術價值。其中第三、六、七諸章，我認為寫得尤其精彩。

　　晚清文學資料多而分散，長期沒有受到學界應有的重視，最近一二十年雖然出了一批重要學術成果，但相對而言基礎仍較薄弱。而且，誠如作者所言：「閱讀晚清小說，與其說是閱讀文學，不如說是閱讀中國近代以來的社會和歷

史」，往往會經歷「一個極其枯燥乃至絕望的閱讀時期」。
可貴的是，作者在這種情況下知難而進，充分佔有原始材
料，敢於突破前人陳見，積數年艱苦努力，終於獲得令人欣
慰的果實。真正的研究工作絕不只是「命名」，也不是對已
有成果進行並無多少新意的「排列組合」，而是必須在學科
領域內形成實質性的推進。楊聯芬的著作，我以為實現了這
一目標。

　　就我的閱讀感受而言，本書不是一般地討論文學的現代
性，它最出色的部分體現了三個特點：

　　一，進入歷史的具體情境，充分體察歷史本身的複雜豐
富與多樣。

　　以研究林紓的部分為例，作者具體考察了他用古文翻譯
一百幾十部西方小說的情況以及他作為譯者所寫的大量序
跋在當時環境中起到的作用；還搜集盡可能多的資料，論證
他的譯作對不止一代文學青年（包括魯迅、周作人、胡適、
郭沫若、李劼人、錢鍾書等）所產生的巨大影響。作者據實
指出：「由於林紓深厚的文學功底與敏銳的藝術感覺，他往
往對原著的風格，有深刻的領會。他用古文，竟然能夠惟妙
惟肖地傳達西方原著的幽默，這已為眾多現代作家所折服。」
並認為：林紓「借翻譯域外小說，為中國人打開了一扇通往
世界的窗口，不但將西方小說推上新文學之師的位置，而且
使小說這一樣式悄悄蛻去『鄙俗』的陳套，換上了『雅』的
衣衫。」這「正是那個時代調和雅（古文）、俗（小說），
溝通中、西的最適當的橋梁」。即使「林氏的誤讀雖常常掩
蓋了西方原著的人文主義光彩，但卻也是晚清那個時代廣大

士人階層可能接受和理解西方的最好策略。」在作者看來，林紓強調中西之「同」，實際上提高了舊派對西方的認識：「一是讓他們認識到西方文學與中國文學是相通的，『勿遽貶西書，謂其文境不如中國也』；二是讓他們知道西方人與中國人有許多相同的人性與人倫，並非無父的野蠻人。」如果「我們多少能夠體會晚清文學轉型的艱難，對林紓的誤讀也就多了幾分理解。」

　　對於林紓與五四新文學家的論爭，本書也作了深入的考察，連錢玄同、劉半農借虛構的「王敬軒」「設陷阱讓林紓上套」這類細節都注意到了。作者不但指出林紓性格狷介真率、拒絕袁世凱的拉攏，也介紹了庚子年間他在杭州「作白話道情，頗風行一時」的事實，從而如實地得出「林紓與新文化的分歧，並非是否使用白話，而是是否使用白話就一定廢除古文」這一結論。作者認為：「以五四激進主義為視角的文學史，由於『省略』了一些偶然事件的細節，一方面這個過程被簡化，另一方面這場帶有很強策略表演的論戰，在歷史主義的梳理下，帶上某種虛假的崇高色彩；在這種色彩中，林紓的形象是扭曲的。」但作者又認為，指出「五四一方」存在「為求『實質正義』而犧牲程序正義」的現象，「不是要對『正義』的結論進行否定，而是盡可能在解讀歷史進程的某種偶然性或非理性時，對歷史有一點更豐富和博大的理解。」這些看法都是比較公允和令人信服的。

　　二，良好的藝術感覺，富有靈氣的文字表述。

　　例如，對晚清重要作家蘇曼殊的論述，就頗得其神韻和氣質。蘇曼殊是一位極富才情、極有個性的作家。他是中國最早

譯介拜倫、雪萊的人。他的小說創作既開了「五四」浪漫主義
的先河，也影響過民國時期的鴛鴦蝴蝶派。作者結合蘇曼殊
的獨特經歷和藝術淵源，對他的詩給予了切中肯綮的評價：

> ……這是一個典型的傷感的浪漫主義者形象。
> 「契闊生死君莫問，行雲流水一孤僧。無端狂笑無端
> 哭，縱有歡腸已似冰。」（《過若松汀有感示仲兄》
> 其二）灑脫與豪放之中的孤獨、憂鬱，活畫出曼殊迷
> 人的魅力來。曼殊的詩，尤其是那些書寫離愁別恨、
> 感慨飄零人生、記載愛情的詩篇，「其哀在心，其豔
> 在骨」，雪萊式的幽深綿緲的品格，最令五四浪漫青
> 年傾倒。

作者指出：「從意象、用典看，蘇曼殊是古典的；但從表現
的真誠、大膽，感情的純潔看，蘇曼殊的詩是現代的，充滿
了拜倫式的浪漫情懷，也具有雪萊式的感傷和細膩。」關於
蘇曼殊的那些中長篇小說，作者認為代表作應該是《斷鴻零
雁記》，「最大的價值就是它完全顛覆了傳統小說的敘事模
式和理念。它不再像傳統小說那樣，以情節敘述為中心，追
求對人的外部生活情境的真實模仿；《斷鴻零雁記》採用的
是詩化的敘事，它的語言是主觀表現的，追求的是對人物心
靈的表現。我們通常說，五四小說完成了中國小說由講故事
到表現（向內轉）的現代性轉化，……但它的發端，卻不能
不追索到民國初年的蘇曼殊小說《斷鴻零雁記》。」「從《斷
鴻零雁記》開始，中國小說中出現了一種飄零者形象。」作
者上述藝術感覺和藝術判斷，不能不說都是準確而符合實際

的。尤其重要的是，作者還指明了蘇曼殊的特殊性：「與同時代的其他從事文學的人相比，蘇曼殊的文學活動最接近自然和『非功利』，這與晚清以來的主流啟蒙文學是不一樣的。也正因此，他的作品在啟蒙派作家那裏，始終不會有太高的評價——除了少數朋友陳獨秀、章士釗等。但他的浪漫主義風度，卻贏得了多情善感的（五四）年輕浪漫派的認同。」對於我們理解蘇曼殊的文學史地位，這些見解也都是相當劉切而有意義的。

　　三，寬廣的學術視野與縱橫錯綜的比較方法。

　　自魯迅的《中國小說史略》以來，曾樸的《孽海花》一直被定位為「晚清四大譴責小說」之一。其實，魯迅本人對《孽海花》的評價較高，既稱之為「結構工巧，文采斐然」，復譽其人物刻畫「亦極淋漓」，顯然有別於《官場現形記》、《近二十年目睹之怪現狀》那類作品。楊聯芬則進一步將《孽海花》從「譴責小說」中提升出來，與李劼人的《死水微瀾》三部曲放在一起，定位為「現代長篇歷史小說」。她認為：「《孽海花》歷史敘事的現代性體現在：它擺脫了一般歷史小說以重大歷史事件或重要歷史人物為中心的模式，不是演義『正史』，而是展現一種由世俗生活構成的『風俗史』；它塑造的人物，是一種可能更多借助於虛構的，而且在道德品性、行為方式、經歷和業績上都不帶崇高色彩的『非英雄』。」這和李劼人採用「把實際存在的歷史變成藝術的具文」的方法具有一致性。因而，在作者看來，「中國現代長篇歷史小說的開拓者，應當是曾樸，而完成者，是李劼人。」

　　楊聯芬從「風俗史」角度對「現代長篇歷史小說」所作的界定，也許會在學術界引起某些不同意見。因為，最具有「風俗史」色彩的巴爾扎克的長篇系列小說《人間喜劇》，至今未見有人稱之為「歷史小說」；作為歷史小說，自不免與「重大歷史事件」或「重要歷史人物」有一定的關聯。但是，即便現代歷史小說的定義及文字表述尚待完善，我們仍不能不承認本書作者有關曾樸《孽海花》和李劼人《死水微瀾》三部曲的見解，不但持之有故、言之成理，而且是頗為精當的。《孽海花》的確「透露著現代審美意識的新鮮氣息」，也「是晚清小說中結構最具長篇小說有機性的一部」。同樣，作者依據曾樸在法國文學方面的實際學養而作的下述判斷，也是完全有道理的：「《孽海花》的『歷史小說』意識顯然更多吸收了法國近代歷史小說的敘事觀念，即以包羅萬象的世態風俗描繪展示時代的風雲變幻與社會歷史進程，而在女主人公的刻畫和審美評價及道德評價上，明顯與傳統小說的女性觀不同，體現著以雨果為代表的法國浪漫派文學（似乎又不限於浪漫派文學──引者）的人文精神。」「《孽海花》的可貴，正在於它的『出格』。作者幾乎完全擺脫了傳統道德觀念和傳統小說的善惡模式，向讀者昭示：金雯青的窩囊、無能，恰恰反映了人性中非理性力量的強大；而傅彩雲惑人的美麗與情欲、她『磊落』的淫蕩，都令人想到法國文學從莫利哀到雨果，從巴爾扎克到福樓拜作品中那些風情萬種而又道德越軌的女主人公。」「曾樸的《孽海花》因為深入和生動地描繪了傅彩雲、金雯青這樣一類歷史進程中的『俗人俗物』，描繪了他們真實的人性和他們很難用『善』

『惡』進行衡量的道德行為，及由他們的生活所聯繫起的千姿百態的世態人生，使這部小說顯得那樣元氣淋漓（此四字為引者特別欣賞，故標以著重號——引者）。幾乎是在三十年後，新文學領域才又出現了李劼人《死水微瀾》《暴風雨前》這樣充滿現代歷史意識和浪漫詩情、結構恢弘的『風俗史』。郁達夫稱曾樸為『中國二十世紀所產生的諸新文學家中』『一位最大的先驅者』，『中國新舊文學交替時代的一道大橋梁』，是不過分的。」在對《死水微瀾》中羅歪嘴與蔡大嫂以及《暴風雨前》中郝香芸、伍大嫂等形象作了相當深入的分析之後，楊聯芬也說：「這些地方，使我們感受到，由深厚人文精神支持的法國文學的博大與寬容，給予了李劼人超越的氣度，『道德』的評價在李劼人筆下退隱，人性的真與善，上升為『美』。」這同樣是說到了點子上的批評。作者的這些精彩論斷，建基於中法兩個國家以及中國不同時期文學縱橫錯綜的比較之上，顯示了學術視野的相對寬廣。它與前述兩個特點融合到一起，體現了作者不一般的功力。相信本書讀者讀到這些地方，都會與我一樣產生同感，並給予讚賞的。

最後，我還想借此機會就二十世紀中國文學的「現代性」簡要地談些看法。由於我在上世紀八十年代初的一些文章中關注到中國文學的現代化問題（1981 年的《魯迅小說的歷史地位》一文就從文學現代化的角度考察了魯迅小說），《二十世紀中國文學三人談》一書的作者們，曾稱我為「最早提出」以「現代化」視角來研究中國現代文學的人，此後並在

海峽兩岸的有關報刊上引起過人們的注意和討論*。其實，
那時我還來不及就這個專門問題系統表達自己的意見。當初
我關注它，只是看到中國現代文學在發展中確實存在這樣一
條貫穿始終的線索；我以為這條客觀存在的線索，比長期以
來我們運用的「反帝反封建」這一主觀的政治視角要恰當得
多，完全可以取代後者。我也贊成作為思潮——而不是僅僅
作為因素——的「現代化」和「現代性」，應從甲午戰敗之
後算起。它作為一種新的質素，對此後中國文學的發展作出
了重要貢獻（無論在文學的內容和形式方面），構成了二十
世紀中國文學的顯著標誌，雖然「現代化」或「現代性」絕
非衡量文學成就的唯一根據。此其一。其二，文學的現代化
或現代性，絕不可與現代主義文學劃等號。現代主義文學只
是文學現代化或現代性的一種，除此之外，現代文學還有寫
實主義、浪漫主義、象徵主義等多種形態，它的道路應該是
寬廣的。歐洲文學史上雖然歷時地存在過古典主義、浪漫主
義、寫實主義與自然主義、現代主義諸種文學，但如果用物
種進化的觀點來看待它們，以為後起的必然比早先的進步與
優越，那恐怕是一種很大的誤解或叫做庸俗的理解。文學上
的多元共存（或曰共時性），不僅是二十世紀中國的現實，
也是歐美許多國家的現實，而且終將是二十一世紀全球的現
實。其三，自從科學、民主、個性主義、社會主義等現代思

---

*　見人民文學出版社 1987 年出版的錢理群、陳平原、黃子平所著《二十
世紀中國文學三人談》一書。臺灣學生書局 1988 年出版的龔鵬程《「二
十世紀中國文學」概念之解析》一書曾引用並看重這一材料。河北省
《文論報》亦曾刊載文章就此進行討論。

潮在中國興起，幾乎同時或稍後，就有其對立面——批判「現代性」的思潮（即後來被稱為「後現代」的思潮）出現——例如梁啟超 1920 年的《歐遊心影錄》。在我看來，所謂「後現代」，其實只是對「現代」的反思、糾偏和補充，它是「現代」的伴生物，卻永遠構成不了一個獨立的時代。其四，「現代性」在器物層面與思想文化層面完全可能互相悖離。物質生產最先進、最現代化的國家如果受反現代、反人文精神的霸權主義思想影響而不加以遏制，終將會對全球構成極大危險。中國二十世紀在文化思想史上獲得的巨大進步，正體現在「五四」之後整整一代知識份子擺脫和告別了王韜、康有為那種強國以稱霸全球的思想。以上各點，是我近十年來早已想說而尚未能說出的一些粗略見解，這次因受到楊聯芬女士著作的啟發順便作了表述，也許能大體代表我對文學現代性問題較完整的思考。其中必定有一些書生氣的並不全面的想法，我也願意得到有興趣研究此問題的朋友們的指正。

嚴家炎

2003 年 5 月 21 日寫畢於上海奧林匹克花園

閱人與讀書

　　聯芬的書獲在臺灣出版機會，囑我寫些文字，不免有些顧慮。大凡作序者，總是才高德劭，聲隆譽旺。而我與聯芬同輩，才學不逮，妄加置喙，其心惴惴不知何如。我素來疏懶，性好自然，不善假學術以表現人生。面對這樣的專門著作，先失了梳理剔抉的勇氣。幸好，有令晚輩尊敬的學界泰斗嚴先生序在前，字字珠璣，我可免勉力贅論之苦。

　　在課堂上，針對有的學生自卑，我常鼓勵他們說：不要迷信時髦學者，也不要迷信北大清華。你們天天看的書，有多少是流芳百世的偉大人物寫的。以後畢業，只要認真讀書了，他人問起你是哪所大學的學生，你就說，我是老子和孔子的學生，是李白和杜甫的學生，是柏拉圖和康德的學生。讀書其實就是在讀作者，在和作者接近、請教、交朋友。我們都有這樣的體會：許多幽冥的夜晚，都市的喧囂沉靜下去了，捧起經典，慢慢感到靠近那些偉大的靈魂，在品味，在交談，也在詰問。由此，我深切地感受到，對書的解讀，首先就是對作者的解讀。爬滿書籍的那些死寂符號，其實熔鑄了作者生命的精髓，鮮活的感情會在冷靜咀嚼中緩緩復活。

　　偉大人物為了延續自己的生命，才寄望於寫書，把精神留存下來，使靈魂活下來。聯芬不是偉大人物，也許永遠也不會成為偉大人物。但她的書，同樣是希望延續自己的生

命。對偉大人物的解讀，自有無數崇拜者去完成，而俗世還
遠沒那麼多熱情來賦予聯芬這個資格；那麼，我或許可以不
稱職地完成這個任務。我想告訴讀者，我所認識和交往的真
切的聯芬，以及她生成的那個時代和背景。這樣，被迫壓縮
在學術符號裏的她，就可以比較自然地還原。這個還原，也
許會幫助讀者對應起來理解她的書。

　　我與聯芬相識於上個世紀 80 年代初，是大學同班同
學。那大約十年時間，是深得我們這一代人懷念的幸福與痛
苦交織的時光。那個年代的價值，與現在比，有另一種值得
人珍重的畸形。文革剛剛過去，人民在猶疑與希望中踟躕；
天已發亮，幾分恐懼，幾分欣喜，都交織在明滅的黎明中。
校園裏兩代人同學的現象不少，有的年至不惑，有的卻乳腥
未褪。同學們嚼著菜根，滿懷理想和激情，非常關注國家的
進步與發展。人人自豪，也人人平等。誰學習成績優良，不
論高矮美醜、黑白窮富，誰就是大家羨慕與尊重的對象。那
時讀大學很不容易，升學率只有 5%左右。那個年代的大學
生，享受著社會的尊敬和關愛，也享受著社會主義制度「特
色」前的最後優越——全部免交學費。

　　我對聯芬的第一印象很差，因她剛入學，就提出了每月
三塊錢的助學金申請。她是工作後考來的，我想，工作過的
人應該有些積存，連國家的三塊錢也不放過，實在太貪。於
是，在班委會的討論中，我作為主要「幹部」之一，堅決反
對通過她的申請。後來，我知道了內情。她父親早逝，母親
沒工作，而且癱瘓在床，她因病休學，沒念高中，兩個哥哥

剛剛從大學畢業。而我自己家境較好，卻不知道替生活艱困的人著想。「左」的意識害人，這是我後來第一次切身反省到的。

那時的聯芬沉靜穩重，營養不良的臉上，透著淡淡的苦愁。一俟放假，同學們歡天喜地回家享受父母之愛，她卻得回家去照顧孤獨無助的寡母。她的眼光，時而憂鬱，時而明澈，時而順善，似乎蓄有許多我們當時那個年紀不曾經歷的內容。

聯芬的功課，不算非常刻苦，多憑興趣，不求甚解。她求學比較特別，不論期末考試多麼切峻，卻總是從容淡泊。他人緊張得輪番夜戰，她並不心慌。我一向認為，只有平常學習努力，基礎堅牢，才能胸有成竹。而她似乎漫不經心，基礎也未必扎實，就那樣不緊不慢的，考分又跳到了班裏前列。她興趣廣泛，功利性不強。當時的學生基礎差，求知欲很強，課外逮什麼學什麼。聯芬雖然也努力好學，卻是學什麼行則繼續，不行則就放棄，並不鬥狠逞強。比如她愛音樂，就參加合唱隊，還指揮班裏合唱拿過獎。她彈跳好，被體育老師看中，選去參加校田徑隊；但她韌帶不好，自覺沒前途，便自動脫隊了。她好像比較有組織能力，同樣是不經意中，就把全班的同學們網絡到一起。我則求甚解，不放棄，好高騖遠，愛憎分明，「左」得經常傷人尊嚴，把自己累個一塌糊塗。

當初，聯芬不是班「幹部」。很快，脫穎而出，進了系學生會做文藝部長。大學文娛口的幹部，自然多是女孩，但一般比較漂亮和開放，而聯芬兩者都不占。她看似成熟，其實單純，常常像心眼還未開竅。每年元旦前夕，學生會幹部

都要去校外館子會餐。在那個生活艱苦、肚裏缺乏油水的年月，聯芬自然也喜孜孜地跟著去。而我對這種「公款」吃飯行為，早看不慣。跟她談戀愛了，便覺有義務規勸，義憤填膺道：「別去了！你看普通學生怎麼沒這個吃飯機會？」她就醒悟過來似地點點頭，從此果然不再去參加這類聚餐。後來，她與學生會漸漸疏離，專心讀書。於是，某政工老師傳出話來：「這個楊聯芬，被李某帶壞了！」這是很嚴厲的暗示，因為當時大學生國家統一分配工作，政工們大權在握，幾乎可以決定一個學生的未來。好在聯芬馬上就要畢業，而且我們都取得就讀研究生資格，不必擔心被趕出學生會而影響分配。

　　還有一個插曲。臨畢業，同學們正忙著請託關係，激烈內鬥，我和聯芬卻無所事事。年級主任找我捉筆替本年級寫一份黨員服從分配的決心書，念及許多學生黨員的醜陋內在，我惡意加了一句「甘（孜）阿（壩）涼（山）沒人去，我們共產黨員去！」這三個地方在四川最落後，學生入黨，大多為獲得良好的分配「期權」，他們怎麼會願意去呢？決心書在學校廣播裏慷慨激昂地念誦，一老學生黨員聽後，咬牙切齒地低聲咒罵：「他媽的，誰寫的？」我和聯芬，背後笑做一團，喘不過氣來。

　　我們就讀於四川師範大學中文系，當年有一些很不錯的先生任教，現在我們仍然覺得是那個時代國內實力較強的一個系。聯芬本來準備考北師大兒童文學專業研究生，考前半年，我強烈建議她轉向現代文學。我原來喜歡現代文學，就把全部讀書筆記給她，介紹很欣賞我的現代文學老師楊繼興

先生教導她。結果，那麼短時間，聯芬居然專業考了第一名，她的答卷，據說大得導師郭志剛先生激賞。楊繼興先生是文革後第一批研究生，他的人生態度和學問，對聯芬影響甚大。後來，聯芬有幸與我們大學時代就仰慕不已的王富仁先生同事，王老師的學問人品，同樣深刻地影響了她。

在成都東郊獅子山，我們經歷了每月 17.5 元生活費、每周進城洗澡一次的貧寒、艱苦而充實的生活。每晚找教室自習時有意無意的相見，每月一起組稿、刻印班報的默契，交流讀書心得的愉快，停電後歡呼著衝出教室、在滿天星斗下散步的舒暢，還有獅子山上的野徑、果園、池塘……這一切美好溫馨的記憶，已經永遠成為生命的組成。我們珍視那個時代，在那個精神自由和精神啟蒙的時代，我們有幸親聆許多名流的演講，唐弢、艾蕪、郭預衡、劉賓雁、方勵之、流沙河、高爾泰……他們的形象和話語，在我們年輕單純的心靈上刻下的痕跡，至今仍栩栩如生。那個時代，是滋養了激情、理想並且自信可以去實現的時代。後來，一夜之間，仿佛一切都消散了。

我常常想，我們的歷史，其實是由別人來構成，但我們可以選擇別人。我們如果選擇了正直和富有人類智慧的人，來構成自己的歷史，不論他們軀體是否還存在，那麼我們就將具有值得回味的人生。同時，我們自己，也在構成他人的歷史，這使得我們時時感到有一種人生的責任。

1986 年夏，我被學校保送留成都讀研究生，而聯芬將遠赴北京上學。暑假中，我對她說：「我們結婚吧！」她想

也沒想，就回答道：「好，我們結婚。」語氣跟出去吃飯一樣自然。我們那時大學畢業，研究生還沒報到，處於「無業遊民」狀態。我不好意思去求系主任開證明，便字斟句酌寫了一封信，支聯芬去見蘇恒先生，而她竟也就大大方方去了。蘇先生純善謹嚴，平常對學生要求極嚴，這次卻破例為僅 23 歲就要結婚的我們大開綠燈。他看罷我的信，慈愛地笑笑：「這個李雙，什麼『無業遊民』！」於是，沒有婚紗，沒有儀式，沒有通知雙方家長，我哥恰好出差路過成都，便權充證婚人。我們去沙河堡買來一斤滷牛肉，三瓶啤酒，就完成了婚禮。

　　研究生時期，我們天南地北，彼此思念，精神的交流更多了。那時，新方法正熱，而校園內外激盪著的時代精神，也時刻撞擊著我們的心扉。從八四年開始，一大批新進學者的研究成果，徹底顛覆了我們從陳舊課本上獲得的觀點和知識。重新解讀魯迅，一大批像出土文物一樣的作家，突然兀立在我們面前；現代文學的歷史，正在被顛覆和重構。聯芬在研究生階段，仍然保持著本科時期的懵懂與單純，她自然地吸取，同樣沒有多少功利心。但是，她的感受力，和對理論的直接把握能力，開始在文章裏顯現出特色來。她寫文章不多，不過幾乎每寫一篇，都因富於靈氣而得到老師的誇獎。

　　我們的碩士學習，與 80 年代的歷史一同終結。1989 年6 月 1 日上午，我通過四川大學碩士論文答辯，下午即乘火車北上尋找工作。3 日下午 5 點 20 左右，抵達北京。聯芬到車站接我，原先白嫩的臉曬得紅黑。然而，僅僅幾個小時後，世界就改變了。我們被恐怖緊緊攫住。為了等待接收單

位的試講，我們被迫滯留北京，東躲西藏，豕竄狼逋。然後，是逃離北京，逃回四川，再逃回我的老家重慶。那是一個漫長而令人窒息的暑假，中國仿佛與世界隔絕，我們只能聽到一種聲音。那年夏天，我們夜夜坐在長江邊，在流水的嗚咽中，常常有幻聽。

後來，聯芬去中央財金學院（今中央財經大學）基礎部工作，默默呆了兩年，說實在受不了那裏的「左」，就考回北師大再從郭志剛先生讀博士，然後畢業留校任教。一晃，已經十一年。這十一年，她一直默默地看書、教書，對精彩的「外面世界」的一切，比較漠然。最近幾年，她好像開始爆發，一篇一篇論文陸續發表，贏得學界好評。錢理群先生今年在烟臺大學演講，引導學生說：「沉潛十年，好好讀書，不要太功利。」我就對聯芬開玩笑：「你正好符合這個十年之期。」

我一直覺得聯芬是一個悟性很高的人，但她好像並不喜歡純粹學術，或者準確說，不喜歡堆積一大串術語的學術。她好像與純粹理性格格不入，但又好像能迅速直覺地把握與她切合的理論的精髓。她的感情很豐富，很真切，不知道作偽。一般女性，尤其是知識女性，仿佛在天生具有與後天培養的合力作用下，常常有些不自覺的矯情和偽飾。但聯芬沒有這些。她真誠得近乎赤子，直率得近乎傻。在人際關係中，遇上別人的不遜，往往反應不過來，事後想想，才有點氣惱。她對人際交往，總說不清楚所以然。只要她自己感覺上沒什麼事，就什麼事也沒有，繼續捲縮在小屋子裏讀她喜歡的

書。等她感覺有什麼異樣的時候，早把別人得罪過了。90
年代，大陸「下海發財」熱火朝天，她卻始終呆在寢室（沒
有書房）看書，心靜如止水，仿佛一切人間煙火距離她很遙
遠——她的生存狀態，逼迫我只好離人間煙火近一些。於
是，使她盡可能獲得自由的心境，保持一種單純和寧靜，在
這些年的生活中，不知不覺漸漸成了我的義務。

　　記得 92 年左右，一位朋友從加拿大帶回一部錄像片，
描述一頭小熊失去母親、又被獵人追捕的悲慘命運。我們在
朋友家安靜地看著，默默地感動著。聯芬卻涕淚流淌，竟至
嗚咽失聲。我當時既感動，又有些微惱怒。她的動情，把我
的粗魯麻木映襯出來了。98 年冬，有一件印象更深刻的事。
我們全家去海南島旅遊，在三亞一間動物園的鱷魚池邊，兒
子突然「獸性大發」，要求我去買一隻活鴨子給鱷魚當食。
兒子特別喜歡動物，尤其喜歡爬行類動物，迄今為止仍然興
趣不稍減。我就去買來鴨子，聯芬堅決不讓投進去。我被兒
子的願望感染，也「獸性大發」，堅持要投。僵持良久，終
於投進去了。兒子興奮得大叫，鱷魚見有活物，立即撲了過
來。聯芬用變了調的哀叫呼喊，雙手掩住眼睛，淚如雨下。
那一刻，我突然發現了一個仿佛比較陌生的聯芬。以前只知
道她感情細膩但很堅強，但我還沒發現，對生命和弱者，她
會如此強烈、堅定地站在維護的立場。為此，我時常覺得很
慚愧，我懷疑自己的靈魂，是不是已經在生活的打磨下，變
得有些粗糙和油滑了。

　　今年夏天，她獲哈佛燕京學社邀請去做訪問學者。走後
半月，我電郵告訴她，最近讀了一本天津古籍出版的楊顯惠

著《夾邊溝紀事》，讀完我才知道，什麼是苦難。比較起來，我們這一代人，遭受的苦楚還很少很少。當我這樣感歎的時候，我突然想起，聯芬八歲失怙，少年養母，她心靈所經歷的悲苦，不知道比我要多多少。但她並沒有被苦難異化，苦難給予她的，是在生命中更珍貴他人的感情，更善良，更博愛。

我和聯芬，都是上世紀 60 年代生人。和上一代比，我們只經歷了文革末端，年紀小，對體制病毒沒有前輩體認的那麼刻骨銘心。與 70、80 年代的人比，我們的心靈深處，又埋藏著更多的對民族命運抹不掉的關切，似乎個人自由的特性不是很彰顯。這是時代的必然，我們無法規避。不過，現在我尤其感受深切的是，不論在什麼時代和文化環境中生存，都不該拋棄、慢待人性，都應當保持對人的尊重，對人性的尊重，對人類完善的追求熱忱。多少年來，面對那些非人的罪惡、可怕絕望的歷史輪迴，憤懣、抑鬱得不能自已。每當這個時候，聯芬和我，不免互問，治學術到底是為了什麼？學術到底可以貢獻於社會什麼？

清人趙翼評價李煜詞說：「國家不幸詩人幸，話到滄桑句便工。」聯芬之於學術，我理解，其最懇切寶貴處，依然是深植於一種深厚的情感，一種愛。

李雙

2005 年 9 月於京西花園村烏有齋

目　次

緒　論

一

　　在大陸學術界，「中國現代文學」作為一門學科，受制於 1950 年代大學學科建構時的政治理念，多年來主要囿於五四至 1949 年的文學。

　　儘管在八十年代中期，國內學者便提出意在打破這個局限的「二十世紀中國文學」命題[1]，但中國現代文學研究領域真正突破這個時限，將晚清納入現代文學研究的範圍，是在九十年代中期以後。而這，與西方現代性理論的傳播不無關係。

　　中國現代文學史敘述的「五四起端」論，應該追溯到 1935 年出版的《中國新文學大系》。這套由蔡元培作總序，胡適、魯迅、周作人等一批五四新文學精英編輯的現代文學第一部史料大系，以鮮明的五四新文化立場，確立了中國現代文學即五四開創的「人的文學」的權威敘述。在《中國新文學大系》建設理論集的長篇導言中，胡適回顧了晚清的白話文運動——從裘廷梁倡導白話，到王照、勞乃宣的漢字拼音化努力，從吳汝綸、張百熙等晚清名流敦促學校教育使用

---

[1]　1985 年，在北京的現代文學創新座談會上，錢理群、黃子平、陳平原提出「二十世紀中國文學」的命題，提出以「二十世紀中國文學」取代在時間和含義上都有太多限制的「現代文學」。他們的發言整理成文後，以《論二十世紀中國文學》在當年的《文學評論》第 5 期發表，引起學界強烈反響。

簡體標音文字，到民初教育部頒佈國語注音字母……但是，晚清這一段原本是五四白話文學運動基礎與前奏的歷史，卻被他以「最終」「失敗」的結論，了斷了其與五四的關係[2]。五十年代以後官修文學史為「正本清源」而對五四以後「非革命」文學的剪除，誇大五四文學為無產階級「革命文學」之因，客觀上將五四與晚清的關係，作了更徹底的斬斷。中國現代文學史的敘述，由於晚清在五四以後失去「文學史的權力」，一個原本發動在清末、成功在五四的中國文學現代化運動，便成了五四發軔之「新文學史」。1930 年，陳子展的《最近三十年中國文學史》，從科舉廢除、模仿西洋、小說詞曲之登大雅之堂、語言的解放及文學的平民化等方面，將晚清文學視為中國現代文學的開端進行描述。這大概是五四之後最早，也差不多是唯一系統地在文化的視閾下將晚清與五四作為一段歷史進行梳理的文學史論著[3]。由於前無古人、後乏來者，陳子展的這本文學史，沒有產生什麼影響。在此前（1922 年），胡適應《申報》之約作過《五十年來中國之文學》[4]，儘管從晚清寫起，但基本是編年體的

---

[2]　胡適《中國新文學大系・建設理論集・導言》，良友圖書公司 1935 年。

[3]　錢基博《現代中國文學史》（1932 年世界書局出版），也將康、梁及嚴復以來的晚清文學變革與五四以後文學作為一個整體，同列為「新文學」名目下。但錢氏的文學史關於「新文學」歷史演變的過程缺乏梳理，且他對晚清階段注重的常常是非文學的「文章」。另外，還有一些文學史或小說史，如胡懷琛《中國小說研究》（1933 年商務印書館出版），郭箴一《中國小說史》（1939 年商務印書館出版）等，屬編年史寫法。

[4]　胡適此文是應《申報》為紀念該刊五十周年而策劃的系列叢書《最近之五十年》而作，故「五十年」僅僅是申報館限定的時間刻度，並非

文學史，並沒有將此前五十年作為中國文學現代化轉變的一
個邏輯時間，也無意將晚清與五四作為整體進行論證，潛意
識中是不願將「新」的「革命」的五四與屬於「改良」的晚
清放在一起。

　　儘管海外的現代文學研究，一直不乏注重晚清的人——
李歐梵撰寫的《康橋中國史》晚清至民國部分「文學」一
章，便將中國現代文學發生的歷史，深植於晚清思想啟蒙
及文學革新運動中；李氏 1973 年出版的專著 The Romantic
Generation of Modern Chinese Writers《現代中國作家浪漫主義
的一代》，也將清末民初的林紓、蘇曼殊納入現代中國浪漫
文學——但是，他的研究對大陸現代文學研究的影響，主要
是在九十年代以後。[5] 所以，1985 年，當錢理群、黃子平和
陳平原提出「二十世紀中國文學」的概念[6]時，他們挑戰的，
其實不僅僅是中國大陸五十年代以降圍繞毛澤東《新民主主
義論》剪裁和定調的「官修」文學史，他們也挑戰了胡適、
魯迅那一代五四新文學家。「二十世紀中國文學」的概念，
就它在國內現代文學研究的意義而言，實際上是提出了另一
種文學研究的框架——以文化的現代性代替政治的現代性。

胡適認為「五十年」為文學發展歷史某一階段的標誌。

[5] 九十年代，對大陸現代文學研究產生較大影響的還有王德威。王德威
《被壓抑的現代性》及《想像中國的方法》中文版九十年代後期相繼
在香港和大陸出版，他的「沒有晚清，何來五四？」的命題，以一種
富於挑戰的態度，對長期以來割裂晚清與五四的現代文學研究提出質
疑。王德威的觀點，在大陸學術界引起強烈反響和爭鳴，對大陸近年
來的現代文學研究，產生了很大影響。

[6] 見錢理群、黃子平、陳平原《論二十世紀中國文學》，北京，《文學
評論》1985 年第 5 期。

　　八十年代初期，「現代性」這一名詞尚未傳入中國，但是，以「解放思想」為契機的思想文化領域的新啟蒙運動，借助當時改革開放的主流政治概念「現代化」，啟動了在現代性視域下對現代文學史的顛覆與「重寫」。

　　1981 年，嚴家炎首次用「現代化」一詞概括魯迅小說的價值[7]，強調魯迅小說藝術手法上的開放性與非現實主義特徵，不但突破了魯迅研究長期以來的政治話語窠臼，為現代文學研究展示了一個超越政治座標的文化視野，也為後來錢理群、黃子平、陳平原等思考二十世紀中國文學問題「打開了思路」[8]。嚴家炎的「現代化」視角，實際是一種全球化視角，後來黃子平諸人「二十世紀中國文學」的概念，主要就是從這一視角——中國文學「走向世界」、「與世界文學取得共同語言」——開始著手討論的[9]。這種從形式入手的方法，所指向的，卻是價值評判——將魯迅及五四新文學從政治革命的工具論，還原到思想啟蒙的現代理性精神上。嚴家炎這個時期不遺餘力的對文學史敘述「尊重事實」的呼籲[10]，

[7]　嚴家炎《魯迅小說的歷史地位——論〈吶喊〉、〈彷徨〉對中國文學現代化的貢獻》，《求實集》77-101 頁，北京大學出版社 1983 年。

[8]　錢理群說：「嚴家炎老師在一篇文章裏最早提出了中國文學現代化是從魯迅開始的。他用『現代化』這樣一個標準打開了思路。」見黃子平、陳平原、錢理群《二十世紀中國文學三人談》第 35 頁，人民文學出版社 1988 年。

[9]　黃子平在談嚴家炎使用「現代化」一詞時說：「現代化這個概念就包含了好幾層意思，有古代文學的『突變』，走向『世界文學』，或者用嚴老師的話來說，是『與世界取得共同語言的文學』。」《二十世紀中國文學三人談》第 35 頁。

[10]　嚴家炎在《從歷史實際出發，還事物本來面目》（《求實集》，北京大學出版社 1983 年）等一系列文章中，對現代文學史以當下政治晴雨

對丁玲小說《在醫院中》的翻案「重評」[11]，實際已經揭開了重寫文學史的話題；其使用的方法和術語，與政治領域的「撥亂反正」一致；而「撥亂反正」的程序正義，存在於新時期主流意識形態對國家「現代化」的不容置疑的實質正義的規定中。整個八十年代的新啟蒙運動，文學對極左政治的擺脫，對五四人本主義的重提，都是借助了主流政治推崇民族國家「現代化」這股東風。1985 年，王富仁以「反封建思想革命的一面鏡子」為主題，對《吶喊》、《彷徨》進行了全新的價值定位[12]，體現了八十年代文學領域啟蒙派對極左政治的根本性顛覆。王富仁以系統深刻的論證，將魯迅小說由印證毛澤東理論的「中國政治革命的一面鏡子」，還原到現代知識份子批判國民性的「反封建思想啟蒙」的價值體系中，使魯迅由政治鬥爭的符號，回到啟蒙主義文學家與思想家的「原點」。八十年代，文學史顛覆活動中最活躍的領域是五四文學與魯迅研究，從某種意義上說，八十年代啟蒙知識份子對人道主義、民主、自由等現代精神價值的倡導與追求，是通過對五四文學啟蒙主義「本質」的重申來表達的；同樣，八十年代新啟蒙運動者之「文藝復興」的當下感受，也是通過對五四的「歸位」而確證的。錢理群等完成於八十年代中期的《中國現代文學三十年》初版本，那樣一種極具代表性的對中國現代文學史的概括，就產生在這種「破亂反

表為標準增刪作家的慣例，提出嚴厲批評。

[11] 嚴家炎《現代文學史上的一樁舊案──重評丁玲小說〈在醫院中〉》，《求實集》。

[12] 王富仁《〈吶喊〉、〈彷徨〉綜論》，《文學評論》1985 年第 3、4 期連載。

正」的啟蒙主義語境中：

> 作為「改造民族靈魂」的文學，其所特具的思想
> 啟蒙性質，是現代文學的一個帶根本性的特性。它不
> 但決定著現代文學的基本面貌，而且引發出現代文學
> 的基本矛盾，推動著現代文學的發展，並由此形成了
> 現代文學在文學題材、主題、創作方法、文學形式、
> 文學風格上的基本特點。[13]

這種單純的歷史決定論敘述，在今天看來其局限是明顯的，但在當時，卻的確起到了將五四從政治革命「還原」到思想啟蒙、將知識份子由「螺絲釘」還原到時代精神代言人和大眾啟蒙者位置的歷史作用。新時期啟蒙派從中得到資源，並由此找到自身的歷史合法性。例如，季紅真影響甚大的對新時期小說主題的概括——「文明與愚昧的衝突」[14]——就產生在這種對八十年代與五四啟蒙主義歷史關係的體驗和認同中。

八十年代中國知識份子的啟蒙追求，與社會政治領域的改革力量，以「現代化」為契機，在現代性的共名之下，結成一種充滿緊張的奇特共謀關係，共同造就了八十年代中國充滿坎坷與艱辛、也充滿理想主義革新精神的啟蒙新時期。

---

[13] 錢理群、吳福輝、溫儒敏、王超冰《中國現代文學三十年》第 7 頁，上海文藝出版社 1997 年。

[14] 季紅真《文明與愚昧的衝突——論新時期小說的基本主題》，《中國社會科學》1985 年第 3、4 期連載。

二

　　八十年代啟蒙主義的重倡，在還原五四啟蒙主義「本質」的同時，也重新建構了「五四神話」──那就是因強調五四新文化運動在中國現代思想、文化與文學發生中的獨立性與資源性，以此將以科學和民主為旗幟的啟蒙主義的「五四」，與被捆綁在無產階級登上舞臺的「反帝愛國運動」的五四，區別開來。五四之成為「神話」，既與撥亂反正的歷史需求相關，更與當代中國知識份子欲借五四話語澆現實塊壘的變革動機相關。王瑤先生八十年代後期不厭其煩的對現代文學「現代性」的闡述，便體現了啟蒙論者的敘述策略。他說，所謂「現代文學」，「就是用現代人的語言來表現現代人的思想」的文學；「現代人的語言是白話文，現代人的思想就是民主、科學以及後來提倡的社會主義」[15]。王瑤強調「我們今天仍然處在『中國現代化』的歷史過程中」[16]，言下之意，科學、民主等便仍然是中國當下思想和文學的使命。中國歷史與現實中自由精神的匱乏，使思想啟蒙非常艱難。於是，短暫而尚屬初級階段的五四啟蒙運動，在時隔六七十年之後，在甫從文化專制巨鉗中掙脫出來的知識份子的敘述中，難免被賦予成熟的啟蒙運動的理想色彩。

　　由此來看在新啟蒙熱潮中提出的「二十世紀中國文學」命題，其意義是非同小可的。「二十世紀中國文學」的概念，

---

[15]　見《在東西古今的碰撞中──對五四新文學的文化反思》第 3 頁，北京，中國城市經濟社會出版社 1989 年 4 月。
[16]　《在東西古今的碰撞中──對五四新文學的文化反思》，第 2-5 頁。

事實上將中國現代文學性質的討論，引向了「現代性」這一範疇。在現代性視閾下，晚清所遭遇的中國「三千年未有之大變局」，既是中國社會在西方文化進逼下不得不進行現代化的開端，也是中國文學傳統中斷，文學觀念、體式、語言和審美體驗都向「西」轉的「新」文學的開端。在倡導自由、平等人文精神，推崇科學理性，改造國民性，對古典文學傳統祛魅，文學形式平民化等現代性追求上，晚清與五四，具有一種歷史的同一性。「二十世紀中國文學」，作為一個試圖取代只有三十年的「中國現代文學」的概念，它將晚清啟蒙運動以降的百年中國文學，置於「世界文學」的視野下，將百年中國文學整合為一個具有定向運動（現代性）趨勢的整體文學形象，一個以鮮明的現代性追求融入世界現代文明的個案。「二十世紀中國文學」的概念，不但從時間範圍上擴展了中國現代文學的疆域，打破了以往囿於政治史範疇的對中國近百年文學「近代」、「現代」與「當代」的劃分，而且解構了以往將無產階級革命文學作為「目的」來敘述的歷史主義敘事模式，確立了以民族獨立、國家現代化與人的自由為基本價值的啟蒙理性在現代文學中的核心地位；更為重要的是，這個命題所提供的現代性視野，打破了五四神話，卻又並非簡單地否定，而是將五四置於更為客觀的中國文學現代性追求的重要一環。

　　不可否認，「二十世紀中國文學」在 21 世紀來臨之後，也面臨著新的挑戰——當代文學已經跨出「20 世紀」門檻，而 21 世紀雜語喧嘩的「後現代」語境，使「二十世紀中國文學」概念所描述的啟蒙主義文學進程，因「目標」的越來

越不確定而顯得有些左支右絀。也許正是這樣一些原因,「二十世紀中國文學」論的始作俑者,近些年來對這個概念的理論合法性也有點「猶豫不決」(錢理群語)起來[17]。當「二十世紀中國文學」概念所擬想的全球化文學烏托邦消失於現實的散漫無定中時,也許,在不遠的將來,「二十世紀中國文學」的概念,將重新被沒有具體時間限定、語義上更切當的「中國現代文學」替代回來——這是後話。

回到「二十世紀中國文學」的話題上,一個不能忽略的事實是:八十年代末,「二十世紀中國文學」概念,儘管在學術界引起強烈反響,但它還只是一個先鋒的假定性命題,不時受到文學史家的質疑[18];但九十年代中期以後,「二十世紀中國文學」在不知不覺間成了一個普遍被接受的文學史概念,幾乎取代了「現代文學」,在中國現代文學研究領域廣泛運用。這個情形,正是在九十年代「拒絕崇高」的後現代思潮中,現代性理論話語對中國現代文學研究的影響所致。

九十年代,在後現代主義思潮波及中國的時刻,對中國思想與學術影響最大的西方理論,就是眾說紛紜的「現代性」

---

[17] 錢理群一直在對這個概念進行反省,常常感到「矛盾」、「困惑」(見錢理群《矛盾與困惑中的寫作》,《文學評論》1999 年第 1 期)。2004 年初,黃子平在汕頭大學召開的現代文學討論會上說,他近年來正在對「二十世紀中國文學」概念採取西元紀年的深層文化意識進行追問和反省。

[18] 當時,老一代學者大多不能接受這個概念。錢理群在《矛盾與困惑中的寫作》中回顧說,當年王瑤先生就不贊同「晚清起端論」,很多同人也提出質疑。見《現代文學的觀念與敘述》(筆談),《文學評論》1999 年第 1 期,第 48 頁。

理論。九十年代以降，隨著現代性理論的傳播，文學史研究對「中心」理性的懷疑，對歷史敘述中被忽略的「沈默的大多數」的追問，通俗文學研究的興起，以及人們對文化「多元」觀念的接受，都促使「二十世紀中國文學」這一概念，在獲得理論合法性的同時，在實際運用中其理論含意不斷得到豐富和完成。

三

　　相對於西方的現代性，中國的現代性由於其後發性、功利性，以及困擾國人百年的「強國」情結，無論是著眼於社會經濟現代化的社會現代性，還是倡導理性、自由與社會民主的啟蒙現代性，都帶著鮮明的理想化色彩；對社會及啟蒙現代性進行反省與批判的審美現代性（現代主義藝術），在中國始終難成氣候。這既是中國現代性的缺欠，但更是中國現代性的特徵。因為，任何反思與批判產生的前提，是啟蒙現代性的充分發展與完成；中國至今缺乏這個前提。

　　自嚴復《天演論》將進化論和斯賓塞社會達爾文主義介紹到中國，中國文化思想的固有思維方式遂遭受嚴峻挑戰。出於對洋務運動失敗教訓的思考和現代化的策略，從康有為、嚴復、梁啟超，到五四新文化人，都將西方現代歷史看作優勝劣汰、不斷進步的過程，同時想像中國的現代性，也將沿著同樣的路線前進，其目標，是朝向進步的。即使是一直對中國本土文化懷著信心、不肯盲目崇新的《東方雜誌》，

也承認西方現代性的進步特徵，稱其為「動的文明」[19]。所謂「動」，就是社會不斷進取，尤其是不斷發展的科學技術對社會進步的推動。戊戌變法及庚子事變以後，隨著思想啟蒙運動的深入和普及，「新」與「舊」，「現代」與「傳統」，「西方」與「中國」，逐漸成為二十世紀中國現代性觀念中比較固定的衡量社會進步與否的概念，中國的現代性便被簡單地置於非此即彼的二元對立的選擇中。如果說在晚清，即使是鼓吹西化最熱烈的梁啟超，對西方文化的態度還是「口服心不服」[20]的話，那麼，經由晚清維新運動的失敗和辛亥革命後思想文化「現代化」理想的落空，先鋒知識份子對中國文化的信心已經嚴重不足，西方文化在晚清的有限接納，到五四，則被全面認同和接受。

　　以「現代性」為視點考察晚清以來的文學，對我而言，是試圖尋找一個能夠以自己的體驗、知識、感情來「觸摸歷史」、進而理解歷史的入口。我對晚清的興味，與其說來自審美，不如說來自歷史感受。閱讀晚清小說，與其說是閱讀文學，不如說是閱讀中國近代以來的社會和歷史。它使我強烈地感受到，二十世紀中國人充滿激情與痛苦的對「進步」、「文明」、「現代化」的渴望與追求，結果似乎總脫不了與這種渴望相悖的循環式的歷史命運。一百年來我們似乎在重

---

[19]　傖父《靜的文明與動的文明》，上海，《東方雜誌》第 13 卷第 10 號，1916 年 10 月。

[20]　金耀基說，中國的現代化運動「是在西方的威脅與轟擊下被逼出來的」，因此「曾、左、李、胡的洋務運動，康、梁的維新運動就是完全在『口服心不服』的精神狀態下發動和進行的」。見金耀基《中國的現代化》，《從傳統到現代》，中國人民大學出版社 1999 年版。

複上演著同一幕劇，而細節上「失之毫釐」的出入，往往導致比原先更荒謬的結局。

這種歷史感受使我注意到「現代性」這個概念與它所蘊含的意義，其實是我們考察二十世紀中國文學的一個有效視點。它在社會運動中的主流性，在含義上的開放性和多元性，都最能包容和解釋二十世紀中國文學「非文學」的思想文化、社會政治追求，它使我找到了一種可以將自己的歷史感受訴諸形式的話語。

我認為，追溯中國現代思想的形成，固然當從十九世紀中葉開始；但中國文學的現代轉型，卻是在十九世紀末二十世紀初新小說興起之時。從「詩界革命」、「新文體」到「小說界革命」，清末一系列文學革新，既為配合思想啟蒙，又全力模仿西方文學。文學，尤其是受眾最多的小說，也藉著這場士大夫廣泛參與、目標崇高的思想運動，結束了它流播於坊間的邊緣時代，獲得了主流文學的地位，並以對西方文學的廣泛借鑒（其中西方文學的翻譯作用非同小可），開始了敘事方式、語言與小說類型上向「現代」的全面轉化。

晚清和五四，處於中國現代性過程同一歷史河流的不同瞬間；這兩個瞬間呈現出中國現代性由器物到精神，由「強國保種」到「新民」再到「立人」的啟蒙主義價值體系的建構——當然，這個建構最終未完成，而且它所呈現的趨勢，在中國現代史上，因人所共知的原因，屢屢斷裂又接續。即便如此，晚清與五四，仍然是現代中國歷史長河中兩個精彩的瞬間。兩代知識精英，面對國家民族命運，所進行的思考、選擇、承擔，所發生的碰撞、交鋒，痛苦與希望，悲哀與無

奈，都留下太多值得回味的問題和空間。這個時期的文學，以其與思想文化的緊密聯繫，感性地呈現著晚清至五四中國現代性發生和建構歷史過程中複雜而充滿魅力的現象。

　　基於這樣的理念，在選擇「現代性」作為自己學術闡釋的視域時，我所要著重關注和發掘的，並非理論，而是在以往單一的社會「現代化」視野中被忽略的歷史細節，並試圖以一種相對超越的客觀立場，釐清在以往的文學史敘述中常被誤讀的晚清與五四的關係。當然，以筆者目前淺陋的學識和能力，這僅僅是一種初步的嘗試；錯訛與謬誤，期待方家匡正。

第一章

林紓與中國文學現代性的發生

　　林紓在今天重新引起我們的興趣，倒不完全是因為他的歷史地位問題——事實上，後五四時期新文學的批評，就已基本超越了 1919 年新文化陣營與林紓之間的緊張，將道德上守舊的林琴南與西方文學翻譯上的林琴南區別看待[1]。但由於五四那場「新舊」交戰在文學史敘述中的定位，林紓在中國文學現代化進程中重要而具體的參與，則被淡化了。

　　林紓的翻譯小說，對中國文學的「典範轉移」，起到的是開創性作用，而這一切又幾乎是通過「誤讀」實現的。林紓對西方文學的誤讀，形成了中國文學現代性發生的價值轉換空間：它打破了中國文學長期的雅俗阻隔，使「異端」與「正統」得以調和；同時，這個空間所容納的西方價值，成為孕育反叛傳統的現代精神的溫床，相當大地影響了五四一代新文學家的文化選擇。直到辛亥革命後，林紓在京師大學堂任教時還常常因講西方小說而引來「保守派」的非議，但

---

[1]　較有代表性的是胡適《五十年來中國之文學》（1922 年），鄭振鐸《林琴南先生》（1924 年），周作人《林琴南與羅振玉》（1924 年）等，此外還有三十年代出版的文學史論著，如陳子展《最近三十年中國文學史》，趙景深《中國文學小史》等。

轉瞬間他竟由一個新文學家淪為五四的頭號敵人，其間的原因，值得深究。

　　解讀「林紓現象」，最基本的誘因乃是一些常常被避開的最基本的疑問。譬如說，一，林紓在翻譯小說時，那些充滿西方習俗和自由精神的內容——用蔡元培回敬林紓的話說，就是「挾妓通姦爭有夫之婦」[2]——與林紓正統的道德倫理，是怎樣調適的？這種調適，與求「真」和求「絕對」的五四新文學的碰撞，是否能完全按真理與謬誤的衝突去解讀？二，五四新文化人在選擇對手時，為什麼要首先拿既不是正宗桐城派、又夠不上真正守舊的林紓開刀[3]？三，在林紓放棄批判晚清政治的清介自守立場、以清室遺民自居的「自我迷失」中，五四新文化是否起了一種反作用力的作用？

　　林紓在中國文學現代化過程中扮演的角色，以及他與五四新文化的衝突，都使他成為二十世紀中國文學一個奇異的現象；解讀這個現象，是我們試圖「還原」歷史[4]進而理解中國文學現代性產生之複雜性的一種方式。

---

[2]　蔡元培《答林君琴南函》，《北京大學日刊》1919 年 3 月 21 日（另有《新潮》第 1 卷第 4 號全文轉載）。

[3]　林紓在晚清文人中，一直屬於激進者。早在新文化運動前若干年就用白話創作《閩中新樂府》詩；他認同女權主義，並認為倡女權必先興女學（《〈紅礁畫槳錄〉序》）。他描寫辛亥革命的歷史小說《金陵秋》，對辛亥革命充滿同情。

[4]　事實上，我們很難確定歷史的「原本」，因為歷史的存在是依靠敘述而實現的。我們追求的真實性，只是就既有的歷史敘述而言。

一、「古文」與小說：林譯對俗雅界域的打破

- 林譯小說的契機
- 「西方」：小說與古文之間轉化的可能性
- 林譯與中國小說觀念的歷史性變遷

　　林紓與新文學的關係是什麼？

　　梁啟超在《清代學術概論》中，談到林紓的翻譯時，幾乎沒有任何肯定——「亦有林紓者，譯小說百十種，頗風行於時，然所譯本率皆歐洲第二三流作者。紓治桐城派古文，每譯一書，輒『因文見道』，於新思想無予焉。」[5] 梁啟超的言論向來情緒色彩重，在已經「跟著五四少年跑」了的 1925 年，其言論的「五四色彩」就自不待言了。這裏，梁啟超不但完全否定了林紓對新文學的啟蒙，而且對林紓文學翻譯的估價顯然也是有悖於事實的。首先，林紓翻譯所選文本，儘管良莠不齊，但斷然不全是「歐洲第二三流作者」，舉凡莎士比亞（林譯莎士比）、笛福（達孚）、司各特（司各德）、狄更斯（迭更司）、塞萬提斯（西萬提斯）、巴爾扎克（巴魯薩）、雨果（預勾）、托爾斯泰、易卜生（伊卜森）、歐文、斯托夫人（斯土活）、蘭姆等，這些由林紓首先介紹到中國的作家，都是世界一流大家。其次，林紓以古文譯西洋小說，確有「因文見道」的陋習，但他的誤讀，歷史證明卻正是那個時代調和雅（古文）、俗（小說），溝通中、西的最適當的橋梁。我們甚至可以說，林紓翻譯小說對

---

[5]　梁啟超《清代學術概論》第 98 頁，上海古籍出版社 1998 年版。

中國現代文學的貢獻，庶幾就存在於他明顯的知識和語言的「保守」，以及由此對西方文學的誤讀所導致的對「中西」、「雅俗」的調適中。

　　在討論林紓與新文學的關係時，我們首先注意的是林紓翻譯小說所使用的「舊」語言。

　　1898 年[6]，一個非常偶然的機會，林紓開始與友人王壽昌一起翻譯法國小仲馬的小說《巴黎茶花女遺事》。此時，嚴復、梁啟超等人倡導的新小說還沒有登場。而原本設館教書的林紓，從此卻以外國小說翻譯者的姿態，介入了二十世紀初中國的「小說界革命」。在這場導致中國文學觀念和文學話語大轉變的新文學運動中，林紓出人意外地扮演了一個非常重要的角色。他以「工為敘事抒情，雜以詼諧，婉媚動人」[7]的古文，借翻譯域外小說，為中國人打開了一扇通往世界的窗口，不但將西方小說推上中國新文學之師的位置，而且使小說這一樣式悄悄蛻去「鄙俗」的陳套，換上了「雅」的衣衫。

　　林紓對小說的興趣，仿佛是一個沒有完全解開的謎。

　　林紓只是舉人，但在晚清尚有文名。他「少時博覽群書」，一生追求道德文章，「五十以後，案頭但有《詩》、《禮》二疏、《左》、《史》、《南華》、韓歐之文，此外

---

[6]　關於林紓著手翻譯《茶花女》的時間，一說 1895 年，一說 1897 年。此從阿英《關於〈巴黎茶花女遺事〉》，為 1898 年。

[7]　錢基博《現代中國文學史》第 192 頁，長沙，嶽麓書社重印本 1986年版。

則《說文》、《廣雅》，無他書矣。」[8]。林紓雖不算正宗
桐城派，但他的文章追求，卻與桐城派一致。他對「道統」
和「文統」的尊崇，寫文章「必澤之六經諸子，又湛深於小
學，則一字一句，皆有來歷也」[9]的不苟態度，以及他後來
與桐城派諸家（吳汝綸、馬其昶、姚氏兄弟）的往還，都使
人將他當作桐城派看待。按理，小說這樣一種多少有些不端
方的「小道」文體，是歷來被正統士人所蔑視的，怎麼也不
大可能成為恪守義法的古文家立身的東西；但林紓居然正二
八經地署真名[10]出版了一百六十多部小說。

　　林紓以古文筆法譯著小說，並由此改變了小說的性質。
這個出人意外的現象，或許只可能發生在域外小說的翻譯、
而且是林紓式的針對漢語轉述者口述文本的翻譯中。然而林
紓是如何將小說納入自己的文學話語的，卻還是一個頗值深
究的問題。

　　與林紓有過很多合作的口述者魏易，曾經這樣告訴林
紓：「小說固小道，而西人通稱之曰文家，為品最貴，如福
祿特爾、司各德、洛加德及仲馬父子，均用此名世，未嘗用
外號自隱……」[11]在「西方標準」開始形成的晚清，朋友的
這些開導，在促使林紓從觀念上認同西方小說為「雅」、進
而自覺以中國的古文與之進行類比，不能說沒有影響。

8　　林紓語，引自錢基博《現代中國文學史》第 187 頁。
9　　林紓語，引自錢基博《現代中國文學史》第 188 頁。
10　林紓的翻譯小說只有第一部《巴黎茶花女遺事》署的是筆名「冷紅生」，
　　後來的一律署真名。
11　林紓《迦茵小傳·小引》，《迦茵小傳》，（英）哈葛德（H. R. Haggard）
　　著，林紓、魏易譯，北京，商務印書館 1981 年版。

　　我們須注意的是，與晚清其他新小說家的情形不同，林紓不是先有「新民」的理念，然後才開始譯介西方小說的。他是在偶然[12]翻譯外國小說之後，才開始進入嚴復、梁啟超、夏穗卿等人所營造的「小說載道」話語系統的。在翻譯西書之前，林紓與國內一般讀書人一樣，對西方文學並無認識。這種無知的狀態，有利於他不存偏見、自由地感受對象，而不至於像梁啟超那樣因過強的目的和功利意識，反失文學的感覺。又由於林譯小說的口述者，幾乎都不是「干政」的角色〔魏易、王壽昌、曾宗鞏等都是學船政或實業的〕，這使他們能夠從純審美的角度向林紓提供文本（儘管缺乏系統性、所提供的也並非全是一流）。林紓在翻譯小說時，由於不是直接面對原文（那也是「白話」），而是面對口述者的講述，他對原著內在審美特徵的感受，使他越過了語言和文體的閾限，忽略了對象的「小說身份」，而直接進入對象的內在審美形式中，因此才可能與他浸淫最深的古文，在審美體驗上聯繫並融會到一起。

　　中國小說，因為是世俗的文體，它的發展形態適應於它的傳播方式（說書），最終形成了白話語體，這使小說這種樣式愈發不可能成為雅文學。中國的語言形態，直至五四，還是言文分離的，書面用文言，文言為雅言，白話只能屬於口語。因此，文人文學，自然是文言的文學，而白話文學，則始終只能存在於民間、邊緣，供一般老百姓娛樂，主流文化是蔑視它的。這樣，語言的雅俗之分，決定了文學雅俗分

---

[12]　林紓當年因妻去世而牢愁寡歡，在朋友們的慫恿下，為排遣憂慮與王壽昌合譯《茶花女》。

離，實際上阻隔了小說與文人文學融合的可能[13]，於是在長期的歷史發展中，雅文學與俗文學一直處於井水不犯河水的各自為陣狀態，這使小說的雅化幾乎不可能。

梁啟超的新小說理論，其強調小說與群治之關係，強調小說為「新民」的前提[14]，目的是要將小說從邊緣和「俗」的地帶，推進到「雅」的中心。梁啟超在解決這個理論難題時，採取了一種強制性的非邏輯語言，硬將小說「資於通俗，諧於里耳」（馮夢龍語）的審美形態，悄悄改換成經國濟世的載道之器，使它獲得一種雅正崇高的身份。這就造成一種尷尬的局面：小說的地位提高了，但小說的審美特性卻消失了，正如他創作的政治小說《新中國未來記》。

我們不妨設想：僅僅靠梁啟超激情有餘而論證不足的言論及《新中國未來記》這樣充滿政論色彩的「議論」體小說，晚清小說能否真的在很短時間內就成了文學主流？晚清小說能夠如星火燎原，難道靠的是梁啟超的「新民說」和晚清幾部沒有完成的政治小說？顯然不是。在晚清小說由邊緣向主流過渡的這個時期，一般士大夫對小說的興趣及小說觀念的改變，其實與這個時期盛極一時的林譯小說關係非常大。若干年以後，當我們重新檢視林紓翻譯小說與晚清小說「升值」的關係時，不能不感念林紓「保守」行為的積極效果——用古文翻譯小說，正如施蟄存所說，「他首先把小說的文體

---

13 當然這是就一般狀況而言，也就是說以小說作為文類的狀況而言。因為其中是有特殊情況的，如《紅樓夢》，就是雅俗的較完美融合。

14 梁啟超的新小說理論，主要體現在《論小說與群治之關係》（《新小說》第一號）等論文上。

提高，從而把小說作為知識份子讀物的級別也提高了」[15]。
寒光 1935 年在《林琴南》一書中，也表達過類似的意見：

> 林氏譯小說的時候，恰當中國人賤視小說習性還
> 未劇除的時期，一班士大夫們方且以帖括和時文為經
> 世的文章，至於小說這一物，不過視為茶餘酒後一種
> 排遣的談助品。加以那時咬文嚼字的風氣很盛，白話
> 體的舊小說雖盡有描寫風俗人情的妙文，流利忠實的
> 文筆，無奈他們總認為下級社會的流品，而賤視為土
> 腔白話的下流讀物。林氏以古文名家而傾動公卿的資
> 格，運用他的史、漢妙筆來做翻譯文章，所以才大受
> 歡迎，所以才引起上中級社會讀外洋小說的興趣，並
> 且因此而抬高小說的價值和小說家的身價。」[16]

　　胡適曾經就嚴復用古文翻譯《天演論》作過這樣的比
喻：「嚴復用古文譯書，正如前清官僚戴著紅頂子演說，很
能抬高譯書的身價，故能使當日古文大家認為『駸駸與晚
周諸子相上下』」[17]。其實，這個比喻用於理解林紓翻譯小
說能夠在晚清暢通無阻，也是相宜的。古文，架起了一座
橋梁，使千百年來橫亙在文學中的「雅」「俗」鴻溝，悄然
貫通。

---

[15]　施蟄存《中國近代文學大系‧翻譯文學集‧導言》，上海書店 1990
　　年版。
[16]　薛綏之、張俊才《林紓研究資料》第 207 頁，福州，福建人民出版社
　　1983 年版。
[17]　胡適《五十年來中國之文學》，引自《胡適文集》第 3 卷第 212 頁，
　　北京大學出版社 1998 年版。

　　林譯小說在中國小說地位亟需改變的時刻出現，似乎有某種玄妙的機緣。林譯小說既保存了小說情節敘事的基本特徵和審美魅力，又從語言上顛覆了傳統的關於小說的觀念——他用雅潔的古文，敘述情節曲折的長篇故事，這在古文史上，是沒有過的。正如胡適所說，林紓替中國古文「開闢了一個新殖民地」[18]。當然，林紓翻譯小說時所使用的「古文」，與他寫作散文時的語言是有區別的，錢鍾書在《林紓的翻譯》中曾詳細論述過明清以來逐漸狹窄的「古文」概念，指出林譯的語言，實際上已經不是方苞嚴格定義過的狹義「古文」——方苞對古文的規定是：「古文中忌語錄中語、魏晉六朝人藻麗俳語、漢賦中板重字法、詩歌中雋語、南北史佻巧語」[19]——林譯所採用的語言，是「他心目中認為較通俗、較隨便、富於彈性的文言」[20]。這就導致林紓在古文寫作與小說翻譯時不大相同的狀態：寫作古文時，「矜持異甚，或經月不得一字，或涉旬始成一篇」；翻譯小說時，則「運筆如風落霓轉」[21]，與口述者同步進行，往往「耳受手追，聲已筆止」，並且從來不加點竄。但即使是廣義的古文，也是與白話、口語絕不相同的文言，也是上乘的「雅」言。

　　歸結起來，林紓不以小說家者流為鄙賤，竟以古文家身份翻譯了一百多部西方小說，大約有這樣幾種原因：一是西方小說既然在地位上類似中國的文人文學，是上乘，那麼，

---

[18]　胡適《五十年來中國之文學》，《胡適文集》第 3 卷第 213 頁。
[19]　方苞語。引自錢鍾書《林紓的翻譯》，《七綴集》第 95 頁，上海古籍出版社 1994 年版。
[20]　錢鍾書《林紓的翻譯》，《七綴集》第 96 頁。
[21]　錢基博《現代中國文學史》第 188 頁，長沙，嶽麓書社 1986 年版。

他以古文家的身份翻譯西方小說，並不是丟人的事，相反是相宜的。二是《巴黎茶花女遺事》刊行以後，國內開始了小說界革命，一大批文人巨卿從改良社會政治的角度熱烈倡導小說，林紓的翻譯無意間與時代潮流合了拍；而新小說家的載道理念，又完全符合林紓的文學觀，小道與載道的鴻溝就這樣出人意外地消失。這可謂天時地利，促使林紓將翻譯小說當作一項事業而義無反顧地走下去。第三，林紓所遵循的古文義法，所謂「開場」、「伏脈」、「接筍」、「結穴」、「開闔」等，都類似於小說敘述的技巧；他最崇尚的左、馬、班、韓，有三家的作品都是極似小說的史傳，而韓愈文章「或千旋百繞而不病其繁細，或東伏西挺而愈見其奇崛」[22]的特徵，恰好也像小說情節的構造。錢基博認為林紓的翻譯小說，「雖譯西書，未嘗不繩以古文義法也」[23]，林紓在西方小說中感受到了它們與左、馬、班、韓文章「蹊徑正同」的妙處[24]。林紓以往教書時，總是叫學生研習《左傳》、《史記》、《漢書》和韓愈的文章，認為「此四者，天下文章之祖庭也」[25]，「一一造於峰極，歷萬劫不復漫滅」[26]。林紓在外國小說中感受到的是與左、馬、班、韓相通的文氣，他由此深信西方小說是雅的，中西精神是可以溝通的，以古文翻譯是恰當而自由的；同時，他將這種信念通過史傳式的古文，灌注於作品，傳達給讀者。

---

[22]　林紓語，見錢基博《現代中國文學史》第 188 頁。
[23]　錢基博《現代中國文學史》第 189 頁。
[24]　錢基博《現代中國文學史》第 188 頁。
[25]　林紓語，出處同上。
[26]　林紓語，引自錢基博《現代中國文學史》第 187 頁。

　　從西方近現代小說所體現的人生關懷、藝術化追求以及悲劇精神看，中國敘事文學中屬於雅文學的史傳，倒比屬於俗文學的小說，更接近西方小說──從「類」來看，《紅樓夢》等並不代表中國小說的普遍水準與特徵，相反代表著中國小說中極少數的文人化、雅化的趣味。所以，林紓以史傳和《紅樓夢》等中國敘事文學的上乘傑作與西方小說作類比性體驗，還真是「歪打正著」地感受到了西方近現代小說的某種精髓；而他以史傳文學的敘述經驗和典雅的古文翻譯小說，則使一向不入流的小說，作為一種文體，被正式地延請進了中國主流文學的殿堂。

　　1922 年，胡適在《五十年來中國之文學》裏，論及林紓的翻譯時說：「自有古文以來，從不曾有這樣長篇的敘事寫情的文章。《茶花女》的成績，遂替古文開闢一個新殖民地」[27]。即使最終胡適用五四的眼光，將林紓的成績「歸於失敗」，但他對林紓用古文翻譯西方小說仍然不得不作這樣的評價：

　　　　平心而論，林紓用古文作翻譯小說的試驗，總算是很有成績的了。古文不曾做過長篇的小說，林紓居然用古文譯了一百多種長篇小說，還使許多學他的人也用古文譯了許多長篇小說，古文裏很少滑稽的風味，林紓居然用古文譯了歐文與迭更司的作品。古文不長於寫情，林紓居然用古文譯了《茶花女》與《迦茵小傳》等書。古文的應用，自司馬遷以來，從沒有

27　《胡適文集》第 3 卷第 213 頁。

這種大的成績。[28]

　　胡適說林紓的翻譯「終歸於失敗」，是有明顯的「五四標準」的——即所謂古文是「半死」的或「死」的文字。然而，在林紓那個時代，白話文運動雖已萌生，但當時啟蒙知識份子提倡白話，更多是出於以白話俗語啟迪廣大民眾的動機，其形諸文字的白話，是一種口語化的俗白，僅供識字不多的人看[29]，用白話作書面語翻譯文學作品的條件遠沒有成熟。這是我們在審視林紓翻譯時必須有所意識的。如果沒有林紓採用古文進行長篇小說的翻譯，就不可能有後來人們對西方文學的瞭解與興趣。「自先生輸入名著無數，而後邦人始識歐美作家司各德、迭更司、歐文、仲馬、哈葛德之名。自先生稱司各德、迭更司之文，不下於太史公，然後乃知西方有文學。」[30] 1932 年，《現代》雜誌為紀念司各特逝世一百周年特闢專欄，凌昌言在《司各特逝世百年祭》中再次提到林紓，說林紓「用耳朵代替眼睛」發現了司各特《艾凡赫》的「史記筆法」，而這對於中國文學來說，意義非同小可：「司各特是我們認識西洋文學的第一步，而他的介紹進來，對於近世文化，是不下於《天演論》和《原富》的」[31]。

---

[28] 《胡適文集》第 3 卷第 215 頁。

[29] 二十世紀初，上海、江淮以及內地一些地方先後出現十多種白話報，如《演義白話報》、《安徽俗話報》、《杭州白話報》、《江蘇白話報》等，上面的文章基本上都是將國家民族的大道理，將有關西方和現代文明的知識，用通俗的語言向老百姓做宣傳。

[30] 朱羲冑《林畏廬先生學行譜記四種·貞文先生學行記》，上海，世界書局 1948 年版。

[31] 《現代》雜誌第 2 卷第 2 期，第 277 頁，1932 年 12 月。

郭沫若在後來的回憶錄中，對林譯的司各特《艾凡赫》
（Ivanhoe，林譯作《撒克遜劫後英雄略》）倍加感懷，稱它
對自己「影響最深」，並強調「這差不多是我的一個秘密，
我的朋友差不多沒有人注意到過這一點」[32]。

　　在翻譯《茶花女》之前，林紓並沒有寫過小說；而在翻
譯外國小說之後，他開始自己創作小說了，與當時小說界普
遍採用白話不同，林紓採用的是文言。1913 年至 1917 年，
林紓陸續出版《踐卓翁短篇小說》一至三集，長篇小說《劍
腥錄》（十年後再版易名《京華碧血錄》）、《金陵秋》、
《劫外曇花》、《冤海靈光》、《巾幗陽秋》（後易名《官
場新現形記》）。當林紓創作的小說問世時，小說作為一種
文體在文學上的主流地位，已經形成，因此林紓的創作小說
在小說史上的意義顯然不如他的翻譯小說重要。但是，他創
作小說的語言，與他的翻譯小說一樣，對於我們考察他的小
說美學觀念，是非常重要的。不少人認為，林紓的長篇小說
完全擯棄了中國傳統長篇小說的章回形式，像外國小說一
樣，按章敘述，於是，被認為是「打破」中國傳統長篇小說
體制的始作俑者[33]。縱向考察「小說史」，這個判斷是成立
的。但是，林紓的長篇小說，與其說是主動拋棄章回小說的
體制，不如說是他對「史傳」體的追求使然。他的長篇小說，
大多是歷史小說：《劍腥錄》寫戊戌政變和庚子事變，《金
陵秋》寫武昌起義，《巾幗陽秋》寫袁世凱專權……這些小

---

[32] 郭沫若《少年時代》第 113 頁，北京，人民文學出版社 1979 年版。
[33] 鄭振鐸《林琴南先生》，原載《小說月報》第 15 卷第 11 號，1924 年
　　 11 月。見《林紓研究資料》第 152 頁。

說所虛構的一兩個有愛情關係的男女主人公，不過是作為歷史事件的見證人或旁觀者，與小說敘述的主線完全可以剝離，而小說所追求的真實性、歷史感，以及敘述語言的簡雋傳神，都可看到《史記》、《漢書》的氣韻。因此，林紓長篇小說對章回的拋棄，自然有翻譯外國小說經驗的影響，但不排除「正史」的影響。《冤海靈光》寫的是一個民間殺人冤案偵破的過程，故事與傳統公案小說相似，但情節的跌宕迷離、破案的方式以及敘述者對懸念的掌控，顯然都受了外國偵探小說的影響。林紓本人作為敘述者，對小說「文字留一罅隙，令人讀時弗爽」的技巧進行補白時，一方面申明這些手法與「作者譯小說至百種」有關，另一方面又強調「此亦文中應有之義法也」[34]。可見林紓小說確系雜糅中西文學之精華，但指歸仍在「古文」。

　　他用「古文」翻譯、理解西方小說，也用「古文」提升了小說的地位。更重要的是，林紓在小說與古文之間所找到的同一性，為他自己既追求「新」（其中還有巨大的經濟收益），又保持古文家尊嚴，找到了最穩妥的空間。而這樣一種折中、調和，在五四新文化人的犀利目光中，就是最不能容忍的虛偽。

---

[34]　林紓《冤海靈光》第六章，林薇注釋《林紓選集》小說卷下第 332 頁，成都，四川人民出版社 1983 年版。

二、林紓對西方小說的誤讀及意義

- 以古文經典詮釋西方小說
- 用儒家道德解讀西方人情
- 雙重誤讀與林譯小說的重構空間

　　林紓是中國近現代翻譯西方文學的第一人。這「第
一」，既包含「首先」，又包含「最大」。時人和後人在評
價林紓的文學地位時，無不首推他的翻譯[35]。然而，他本人
對這個成就的態度卻相當曖昧。1912 年，康有為向林紓索
畫，林為他作了一幅《萬木草堂圖》。康有為賦詩答謝，中
有「譯才並世稱嚴林，百部虞初救世心」的詩句，將林與
嚴復相提並論，讚美林紓翻譯小說的功績，不料林紓並不
買帳[36]。與林紓既是同鄉、又素有交往的經學家陳衍，後來
曾經對錢鍾書說起，林紓最惱別人稱讚他的翻譯和繪畫，他
認為自己最見功力、最有水平的是古文[37]。實際上，林紓的
畫相當好，討畫的人也相當多。魯迅一直到五四，都保持著
搜購林紓畫的雅好[38]。翻譯和繪畫，使林紓名利雙收──為

---

[35] 這不排除對他翻譯的批評。
[36] 康詩揭示了嚴復、林紓在中國翻譯史上的地位，卻惹得嚴林二人均不
高興。嚴復認為林不懂外文，根本不能與自己相提並論；而林紓的不
滿，自有苦衷，他認為自己最為人稱道的應當是古文，並不完全如有
些學者認為的是對自己排名在嚴復之後不滿。
[37] 見錢鍾書《林紓的翻譯》，《七綴集》第 102 頁。
[38] 周作人《魯迅與清末文壇》，《魯迅的青年時代》第 75 頁，石家莊，
河北教育出版社 2002 年版。

此，他譯書和作畫的書房，被友人戲稱為「造幣廠」——但
在正統觀念中，繪畫只是雅興，而小說，更不能入流。只有
集道德學問於一身的古文，才是士大夫足以立身揚名的正
經事業。林紓不樂意別人稱讚其翻譯與繪畫，恰好透露了
他內心頑固的正統觀念。這種心態與他對翻譯小說的熱
情，似乎是不協調的。

這不禁使我們注意到他本人與其所翻譯的原著之間的
距離，以及他可能對原著產生的誤讀。

如果說嚴復的《天演論》其實並沒有很好體現他所規範
的「信、達、雅」中首位之「信」，那麼林紓的小說翻譯，
有相當部分作品在「信」上是做得很出色的[39]。在意譯成風、
對原著隨意摘取的晚清翻譯界，林紓的譯本，可謂難得的規
範了[40]。但是，林紓本人對原著的理解，卻並不完全是「可
信」的，他集中在譯本前後的序、跋及例言中的對原著的闡
釋，顯示出他本人與原著精神之間存在著相當的距離。這個
距離為林紓用傳統中國觀念闡釋西方文學、使之為二十世紀
初中國士大夫階層認可提供了空間，也為五四知識份子提供
了現代意識孕育與生長的溫床。前者是林紓有意識的努力，
後者則是他始料不及的。

---

[39] 據鄭振鐸統計，林譯小說中，有四十餘種「可以稱得較完美」，茅盾、
鄭振鐸等都對照原著稱讚過林譯小說的忠實；有時，林紓喜歡在一些
細節描寫上添油加醋，而這些有意為之的「訛」，卻往往是對原著幽
默風格的發揚光大，錢鍾書曾經對比原著做過精彩論證。參見鄭振鐸
《林琴南先生》、錢鍾書《林紓的翻譯》。

[40] 林紓的譯本，均一一注明作者及其國籍，口述者，筆錄者。

　　晚清是中國文化的轉型期，借用哈羅德・布魯姆「影響即誤讀」的觀點[41]，西方現代思想與文化觀念對二十世紀中國的重大影響，是在一系列的誤讀中生產的。晚清、五四對西方的「誤讀」，既有無意識的「誤解」，更包括有意識的選擇與改造；前者源於東西方文化的隔膜，後者則是啟蒙知識份子的策略——即針對中國的實際情況和需要，對西方思想與文學進行創造性轉化。經過誤讀的西方原著，成為中國社會現代化的思想文化資源。嚴復的《天演論》，「節譯」並闡述赫胥黎《進化論與倫理學》[42]中有關生物界「進化」的原理，卻忽略赫氏原著中篇幅很大的社會倫理學闡釋，將旨在區分自然界殘酷競爭與人類社會用倫理來調適生物本能的《進化論與倫理學》，誤讀為詮釋社會達爾文主義的《天演論》。嚴復對赫胥黎的誤讀，恰好切合面臨嚴重危機的中國社會「強國保種」的普遍心理，一時間，「物競天擇，適者生存」的警鐘，長鳴於整個知識界，釀成了席捲全社會的維新變革思潮。《天演論》對中國文化的現代轉型，起到了極其重要的作用。同樣，五四啟蒙思潮的形成，也是在對西方文藝復興以來諸種現代性思想的誤讀中整合的。林紓對西方小說的翻譯，同樣伴隨著鮮明的誤讀；而他對西方小說的誤讀，自然不排除其「不審西文」所導致的「隔」，但更主要是林紓在強烈的「溝通」與「對話」意志下對西方小說話

---

[41]　參見布魯姆《影響的焦慮》，徐文博譯，北京，三聯書店 1989 年版。布魯姆主要討論的是西方詩創作中的影響問題，此借他的概念討論文學閱讀中的影響問題。

[42]　赫胥黎（Huxley）原著書名是《進化論與倫理學及其他筆記》（Evolution & Ethics and other essays）。

語與意義進行的創造性轉化。林紓對西方小說的誤讀，對晚清士大夫理解西方並接受小說，起到了極大的推波助瀾作用。

　　林紓對西方文學的誤讀，體現在兩個方面：首先是他以中國傳統文人文學——具體說是史傳和唐宋派古文——作為「前理解」，在西方小說中尋找審美契合點，以中國經驗對西方小說進行類比性審美體驗與闡釋；其次，他以儒家道德範疇闡釋西方文學與西方風俗人情，使中國人在「共性」上認同了素與中國暌隔的西方人倫風俗。

　　1901 年，林紓與魏易合作完成美國女作家斯托夫人（林譯「斯土活」）的《黑奴籲天錄》（即 Uncle Tom's Cabin《湯姆叔叔的小木屋》），在書前的「例言」中，林紓說，「是書開場、伏脈、接筍、結穴，處處均得古文家義法」[43]；1905 年，在翻譯完司各特的歷史小說《撒克遜劫後英雄略》（《艾凡赫》）後，林紓大為感慨，說這部小說不但在「伏線、接筍、變調、過脈處，以為大類吾古文家言」，而且在長篇敘事的技巧、尤其是敘述時間的運用、人物言語行動的描寫等方面，超越了《史記》、《漢書》：「古人為書，能積十二萬言之多，則其日月必綿久，事實必繁夥，人物必層出；乃此篇為人不過十五，為日同之，而變幻離合，令讀者若歷十餘稔之久……」由此，林紓頗贊同認為司各特「可儕吾國之史遷」的說法[44]。

---

[43]　林紓《黑奴籲天錄·例言》，（美）斯土活（H. W. Stowe）著，林紓、魏易譯，北京，商務印書館 1981 年版。

[44]　林紓《撒克遜劫後英雄略·序》，（英）司各特（Scott, W）著，林紓、

　　晚清新小說界在介紹西方小說時，大多是強調中西小說之間的差異，潛臺詞則是中國小說不如西方小說。譬如：「我國小說體裁，往往先將書中主人翁之姓氏、來歷敘述一番，然後詳其事蹟於後；或亦有用楔子、引子、詞章、言論之屬，以為之冠者，蓋非如是則無下手處矣。陳陳相因，幾於千篇一律……」[45] 林紓不同，他竭力找尋中西文學之間的相同與相似，而他所援以類比的，主要並不是中國小說，而是史傳與古文。中國小說受制於「俗」的文學定位和大眾的審美旨趣，在敘事方式上趨於模式化，不太追求敘述的創新技巧和語言的個性化。但是，西方小說不同，十九世紀西方小說成為文學主流，小說家以藝術的不可重複性展示著各自的天才與情感，追求個性化。林紓雖然不能直接讀原著，但他憑著自己的藝術天賦，能夠從別人口述的西方小說中感受到它們藝術上的個性化追求。「中國文章魁率，能家具百出不窮者，一惟馬遷，一惟韓愈。試觀馬遷所作，曾有一篇自襲其窠臼否？……若韓氏者，匠心尤奇」[46]。林紓能夠撇開文體的閾限，在外國小說的藝術技巧和結構中體味到與中國文人文學相通的「匠心」，可謂審美直覺使然。所以錢鍾書認為，說林紓用古文「翻譯」並不準確，因為「在『義法』方面，外

魏易譯，北京，商務印書館 1981 年版。

[45] 此為 1903 年《新小說》第八號上刊登的翻譯小說《毒蛇圈》的「譯者識語」。陳平原、夏曉虹《二十世紀中國小說理論資料》（第一卷）第 94 頁，北京大學出版社 1989 年版。本書所引陳、夏該書，均為 1989 年第一版。下同，不另注。

[46] 林紓《〈洪罕女郎傳〉跋語》，陳平原、夏曉虹《二十世紀中國小說理論資料》（第一卷）第 164 頁。

國小說本來就符合『古文』」[47]。一般人通常是從文體（「小說」）這一角度，平行地對比中西文學的差異；而林紓因為「不懂」，天然地用中國史傳與古文對應西方小說，還真對應出若干相似處來。

　　對於狄更斯的小說，林紓最感佩的就是狄氏小說那「專為下等社會寫照」的平民傾向與精彩絕倫的再現藝術。在《孝女耐兒傳》（Old Curiosity Shop《老古玩店》）的序中，林紓就狄更斯小說的世俗描繪，對比中國的史傳和小說，發表了精彩的議論：「余嘗謂古文中敘事，惟敘家常平淡之事為最難著筆。《史記·外戚傳》述竇長君之自陳，謂：『姊與我別逆旅中，丐沐沐我，請食飯我，乃去。』其足生人惋愴者，亦只此數語。若《北史》所謂隋之苦桃姑者，亦正仿此；乃百摹不能遽至，正坐無史公筆才，遂不能曲繪家常之恒狀。究竟史公於此等筆墨亦不多見；以史公之書，亦不專為家常之事發也……」史傳難以匹敵時，他則以小說中的精品《紅樓夢》對比：「中國說部，登峰造極者，無若《石頭記》，敘人間富貴，感人情盛衰，用筆縝密，著色繁麗，製局精嚴，觀止矣」。然而儘管《紅樓夢》「其間點染以清客，間雜以村嫗，牽綴以小人，收束以販子」，也有不少對下層世態的描寫，但林紓認為《紅樓夢》的作者並不「專屬於」寫下層社會，因而它「終竟雅多俗寡」。

　　　　史、班敘婦人瑣事，已綿綿可味矣；顧無長篇
　　可以尋繹。其長篇可以尋繹者，惟一《石頭記》；

---

[47]　錢鍾書《林紓的翻譯》，《七綴集》第 94 頁。

然炫語富貴，敘述故家，緯之以男女之豔情而易動目。若迭更司此書，種種描摹下等社會，雖可噲可鄙之事，一運以佳妙之筆，皆足供人噴飯，尤不可及也。[48]

這些論述，往往見出林紓的文學高見。而他的古文版的狄更斯小說，單從「話語」看，無疑是對古文的拓展。

翻譯完法國小說《離恨天》[49]，林紓在《譯餘剩語》中說：

凡小說家立局，多前苦而後甘，此書反之。然敘述島中天然之樂，一花一草，皆涵無懷、葛天時之雨露。又兩少無猜，往來遊衍於其中，無一語涉及纖褻者。用心之細，用筆之潔，可斷其為名家。中間著入一祖姑，即為文字反正之樞紐。余嘗論《左傳·楚武王伐隨》，前半寫一「張」字，後半落一「懼」字。「張」與「懼」相反，萬不能咄嗟間撇去「張」字轉入「懼」字。幸中間插入「季梁在」三字，其下輕將『張』字洗淨，落到「隨侯懼而修政，楚不敢伐」。今此書敘葳晴（指女主人公薇吉尼——引者）在島之娛樂，其勢萬不能歸法，忽插入祖姑一筆，則彼此之關竅已通。用意同於左氏。可知天下文人之腦力，雖歐亞之隔，亦未有不同者。[50]

---

[48] 陳平原、夏曉虹《二十世紀中國小說理論資料》（第一卷）第 272 頁。

[49] 林譯法國森彼得《離恨天》，今譯《保爾和薇吉尼》（Paul et Virginie）。

[50] 陳平原、夏曉虹《二十世紀中國小說理論資料》（第一卷）第 388-389

從中我們感受到林紓的藝術想像與感受力是相當出色和準確的。

就連一般好以「哀感傷心之詞，以寫其悲」的哈葛德，林紓也讀出了哈氏《斐洲煙水愁城錄》的特殊來，認為這部寫非洲土著與白人部落之間戰爭的冒險小說，「斬然復立一境界」，「何乃甚類我史遷也？」他認為哈氏這部小說的敘事方式，很像《史記》中的《大宛傳》[51]。我們發現，不懂西文的林紓，大抵也只能在小說形象的塑造、敘述的技法、情節的結構等敘事特徵方面去把握西方原著。但由於林紓深厚的文學功底與敏銳的藝術感覺，他往往對原著的風格，有深刻的領會。他用古文，竟然能夠惟妙惟肖地傳達西方原著的幽默，這已為眾多現代作家所折服。林紓的不懂西文，從某種意義上說倒是一件好事，使他不知道自己所津津樂道的那些西方小說，其實原本是用「白話」寫的。多虧這個不懂，他才有可能誤讀，並在誤讀的前提下潛心體驗原著在敘述方式與結構上的審美性，並以簡雅的古文重新敘述，使讀者能夠在陌生的敘述空間體驗到相似的情緒與人生經驗。

如果說晚清文學家中強調中西文學之「異」的，對話的主要針對者是追求「新」、渴望「變」的激進者（包括作者與讀者），那麼林紓強調中西之「同」，其潛在對象則不是「新派」，而是「舊派」，是一些對西學持懷疑或拒絕態度

頁。
[51] 林紓《〈斐洲煙水愁城錄〉序》，陳平原、夏曉虹《二十世紀中國小說理論資料》（第一卷）第141頁。

的文人。林紓的疏通，一是讓他們認識到西方文學與中國文學是相通的，「勿遽貶西書，謂其文境不如中國也」；二是讓他們知道西方人與中國人有許多相同的人性與人倫，並非無父的野蠻人——「『歐人多無父，恒不孝於其親』。輾轉而訛，幾以歐洲為不父之國。……於是吾國父兄，始疾首痛心於西學」[52]。基於中西文化「媒婆」的使命感[53]，林紓對西方文學的闡釋，就更加具有「六經注我」式的誤讀傾向。

　　考察林紓的誤讀，最有意思的是他對西方文化的中國化的道德解讀。狄更斯的小說《老古玩店》，被翻譯成《孝女耐兒傳》，一個「孝」字，消解了中西兩種文化的價值差異。林譯中有不少以「孝」命名的，如《雙孝子喋血酬恩記》、《英孝子火山報仇錄》等，這些充滿「孝」字的譯名顯然不是原著的書名或範疇[54]。「孝」是儒家道德的核心概念，也是林紓對原著意義進行修正和轉換時使用的主要範疇，他試圖在「發現」和介紹西方的「孝子」中，糾正當時一些西方崇拜者對西方家庭人倫關係的誤解。林紓譯的阿丁《美洲童子萬里尋親記》（William L. Alden：Jimmy Brown Tring to Find Europe，今譯威廉·奧爾登《萬里尋母記》），寫一位

---

[52] 林紓《〈英孝子火山報仇錄〉序》，陳平原、夏曉虹《二十世紀中國小說理論資料》（第一卷）第 139 頁。

[53] 錢鍾書在《林紓的翻譯》中引歌德等人的話，論證翻譯作為「媒人」的功能，認為林紓翻譯在文學史上所起的「媒」的作用是「公認的事實」。見《七綴集》第 82 頁。

[54] 《雙孝子喋血酬恩記》原著為英國作家 David Christie Murray 的 The Martyred fool，可譯為《殉道的莽漢》。《英孝子火山報仇錄》是哈葛德的 Montezuma's Daughter，應譯為《蒙特祖瑪的女兒》。參照俞久洪《林紓翻譯作品考索》，見《林紓研究資料》第 409、410 頁。

年僅十一歲的小孩，為了找外出打工的母親，從美洲搭船到
歐洲，歷盡磨難的故事。林紓在這部小說的序中，聯繫他所
瞭解和想像的西方，竭力澄清國內一般人關於西人「無父」
的謬識。他引用他的「孝友人」高而謙（高鳳岐的二弟）給
他講的一位巴黎女士終身贍養父母的事[55]，矯正中國某些「狡
黠者」（別有用心的人）借西方道德對民眾的誤導：

> 余初怪駭，以為非歐美人。以歐美人人文明，不
> 應念其父子如是之初。既復私歎父子天性，中西初不
> 能異，特欲廢黜父子之倫者自立異耳……彼狡一號於
> 眾：泰西之俗，雖父子亦有許可權，虐父不能制仁子，
> 吾支那人一師之則自由矣。嗟呼！大杖則逃，中國聖
> 人固未嘗許人之虐子也。且父子之間不責善，何嘗無
> 自由之權？若必以仇視父母為自由，吾決泰西之俗萬
> 萬不如是也。[56]

　　林紓以中國的道德範疇「父」、「子」等，闡述西方人
對於家庭和親人的忠誠與愛。林紓的目的，顯然仍然是改良
主義的學習西方——「斕棄故紙，勤求新學」[57]。儘管林紓
的概念與話語，是無法傳達人道主義、個人主義這些屬於「現
代」西方的人文精神，但在晚清，林紓式的誤讀，對消除中

---

[55] 林紓在這篇序裏說：「余摯友長樂高子益而謙，孝友人也，曾問學於
　　巴黎之女士。迨子益歸，而女士貽書子益，言父母皆老，待養其身，
　　勢不能事人，將以彈琴、授書活其父母；父母亡，則身淪棄為女冠也」。
[56] 林紓《〈美洲童子萬里尋親記〉序》，陳平原、夏曉虹《二十世紀中
　　國小說理論資料》（第一卷）第 140 頁。
[57] 林紓《黑奴籲天錄·跋》，林紓、魏易譯《黑奴籲天錄》，北京，商
　　務印書館 1981 年版。

西暌隔是一種比較有效的方式——儘管它的局限與謬誤是顯在的。

　　林紓一生，始終將儒家倫理的「禮」奉為圭臬。然而西方小說中屢有違背中國道德之「禮」的情節，這即使不「幾幾得罪於名教」[58]，也是林紓本人有所不安的。林紓最終在中西歷史與文化的相似處，用誤讀的方式，將原著所顯示的人物行為，整合到儒家道德的規範中。1907 年，林紓所譯司各特的《劍底鴛鴦》（The Betrothed）出版。司各特小說常常在歷史、冒險中敘述浪漫的男女之情，而這些有關愛情的征服、轉移等，是怎麼也不能符合中國儒家道德的。於是，林紓借這部小說的譯序對他所譯文本的不端方進行辯解。《劍底鴛鴦》的男女主人公達敏、意薇芩本已相愛，達敏的叔父休鼓拉西卻「不審其愛而強聘之」，與意薇芩訂了婚。後來休鼓拉西帶兵出征三年，回來後「自審年老」，最終將意薇芩讓給了侄子。林紓在此一方面從正面強調男女主人公的道德自律：達敏、意薇芩在休鼓拉西離開的三年中，雖同堡居住，卻「彼此息息以禮自防，初無苟且之行」，林紓稱他們的結局是「不以亂始，尚可以禮終」，並反覆提醒讀者不要去模仿這樣的行為，僅僅作為小說去欣賞就可以了——「不必躪其事，但存其文可也」。另一方面，林紓以他對史傳的熟稔，引《左傳》中晉文公重耳奪侄子之妾而殺侄的故事，反詰名教之徒：「彼懷公獨非重耳之侄乎？納嬴而殺懷，

---

[58] 林紓《〈劍底鴛鴦〉序》，引自陳平原、夏曉虹《二十世紀中國小說理論資料》（第一卷）第 271 頁。

其身尤列五霸，論者胡不斥《左氏傳》為亂倫之書！」[59] 其間林紓的苦衷與對策，恰使我們多少能夠體會晚清文化轉型的艱難，對林紓的誤讀也就多了幾分理解。

　　通過與友人合作，林紓到底對西方文學與文化觀念有著比較深切的感受。他以中國傳統的儒家倫理為「標準」闡釋西書，不完全是源於他的「不知」，而是有很大程度上的有意為之──他太瞭解「國情」，有意彌合中西差異，使包括自己在內的士大夫階層不至將西方視為「禽獸」而加以拒絕。林氏的誤讀，雖常常完全掩蓋了西方原著的人文主義光彩，但卻也是晚清那個時代廣大士人階層可能接受和理解西方的最好策略。

　　林紓充滿傳統中國道德意味的誤讀，不啻為一道過渡的橋梁，悄然將中國讀者引領到了傳統道德規範的邊緣。而真正忠實於西方原著文本的周氏兄弟的翻譯小說《域外小說集》，則因為道德和審美的超前，而不被當時讀者接受[60]。

　　但是，用儒家道統解釋西方文化風俗，其特定歷史語境下的合理性，是以削足適履的代價換取的。所以，嚴格地講，林譯的中國化道德誤讀，既不可能真實體現原著的人文精神，也難免有時矯情，甚至陷入自相矛盾的尷尬。最有諷刺意味的就是他翻譯《迦茵小傳》召來的批評。

---

[59] 同上。

[60] 《域外小說集》兩冊，在東京、上海兩處總共賣出 40 套左右，周氏兄弟原擬繼續出版的第三冊，也只好取消。見周作人《域外小說集序》，《域外小說集》，上海，群益書社 1921 年版。

　　《迦茵小傳》（Joan Haste），是英國作家哈葛德 H. Rider
Haggard 的小說，講述的其實是西方愛情小說中司空見慣但
中國人感到新奇的故事：女主人公迦茵雖「非名門閨秀」，
但卻是「村墟中一好女子，美文而通」。她與出身於貴族的
「水師船主」（海軍艦長）亨利一見鍾情，二人遂墜愛河。
亨利母親百般反對，執意要兒子與另一位門第相當的貴族女
子結婚。迦茵為了亨利的前程，忍痛割斷了與亨利的戀情，
與一直緊追她的村中地主洛克結了婚。然而婚後迦茵對亨利
依舊感情深厚，這使洛克對亨利生產強烈嫉恨，遂挾槍去暗
殺亨利。迦茵毅然保護亨利而飲彈身亡，亨利知情後，痛心
不已。這部小說的中譯本最初於 1901 年至 1902 年在上海《勵
學編譯》第一至第十二冊連載，1903 年上海文明書局出單
行本[61]，譯者署名「蟠溪子」、「天笑生」，實是楊紫麟和
包天笑。楊、包的譯本為了「保護」迦茵的道德形象，隱諱
了迦茵與亨利未婚先孕和有私生子的細節，並在序言中謊稱
原著的前半部丟失了。林紓讀到蟠溪子譯本，深為感動，稱
之為「悲健作楚聲，此《漢書‧揚雄傳》所謂『抗詞幽說，
閑意眇旨』者也」[62]。兩年後，林紓得到哈葛德這部小說的
原著，遂將它全部譯出。很自然，蟠溪子、天笑生苦心迴避
的迦茵「失貞」的情節，被林紓照實曝了光。

---

[61]　此譯本譯名《迦因小傳》，林譯「迦因」作「迦茵」。引文依照原文
　　　抄錄。
[62]　林紓《迦茵小傳‧小引》，（英）哈葛德著，林紓、魏易譯，北京，
　　　商務印書館 1981 年版。

　　林譯《迦茵小傳》出版後，立即遭來強烈攻擊：「今蟠溪子所謂《迦因小傳》，傳其品也，故於一切有累於品者，皆刪而不書。而林氏之所謂《迦因小傳》者，傳其淫也，傳其賤也，傳其無恥也」，使迦茵之身價「忽墜九淵」。批評者的憤怒，在於「凡蟠蹊子所百計彌縫而曲為迦因晦者」，林譯則「必欲歷補之以彰其醜」[63]。林紓的行為，顯然是因為耽於美而「忘記」了道德，這顯示出林紓性情中率真的一面。但他對寅半生批評的沉默，則使人疑心，處處不忘「守禮」的林紓[64]，他是否也會慚愧自己不小心失了一回「貞」？

　　不過，林紓在《〈橡湖仙影〉序》中，發過這樣的牢騷：「宋儒嗜兩廡之冷肉，寧拘攣曲跼其身，盡日作禮容，雖心中私念美女顏色，亦不敢少動，則兩廡冷肉蕩漾於其前也。」[65]從中我們可以看到處處謹受禮防的林紓，其實也不乏不拘泥於道學的詩人氣。這是他靈魂深處「古文家」（也是道德家）與「小說家」（往往不端方）有趣的「對立統一」。也許正是這一點詩人氣，使他能夠自省中西文化的不同。再加上當時正在翻譯，身心處於審美的狀態，難免不被對象感染。我們看到，民國以後的林紓，在翻譯質量走下坡路[66]的

---

[63]　寅半生《讀〈迦因小傳〉兩譯本後》，《遊戲世界》第 11 期，1907年。另陳平原、夏曉虹《二十世紀中國小說理論資料》（第一卷）第228-230 頁。

[64]　林紓創作的小說，常常將主人公的守「禮」作為必須的細節交代。如《劍腥錄》（《京華碧血錄》）中，寫男女主人公邢仲光、梅兒的愛情時，總忘不了交代他們「謹守禮防」。

[65]　阿英《晚清文學叢鈔‧小說戲曲研究卷》第 230 頁，上海，中華書局1960 年版。

[66]　關於林紓晚年翻譯的粗糙，周氏兄弟等很多人都有同感。如錢鍾書在

　　同時，原先在西方小說感染下偶露狂放的詩心，也差不多完全收回，體現在他的創作中，就是處處不忘強調男女「禮防」。昔日在翻譯中被認為誨淫的林紓，又回到傳統禮教的規矩中了。這也從一個側面顯示了林紓本人的文化觀念與他翻譯的原著之間是有相當大距離的。

　　林紓最早的一部翻譯小說《巴黎茶花女遺事》，書前的「小引」，不足百字：「曉齋主人歸自巴黎，與冷紅生談巴黎小說家皆出自名手。生請述之。主人因道，仲馬父子文字，於巴黎最知名……冷紅生涉筆記之。」表白小說在國外都出自名家，暗示西方小說非小道也；但口述者及筆譯者皆署筆名，說明他們仍然有所顧忌。翻譯時口述者和林紓常常停筆抹淚、相對感傷，但在小引中卻不著一字，也沒有任何評價——這些既顯示出林紓的謹慎態度，同時也真實地展示了林紓翻譯西方小說的偶然性。

　　然而進入二十世紀，當啟蒙主義的文學言論在各種報刊漸次增多並漸漸匯為潮聲時，林紓對小說的態度也明朗起來，他與口述者翻譯西方小說的合作，就不再是聊以自慰的偶爾涉筆，而是成了他在晚清最後十年為「啟發民智」而進行的重要事業[67]。因此，此後的翻譯，文本前後「序」和「跋」的位置，就成為林紓借機進行文學與思想闡釋的廣場。這些序、跋，既是林紓理解並闡釋原著的場所，也是我們尋找和

　　《林紓的翻譯》中說，林紓在民國二年譯完《離恨天》後，「譯筆逐漸退步，色彩枯暗，勁頭鬆懈，使讀者厭倦」。

[67]　林紓 1901 年在《譯林》第 1 冊的序中說：「吾謂欲開民智，必立學堂，學堂功緩，不如立會演說；演說又不易舉，終之唯有譯書」。見陳平原、夏曉虹《二十世紀中國小說理論資料》（第一卷）第 226 頁。

理解他的誤讀的關鍵地方。在這些序言性文字中，我們發
現，林紓對西方小說的誤讀，尤其是民國以前的翻譯，具有
相當濃厚的時代色彩，那就是啟蒙主義。在翻譯《黑奴籲天
錄》時，林紓與口述者魏易且譯且泣，書中黑人的悲慘景況，
令他們想到黃種人的命運──當時世界範圍內正在發生虐
待華人的事件，美國更禁止華工進入，並在海岸設置木柵關
押華人。所以在這部小說的「跋」中，林紓對比日本人遭美
國人侮辱後「爭之美廷，又自立會與抗」的行為，呼籲中國
人「振作志氣」，與強權抗爭；而他希望自己的譯著，能夠
成為「愛國保種之一助」[68]。果然，《黑奴籲天錄》在讀書
界引起的反應，正如林紓所期望的：「我讀《籲天錄》，
以哭黑人之淚哭我黃人，以黑人以往之境，哭我黃人之現
在」[69]。

　　無論怎樣的誤讀，西方小說本身所運載的現代思想與道
德評價，也會多少促進林紓思想觀念的現代化，使他在傳統
的道德範疇中，產生（實是接受）了一些現代觀念，如「女
權」、「婚姻自由」等。譯完哈葛德的《紅礁畫槳錄》，林
紓對女子解放有若干感慨：「婚姻自由，仁政也。苟從之，
女子終身無菀枯之歎矣。」可以說，林紓在翻譯的同時，也
是自身思想觀念不斷修正的過程。林紓關於女權的闡釋，在
他特定的道德理念中，竟在結論上達到某種深刻──他認

---

[68]　林紓《黑奴籲天錄·跋》，林紓、魏易譯《黑奴籲天錄》，北京，商
　　務印書館 1981 年版。
[69]　靈石《讀〈黑奴籲天錄〉》，原載《覺民》第 8 期（1904 年），引自
　　陳平原、夏曉虹《二十世紀中國小說理論資料》（第一卷）第 117 頁。

為，女子要真正取得自由，即合乎「禮」的自由，就必須先
讀書；只有具備知識與智力，女子才可能對自己的未來作理
性的選擇，而不至局限於「苟且之事」，貽害自己。所以，
「欲倡女權，必講女學」；「倡女權，興女學，大綱也」。
林紓著眼的是「禮」，即女人的道德規範，主張女子在「禮」
的規範中實現婚姻自由。林紓儘管還遠不是鼓勵女性獨立，
卻也在某種程度上支持了女子的自主權利，實際上已經突破
了「禮」的規範。提倡「女學」，顯然是肯定才智，林紓在
這篇序言中明確否定「女子無才便是德」的傳統觀念；而在
他後來的小說創作中，無論是偏於志怪的短篇小說，還是寫
實的長篇歷史小說，女主人公幾乎無一例外都是才女——她
們除了美貌，還兼有過人的才學。當然，我們必須明白的是，
林紓提倡「女學」，尚帶著鮮明的「前現代」色彩，其著眼
點是強調知識、智慧對於「選擇」的理性制約。也就是說，
只有當女性具有相當的知識和判斷力時，她才具備主宰幸福
的能力，愛而不亂——這裏，林紓將「愛」作為合理的東西，
不能不說是對傳統道德的超越；但他卻仍然強調理性，即「不
亂」；而「不亂」的前提是男女雙方的才智與學識足以對自
己的選擇負責。所以他說，卓文君與司馬相如「皆有才而積
學者也」，「人振其才，幾忘其醜」[70]。

　　林紓「興女權，倡女學」的潛在目的雖仍然是婚姻的秩
序，但是，他將知識、智慧作為女子婚姻自由的前提，卻找
準了女子解放的關鍵，比起胡適《婚姻大事》中女主人公跟

---

[70]　林紓《〈紅礁畫槳錄〉序》，陳平原、夏曉虹《二十世紀中國小說理
　　論資料》（第一卷）第 165 頁。

著男朋友的汽車走了，仿佛更接近現代女權主義的核心。林紓這種帶有相當局限的「前現代」闡釋，卻為後來者衍生、「誤讀」開拓了現代空間——魯迅《娜拉走後怎樣》所闡明的女性「經濟權」的重要意義，從思想史的角度看，正是晚清林紓這類「前現代」女權思想的合理延伸。

　　林紓對西方小說的接受與翻譯，有晚清維新知識界傳播新學、改造中國文化的內在動力，但他對西方小說的如此推崇，是有「誤讀」之前提的。西方近現代小說所包含的個人主義與人性尺度，並不完全符合林紓心目中的道德律。他的不懂西文，使他在以古文經驗理解西方小說時能夠以無知而無畏的自信大膽處理，從而使其翻譯文本自成風格，使西方小說在晚清得以迅速傳播。

　　五四作家對林譯，就林紓及其古文文本來說，也是誤讀；而他們因對林紓的誤讀，倒獲得了比林紓更接近西方小說原著精神的理解。這有趣的「互文」現象，充分顯示著誤讀對文學史的積極意義。

三、再論林紓與五四文壇

- 林譯的「超文本」價值與五四作家的成長
- 歷史的「誤讀」：回放林紓與五四的衝突
- 林紓的文化命運：犧牲在實質正義中

　　五四作家，幾乎沒有不受林譯小說影響的。

　　晚清文學對周氏兄弟影響最大的，不是李伯元、吳趼人的社會寫實小說，也不是風行的梁啟超在《新小說》上著或

譯的小說，而是林譯小說[71]。周作人的很多文章，都談到過
林譯小說與他和魯迅青年時代文學活動的關係[72]。在《魯迅
與清末文壇》中，周作人詳論過林紓對魯迅和他的影響。魯
迅在南京求學時，就買了林紓翻譯的《巴黎茶花女遺事》，
此後，兄弟二人一直是林譯小說的熱心讀者，他們對林譯小
說的興趣一直持續到民國初年以後。周作人回憶他們在日本
時，「對於林譯小說有那麼的熱心，只要他印出一部，來到
東京，便一定跑到神田的中國書林，去把它買來，看過之後
魯迅還拿到釘書店去，改裝硬紙板書面，背脊用的是青灰洋
布……」[73]林譯小說對周氏兄弟的影響，不僅僅是關於小說
地位的看法，而且是直接促成了他們尋找和翻譯西方小說。
周作人說，林譯司各特的《撒克遜劫後英雄略》是他們最「佩
服」的；《鬼山狼俠傳》「更是愛讀，書裏邊自稱『老獵人』
的土人寫得很活現，我們後來閒談中還時常提起，好像是《水
滸傳》中的魯智深和李逵」[74]——在這裏，我們往往能夠感
覺到周氏兄弟（尤其是魯迅）心靈中的一份「小說家」的浪
漫情懷——至於「內容古怪」的《埃及金塔剖屍記》，則「引

---

[71]　周作人回憶說：「當時看小說的影響，雖然梁任公的《新小說》是新
　　出的，也喜歡它的科學小說，但是卻更佩服林琴南的古文所翻譯的作
　　品」。《知堂回想錄》（上）第 243 頁，石家莊，河北教育出版社 2002
　　年版。
[72]　這些文章計有《點滴・序》，《林琴南與羅振玉》，《瓜豆集・關於
　　魯迅之二》，《翻譯小說》（上、下），《魯迅與清末文壇》，等。
[73]　周作人《魯迅與清末文壇》，見周作人《魯迅的青年時代》第 74 頁，
　　河北教育出版社 2002 年版。
[74]　同上。

導我們去譯哈葛德」[75]，他們挑了一本《世界的欲望》，譯後易名《紅星佚史》，其中的十多首詩歌由魯迅譯成楚辭句調。該書 1907 年 2 月譯出，11 月便被商務印書館作為「說部叢書」初集之第七十八種出版[76]。儘管周氏兄弟後來對西方的文學選擇，漸漸超越了林紓，由哈葛德的傳奇小說轉移到了莫泊桑、迦爾洵、屠格涅夫、安德列夫這些藝術派（而且往往具有先鋒性）身上了，但林譯小說帶給他們的愉快，一種潛在的審美影響，是我們絕對不能漠視的。1909 年出版的《域外小說集》，其人道主義和詩化敘事的審美旨趣，都脫離了林譯小說的趣味，但是，它語言上的簡潔古奧追求，雖然比林紓的古文更書面化，但選擇古文譯小說本身，就顯然還在林譯小說語言的影響中[77]，正如周作人在五四以後坦言的，「我個人還曾經很模仿過他的譯文」[78]，「丙丁之際我們翻譯小說，還多用林氏的筆調」[79]。

　　「我們幾乎都因了林譯才知道外國有小說，引起一點對於外國文學的興味」[80]，周作人這句語氣上顯然比較克制的話，其實已經道明中國現代文學以西方為典範的確立，是從

---

[75]　同上。

[76]　參見《知堂回想錄》中七十七、七十八則《翻譯小說》（上、下）。

[77]　周作人 1920 年在《點滴》的序中說：「我從前翻譯小說，很受林琴南先生的影響；1906 年住東京以後，聽章太炎先生的講論，又發生多少變化，1909 年出版的《域外小說集》，正是那一時期的結果。」《點滴·序》第 1-2 頁，北京大學出版部 1920 年版。

[78]　周作人（署啟明）《林琴南與羅振玉》，《語絲》第 3 期，1924 年 12 月 1 日。

[79]　周作人《關於魯迅之二》，《瓜豆集》第 168 頁，河北教育出版社 2002 年版。

[80]　周作人《林琴南與羅振玉》，《語絲》第 3 期，1924 年 12 月。

林紓的翻譯小說開始的。胡適說他早年「敘事文受了林琴南的影響。林琴南翻譯小說我總看了上百部」[81]。郭沫若在他的回憶錄中說，對他後來的文學傾向有絕對影響的，一是哈葛德的《迦茵小傳》，二是司各特的《撒克遜劫後英雄略》（Ivanhoe），而這兩種，都是林紓翻譯的。前者是他「所讀過的西洋小說的第一種」，後者「那種浪漫派的精神」給他「影響最深」；林譯蘭姆（C. Lamb）的《英國詩人吟邊燕語》（Tales from Shakespeare《莎士比亞戲劇故事集》），也使他「感著無上的嗜味」。郭沫若比喻他早年所受的林譯影響，像「車轍的古道一樣，很不容易磨滅」[82]。李劼人在談自己最初的創作時說，「我平時愛看林琴南的小說，看多了就引起寫作興趣」[83]。比李劼人、郭沫若更晚出生的錢鍾書，所接受的西方文學啟蒙，也是林譯小說——

> 商務印書館發行的那兩小箱《林譯小說叢書》是我十一二歲時的大發現，帶領我進了一個新天地，一個在《水滸》、《西遊記》、《聊齋志異》以外另闢的世界。我事先也看過梁啟超譯的《十五小豪傑》、周桂笙譯的偵探小說等等，都覺得沉悶乏味。接觸了林譯，我才知道西洋小說會那麼迷人。我把林譯的哈葛德、歐文、司各特、迭更司的作品津津不厭地閱覽。

[81] 胡頌平《胡適之先生晚年談話錄》第 280 頁，中國友誼出版公司 1993 年版。
[82] 郭沫若《少年時代》第 113、114 頁，人民文學出版社 1979 年版。
[83] 李劼人《談創作經驗》，《李劼人選集》第 5 卷第 537 頁，成都，四川人民出版社 1986 年版。

> 假如我當時學習英文有什麼自己意識到的動機，就是
> 有一天能夠痛痛快快地讀遍哈葛德以及旁人的探險
> 小說[84]。

林譯小說甚至影響到錢鍾書後來的志向。

　　林譯小說文本的意義，既超越了他本人理性的審美與道德預設，也超越了晚清一般文人讀者的審美期待。因此它的最大價值乃是其「超前性」，隱性的後果就是塑造了一個崇尚西方文學的新的讀者群——五四一代新文學作家。林紓與新文學的啟蒙與齟齬關係，都包含在「林譯」的不期然的文本內在的審美空間中。

　　《迦茵小傳》在林紓的同輩文人那裏，受到「誨淫」的指責，而在年輕的、上新學堂的下一代那裏，則是「自由」、「愛情」、「美」的啟迪——

> ……那女主人公的迦茵是怎樣的引起了我深厚的同情，誘出了我大量的眼淚喲。我很愛憐她，我也很羨慕她的愛人亨利。當我讀到亨利上古塔去替她取鴉雛，從古塔的頂上墜下，她張著兩手接受著他的時候，就好像我自己是從凌雲山上的古塔頂墜下來了的一樣。我想假使有那樣愛我的美好的迦茵，我就從凌雲山的塔頂墜下，我就為她而死，也很甘心。[85]

　　恪守禮教的林紓，不會想到他所譯的《迦茵小傳》，成了二十世紀中國最自由不羈的浪漫詩人的啟蒙之物。這某種

---

[84]　錢鍾書《林紓的翻譯》，《七綴集》第 82-83 頁。
[85]　郭沫若《少年時代》第 113 頁。

程度上正應驗了寅半生們的擔憂。

　　林紓當初翻譯，只是為了「溝通」，以使國內讀書人不要鄙薄西方文學——「勿遽貶西書，謂其文境不如中國也」[86]——哪料得到五四那一代人讀了他翻譯的西方作品，不僅是變得「看得起」，而且是崇拜西方文學，爾後要求廢除文言，追求中國文學的「西化」了！

　　林紓以他那個時代的知識和社會需求為「前理解」，對西方文學做出了適應那個時代接受心理的闡釋。但是，五四一代的知識結構已經發生變化，他們在「新學」教育體系下成長，獲得了新的思想和話語。他們與林紓、嚴復這一代人及其文化的關係，已經超過「勝於藍」了。

　　多年後，梁啟超在談到晚清啟蒙運動時，曾不無遺憾地說：「晚清西洋思想之運動，最大不幸者一事焉，蓋西洋留學生全體未嘗參加於此運動。運動之原動力及其中堅，乃在不通西洋語言文字之人。坐此為能力所限，而稗販、破碎、籠統膚淺、錯誤諸弊，皆不能免。故運動垂二十年，卒不能得一健實之基礎，旋起旋落，為社會所輕。」[87]晚清的留學生，人員既少，火候也不到，不大可能形成「全體參加」的新文化運動；而當時能夠參加的，就是中堅，如嚴復。梁任公遺憾的其實是晚清沒有能夠完成現代思想文化的啟蒙，而讓五四搶了頭功。其實，梁啟超的這個評價，很有點「後見」之「不明」，晚清不可能是五四，而五四成就的新文化，則是晚清二十年來的文化思想啟蒙與革新的產物。梁啟超追悔

---

[86]　林紓《黑奴籲天錄・例言》，林紓、魏易譯《黑奴籲天錄》。
[87]　梁啟超《清代學術概論》第 98 頁，上海古籍出版社 1998 年版。

晚清的歷史責任旁落，正好暴露出他不甘示弱的「老少年」心態。

　　晚清的「西洋留學生」，是到國外才開始瞭解西方的。西洋不但是一個與中國完全兩樣的世界，而且也是與他們固有的知識、經驗完全陌生的「他者」。他們只能是以驚詫和意外的目光小心注視和理解這個「他者」，進而向完全無知的國內讀者講述這天方夜譚一般的異域文化[88]。而五四那一代「西洋留學生」，在出國之前，「西方」就已經通過大量的閱讀而成為他們的間接經驗，林譯小說、嚴復譯著及當時風行的報刊雜誌，如《清議報》、《時務報》、《東方雜誌》、《新民叢報》、《新小說》等，為他們提供了大量感受西方的材料，他們在出國留學前便建立起比晚清那一輩更豐富也更真切的西方形象。再加上強國思變的社會情緒隨晚清以來屢屢失敗的內政外交，到五四前夕已經積蓄到極限，西方不再是中國的「他者」，而是新文化對新中國的自我想像。

　　從《迦茵小傳》引起的風波，到林紓在《紅礁畫槳錄》序言中闡發的關於女權與女學的思想見解，我們就可以看出，林紓雖然道德觀念上極為正統，但到底不是道學家，而是詩人氣極重的文人，因而他在關鍵時刻終因耽於「愛」而忤逆了「道」。儘管他始終在用儒家的道德範疇闡釋他譯筆下的人物，但西方原著所提供的現代話語，使林紓不得不首先在古文中夾帶許多諸如「愛情」、「女權」、「幸福」、「個人」、「社會」等現代社會價值體系的概念，而這些概

---

[88]　如王韜《漫遊隨錄》（1884年、1887年），薛福成《出使英法意比四國日記》（1891年），容閎《西學東漸記》（1909年）等。

念，不論林紓的理解有多少誤讀和「異延」，它們自身所具有的現代文化資訊與價值內涵，卻與在新學堂學習西方語言文化而成長的年輕一代所接受的西方文化知識相吻合，構成他們現代話語的基本語彙。所以，說到底，林譯小說話語之內存在的「重構空間」，為現代中國新思想、新道德的產生提供了溫床。林紓不可能想到，他原本為溝通中西、消除偏見的文學翻譯，竟然成為五四一代選擇西方文化價值的導引。三十年代初，錢鍾書與林紓的老友、也是桐城散文大家的石遺老人陳衍見面，陳聽錢說是因為讀了林譯小說而萌發學外國文學興趣的，大為不解，說：「這事做顛倒了。琴南如果知道，未必高興。你讀了他的翻譯，應該進而學他的古文，怎麼反而嚮往外國了？琴南豈不是『為淵驅魚』麼？」[89] 從某種意義上說，林紓的翻譯不光是「為淵驅魚」，簡直就是「自掘墳墓」。五四新文化後來成為他晚景悲涼的直接原因。

　　1924 年 10 月，因五四而聲名狼藉的林紓去世。有意思的是，新文學普遍表現出對林的寬恕。當年 11 月，鄭振鐸在《小說月報》15 卷 11 號上發表長文《林琴南先生》，該文不僅從人格上稱讚林紓是「熱烈的愛國者」、「一個很清介的人」，而且對林紓的白話詩《閩中新樂府》、林的小說創作和翻譯均進行了全面的評價和肯定。「林琴南先生的逝世，是使我們去公允的認識他、評論他的一個機會」——鄭振鐸此舉明顯地是想矯正此前新文化人對林紓「不很公允」

---

[89]　錢鍾書《林紓的翻譯》，《七綴集》第 102 頁。

的批評，給林紓一個公允的蓋棺定論。12 月，周作人在《語
絲》第 3 期上撰文，說林紓「在中國文學上的功績是不可泯
沒的」，林紓的百餘種翻譯令「我們趾高氣揚而懶惰的青年，
真正慚愧煞人」。周作人說，「林先生不懂什麼文學和主義，
只是他這種忠於他的工作的精神，終是我們的師，這個我不
惜承認，雖然有時也有愛真理過於愛我們的師的時候」[90]。
周作人這篇《林琴南與羅振玉》，得到正在法國留學的劉半
農的呼應。劉半農致信周作人，以「晚輩」的心情「後悔當
初的過於唐突前輩」[91]。對此，被林紓在小說中醜化過的「金
心異」錢玄同大為不滿。在《寫在半農給啟明的信底後面》
中，錢玄同鮮明的五四態度仍然咄咄逼人：「我底意見，今
之所謂『遺老』，不問其曾『少仕偽朝』與否，一律都是『亡
國賤俘，至微至陋』的東西。」錢玄同尤其不滿劉半農的「晚
輩」姿態，認為那是「長前輩底志氣，滅自己底威風」——
「實在說來，前輩（尤其是中國現在的前輩）應該多聽些後
輩的教訓才是。因為論到知識，後輩總比前輩進化些；大概
前輩的話總是錯的多」[92]。最有戲劇性的是，受到錢玄同的
感染，周作人又寫《再說林琴南》，與劉、錢二文同期在《語
絲》發表，對此前的「恕辭」予以糾正——「不過他的功績
只此而已，再要說出什麼好處來，我絕對不能贊同」。周作
人態度的變化，並不意味著他對林紓歷史價值的否定。但
是，其讚揚的吝嗇，以及後來對林紓反動性的強調（1935

---

[90] 周作人《林琴南與羅振玉》。
[91] 劉復《巴黎通信》，《語絲》第 20 期，1925 年 3 月。
[92] 錢玄同《寫在半農給啟明的信底後面》，出處同上。

年，周作人在《人間世》第 14、16 期中看到兩篇紀念林紓的文章，再表不滿，並再次申言五四時期林紓衛道行為的反動性）[93]，是捍衛五四的使命使然。但是，客觀地說，林紓的歷史地位在五四後的新文學中，基本得到了公允的評價。

胡適 1922 年在《五十年來中國之文學》中對林紓翻譯的評價，大概是五四新文學最早為林紓「平反」的文字。1924年 12 月，他又在《〈晨報〉六周年紀念增刊》中撰文紀念林紓，強調林紓是晚清維新運動中那一班「苦口苦心地做改革」的「新人物裏的一個」，並將林紓早年的白話詩整理出來公諸於眾──「我們這一輩的少年人只認得守舊的林琴南，而不知道當日的維新黨林琴南。只聽得林琴南老年反對白話文學，而不知道林琴南壯年時曾做很通俗的白話詩，──這算不得公平的輿論」[94]。胡適這裏提到的林琴南的白話詩，即 1897 年印行的《閩中新樂府》，這些詩產生在甲午戰爭之後。1895 年《馬關條約》簽訂，清廷除要向日本賠償二萬萬兩白銀，還將遼東半島、臺灣及澎湖列島割給日本。當時林紓恰在北京，聞訊悲憤交加，他與陳衍、高鳳岐等聯名上書朝廷表示抗議，並在這個時期寫下幾十首模仿白居易新樂府的諷喻詩，以抒發憂國之情。這些詩兩年後以《閩中新樂府》印行，語言十分通俗。這裏不妨隨便擷取幾句，以觀其貌──「興女學，興女學，群賢海上真先覺」，「兒成便蓄報國志，四萬萬人同作氣」（《興女學，美盛舉

---

[93] 見周作人《苦茶隨筆・關於林琴南》。

[94] 原載 1924 年 12 月 31 日《〈晨報〉六周年紀念增刊》，引自《胡適文集》第 7 卷第 560 頁，北京大學出版社 1998 年版。

也》）；「今日國仇深似海，復仇須鼓兒童心」（《村先生，
譏蒙養失也》）；「救時良策在通變，豈抱文章長守株」（《破
藍衫，歎腐也》）──這些活潑淺顯的詩句，頗能反映晚清
啟蒙文學的特徵。但是這樣一個充滿「新」色彩的五四之
先聲的林紓，何以到了五四，竟對白話文學產生那樣大的
抵觸呢？

　　其實，在新文學的問題上，林紓與五四原本沒有不共戴
天的矛盾。在那場衝突中，林紓更像儀式上的一個犧牲，被
五四少年供奉於舊文學的祭壇。

　　晚清士林中，林紓的存在具有某種邊緣性。他僅有舉人
資格，多次考進士不中，做官無門，又不曾師從名流，無黨
無派，故以教書為業。但從意識形態看，林紓在晚清知識份
子中，無疑又屬於帶「新黨」色彩的激進人物，清末的歷次
政治運動，林紓都是道義上的積極介入者。1884（甲申）年，
停泊在福州馬尾港的法國軍艦突然向中國軍艦開炮，擊沈中
國軍艦十多艘，中國官兵死傷 700 多人。林紓聞訊，與友人
相抱大哭，並於三月後在福州街頭攔馬向欽差大臣左宗棠請
願，請求查辦當初謊報軍情、掩蓋損失的軍務官員，友人形
容林紓當時的面容是「目光如炬」[95]。1897 年德國占膠州灣，
就在康有為等「公車上書」之時，林紓與高鳳岐等也三次上
書御史台，強烈抗議德國強佔土地，並陳述籌餉、練兵、外
交、內治四項建議──當然這些建議都被駁回。林紓不贊同
廢除帝制，晚年甚至以清遺民自居，正如中國歷史上的一切

遺民一樣，其固執與迂腐成為笑柄。他幾年中的這種大倒退，倒是值得思索的。

五四以前，林紓基本上一直保持對晚清政治和現實持強烈批判的立場。他的第一部長篇小說《劍腥錄》，在客觀記載戊戌事件和庚子事變的同時，體現出對晚清政府的強烈憤懣與對民族前途的極大憂慮。而他的其他幾部民國以後出版的長篇，更表現出其政治上的獨立和理性立場。在政治態度上，林紓是反對革命而主張君主立憲的。但是，他描寫武昌起義的《金陵秋》，對武昌起義過程的描述、對主人公形象的刻畫，都展現出武昌起義及辛亥革命的正義性與崇高性。他的小說對「共和」以後社會道德的肯定[96]，使人很難相信這些描寫出自一個反對辛亥革命的保守派之手。林紓的幾部歷史小說，雖是小說，卻還真有些「良史」的胸襟，將客觀性與真實性置於他本人的政治立場之上。正因為林紓有堅定的道德信仰，面對恢復帝制的「洪憲皇帝」袁世凱，他才能夠毅然說「不」──1915年，袁世凱組織「籌安會」，袁的幕僚徐樹錚請林紓以「碩學通儒」身份參政，林堅決拒絕，並在被再三糾纏時發怒道：「請將吾頭去，此足不能履中華門也。」[97] 這種孤傲與激憤，與其說是忠於清室，不如說是傳統儒者的道德和正義精神。不能看到林紓的這一面，而將之歸為昏聵無聊的遺老，未免輕率。

---

[96] 如《劍腥錄》寫主人公邴仲光幼年上學挨打，「手心盡腫」的情形：「童子掌嫩，又被重創，幾裂其膚，握箸弗良」；林紓遂發感歎：「嗟夫，若在今日共和之世，為人師者，寧能行其兇暴如是耶？」《林紓選集》小說·卷下第10頁，成都，四川人民出版社1987年版。

[97] 林紓《答鄭孝胥書》，《林紓研究資料》第100頁。

　　林紓原本是一個游離於歷史舞臺的閑雲野鶴，他狷介的性情中，有一點遊俠作派，這大約跟他善拳劍、薄功名的經歷有關。少年時代他曾拜鄉間拳師學過武藝，一度以佩劍任俠、被酒行吟而得狂悖之名。他在《劍腥錄》中塑造的主人公邴仲光，就是這樣一種具有遊俠氣質的志士形象。他那篇臭名昭著的《荊生》，「偉丈夫」荊生不同於一般負笈遊學之士的是，他所帶的行李，除「書一簏」外，還有操武功的「銅簡一具」。無論是政治上還是文學上，林紓都有些君子不黨的傾向，他甚至反對文學劃分流派，認為「古文固無所謂派，襲其師說，求炫於世，門戶始立，古文之道轉從而衰」[98]。他還認為，「詩之有性情境地，猶山水之各善其勝。滄海曠渺，不能疚其不為武彝匡廬也。唐之李杜，宋之蘇黃，六子成就，各雄於一代之間，不相沿襲以成家。即就一代人言之，其境界各別。凡奢言宗派，收合黨徒，流極未有不衰者也。」[99] 1906 年，林紓以古文家的身份被北京大學聘為經學教員，與桐城派古文家馬其昶、姚永概相與往還，吳汝綸還稱讚他的文章「是抑遏掩蔽，能伏起光氣者」[100]。但林紓不曾將自己置於「桐城派」麾下，說「吾非桐城弟子」[101]。否認自己是桐城派，既可能是「不言派」的性情使然，但更可能出於

---

[98]　林紓《答甘大文書》，引自林薇《林紓傳》，《林紓選集》小說卷上第 312 頁，成都，四川人民出版社 1985 年版。
[99]　《畏廬文集・郭蘭石先生增默庵遺集序代》，上海，商務印書館 1910年版。
[100]　林紓《畏廬續集・贈馬伯通先生序》，引自《林紓研究資料》第 78頁。
[101]　林紓《慎宜軒文集序》，引自林薇《林紓傳》，《林紓選集》小說卷上第 312 頁。

自尊。林紓只有舉人資格，又非師從關係，在門戶和等級森嚴的傳統學術風氣下，這種「自謙」有時也是維護自尊。況且，林紓在當時，是翻譯小說的名氣大於他作古文的名氣，而「小說家者流」，是正宗古文派看不起的——這大約也是嚴復對康有為將他與林紓相提並論感到惱怒的真正原因。林紓以翻譯小說聞名，在正統的古文家看來，正像陳獨秀所挖苦的，屬於「野狐禪的古文家」[102]。陳獨秀並且將林紓的崇尚古文，譏諷為「婢學夫人」[103]，將林置於一種不三不四的地位。新文化派「桐城謬種」的惡意咒罵，沒有引起正宗桐城派人的反彈，倒是倡導小說的「野狐禪古文家」的林紓，孤身出來迎戰。無論在「舊派」中的地位，還是與「新思想」的隔膜，林紓都不足以和沒有必要作為舊派的代表應戰五四。這個不太合乎邏輯的現象，不排除身為桐城派邊緣的林紓邀寵於「正宗」的虛榮心理；但也使我們注意到引起論爭的一些細節。

關於林紓在 1919 年前後與五四新文化的交鋒，在幾十年的主流文學史中，都是作為五四文學革命與復古勢力交戰的第一個實例來進行描述的。林紓在這個衝突中不夠智慧的姿態，以及他在政治立場上的大倒退（以清遺民自居、對軍

---

[102] 1920 年 2 月《新青年》第 7 卷第 3 號陳獨秀在《通信》答臧玉海時說，正宗桐城派是看不起林紓這種只會譯小說的「野狐禪的古文家」。

[103] 1919 年 4 月 13 日《每周評論》第 17 號，陳獨秀（署名只眼）《隨感錄》中有一則《婢學夫人》，說「林琴南排斥新思想，乃是想學孟軻闢楊墨，韓愈闢佛老。林老先生要曉得如今雖有一部分人說孟軻、韓愈是聖賢，而楊墨佛老卻仍然有許多人尊重，孟軻韓愈的價值，正因為闢楊墨佛老而減色不少。況且學問文章不及韓孟的人，更不必婢學夫人了。」

閩徐樹錚的幻想等[104]），確是他人生的敗筆，促使其一世英名付諸東流。而五四新文化的勝利，使我們後來的文學史描述，突出了其螳臂擋車的滑稽形象，卻鮮於體察他「獨擋虎蹊」[105]的悲劇感受。

　　實在說，林紓本人的悲劇感受以及他在《腐解》中「萬戶皆鼾，而吾獨作晨雞焉」的悲壯比譬，可能比歷史的實際情形崇高了一些。因為在這場「新」與「舊」的交戰中，對立的雙方，無論是論辯的發動，還是實際的矛盾，都還未能形成真正的歷史衝撞。

　　1917 年 1 月，胡適字斟句酌的《文學改良芻議》，與陳獨秀疾言厲色的《文學革命論》相繼在《新青年》第 2 卷的 5、6 號上發表，但並沒有引起太大反響。為了造勢，錢玄同、劉半農二人遂在《新青年》第 4 卷第 3 號上，策劃了那出著名的雙簧戲。錢玄同化名「王敬軒」的《文學革命之反響》，與劉半農反駁的《復王敬軒書》，設一陷阱讓林紓上套[106]。

　　「王敬軒」這篇文章，除了對《新青年》「神聖施（耐庵）、曹（雪芹）而土芥歸（震方）方（望溪）」的反傳統

---

[104] 通常說，林紓小說《荊生》中偉丈夫荊生追打金心異等三書生、將他們趕出陶然亭的情節，是暗示借軍閥徐樹錚之力絞殺新文化。

[105] 1919 年 4 月 5 日林紓在《公言報》發表《腐解》一文，將自己的行為比作「蚊蚋之負泰山」，進而悲歎，「然萬戶皆鼾，而吾獨作晨雞焉；萬夫皆屏，吾獨悠悠當虎蹊焉。」

[106] 錢劉的雙簧之後，《新青年》第 4 卷第 6 號上又登陳獨秀《答崇拜王敬軒者》，並附一封署名「崇拜王敬軒先生者」的來信，繼續炒作此事件。

傾向進行批評外，就只抬舉一人，那就是林紓[107]。而實際上，在胡適的《芻議》、陳獨秀的《革命論》中，林紓都未被作為與桐城鼻祖「歸方劉姚」相對等的古文家進行批判。在陳、胡的潛在話語中，林紓或者搆不上被數落的資格[108]，或者因為是晚清文壇上開風氣的新派人物——實事求是地說，他的白話詩寫作，對西方文學的推崇和譯介，抬升小說地位的努力等，都是五四文學革命的先聲，即使林紓在對待傳統文化上的觀點與五四有重大分歧，但也不至於成為文學革命首當其衝的死對頭。

　　然而錢玄同、劉半農所虛擬出的「王敬軒」，在竭力維護古文地位時，左右不離對林紓的頌揚，硬將林紓「捧」上舊派核心的位置。

> 　　林先生為當代文豪，善能以唐代小說之神韻，譯外洋小說，所譯者，皆西洋之事也，而用筆措辭，全是國文風度，使閱者幾忘其為西事。是豈尋常文人所能企及？[109]

　　錢玄同以遊戲筆墨塑造出一個莫須有的顢頇愚鈍的守舊派，處處讚美林紓，卻是在為林紓預設陷阱，逼林紓出醜。王敬軒將「陀思妥耶夫斯基」念成姓「陀思」的人，攻擊周

---

[107] 錢玄同在這篇文章的末尾，也將嚴復引出，曰「某意今日之真能倡新文學者，實惟嚴幾道、林琴南兩先生」。但是嚴復因過分自信而不加理睬，故沒有上當。

[108] 這從 1919 年《新青年》、《每周評論》中陳獨秀幾篇涉及到林紓的通訊、短論中可以看出。

[109] 王敬軒《文學革命之反響》，《新青年》第 4 卷第 3 號，1918 年 3 月 15 日。

作人所譯「陀思之小說」[110]「不通」，「無從諷誦」；進
而指斥《新青年》，「林先生淵懿之古文，（貴報）則目為
不通；周君蹇澀之譯筆，則為之登載。真所謂棄周鼎而寶康
瓠者矣。」又說，「林先生所譯小說，不特譯筆雅健，即所
定書名，亦往往盡善盡美。如云『吟邊燕語』，云『香鈎情
眼』，此可謂有句皆香，無字不豔」[111]。「王敬軒」的言論，
在為劉半農的批駁樹立具體的靶子。

　　劉半農假戲真做的《復王敬軒書》，有差不多一半的篇
幅是針對「王敬軒」的觀點諷刺林紓的。指責林譯的「硬傷」，
無論是批評者還是被批評者，都不會感到意外。林紓深知自
己的短處，預先反覆作過「不審西文」的申明。能對林紓造
成最大傷害的，是挖苦他的古文不到家。錢、劉深諳林紓這
種傳統士人的心理，拿出了撒手鐧。而他們為貶低林紓的古
文，抬出的是周作人——「如先生以為周作人先生的譯筆不
好，則周先生既未自稱其譯筆之『必好』，本志同人亦斷斷
不敢如先生之捧林先生，把他說得如何如何好法；然使先生
以不作林先生『淵懿之古文』，為周先生病，則記者等無論
如何不敢領教。」[112] 錢劉何以如此自信而菲薄林紓的古文
呢？劉半農的文章說：

　　　　……周先生的文章，大約先生只看過一篇。如先
　　生的國文程度，——此「程度」二字，是指先生所說

---

[110] 事實上是周作人翻譯英國人 W. B. Trites 著的《陀思妥夫斯奇之小
　　說》，周氏此文見 1918 年 1 月《新青年》第 4 卷第 1 號。
[111] 王敬軒《文學革命之反響》，《新青年》第 4 卷第 3 號。
[112] 劉復《復王敬軒書》，《新青年》第 4 卷第 3 號，1918 年 3 月 15 日。

的「淵懿」「雅健」說，並非新文學中的所謂程度，——
只能以林先生的文章為文學止境，不能再看林先生以
上的文章，那就不用說；萬一先生在舊文學上用的功
夫較深，竟能看得比林先生高古的著作，那就要請先
生費些功夫，把周先生十年前抱復古主義時代所譯的
《域外小說集》看看。[113]

　　錢劉二人在此的語氣，儼然拉出了一位古文大家與林紓
對擂。不管是否正宗桐城派，林紓在晚清尚有文名，並因此
被聘為京師大學堂預科和師範館的經學教員（1906-1910
年）。而周作人的成名，顯然不在古文，且是在五四文學革
命以後。他與魯迅 1909 年出版的《域外小說集》，由於傳
播上的失敗，未能揚名。那麼，錢、劉何以認為周作人的古
文比林紓的更好呢？

　　這當追溯到章太炎那裏。章太炎以經學治小學，研究的
是比韓柳更老因而更正統的「古文」。1908 年至 1909 年，
周氏兄弟在東京，曾到《民報》社跟隨章太炎聽課一年多，
獲得「不少的益處」[114]，也因此而影響到文字的古雅追求，
《域外小說集》的翻譯，正是那個時候。周作人自己就說過，
他早期的翻譯是在模仿林紓的譯筆，但「聽章太炎先生的講
論，又發生多少變化，1909 年出版的《域外小說集》，正
是那一時期的結果。」[115]《域外小說集》的書名，是用篆字

---

[113] 劉復《復王敬軒書》，《新青年》第 4 卷第 3 號。
[114] 周作人《民報社聽講》，《知堂回想錄》（上）第 252-256 頁，河北
教育出版社 2002 年版。
[115] 周作人《點滴・序》第 1-2 頁，北京大學出版部 1920 年版。

題寫的，作「或外小說今」，可見其慕古求雅之追求。當時
在日本東京一起聽章太炎課的，還有一位章太炎的正宗弟
子，就是好高談闊論、愛在席上「爬來爬去」的錢玄同[116]。
錢氏仗著章門弟子的身份和可以驕人的小學功底，蔑視林
紓，潛在的標準顯然是非常「古舊」和傳統的。比起先秦古
文，唐人小說的語言，只算是古文（廣義）中的俗語而已。
其實林紓對此是非常清楚的，這也是他不願別人稱讚他的翻
譯的原因。但林紓為說服同儕而將小說與史漢相提並論的努
力，卻使自己被錢玄同們逼到「以子之矛陷子之盾」的尷尬
境地中。錢玄同們仗著「高古」而將林紓比下去，但「高古」
與小說這一世俗的文體本是不很相宜的，周氏兄弟後來也承
認《域外小說集》語言過於「生硬」和「詰屈聱牙」[117]，這
是導致《域外小說集》傳播失敗的原因之一。不過，有意
思的是，錢玄同等對林紓的挑戰，是基於古文夠不夠格的
問題，而深層的心理則是傳統中國士人的門戶和等級偏
見。歷史學家羅志田在《林紓的認同危機與民初的新舊之
爭》中，曾經對新文化派的「舊等級觀念」作過非常精當的
論證，認為「新文化諸人對林紓從一開始的主動攻擊和後來
的駁辯，都一直抓住林紓的認同危機即舊派資格不夠這一主
線」[118]。

---

[116] 當時聽課的人，「談天時以玄同說話為最多，而且在席上爬來爬去。
　　所以魯迅給玄同的綽號曰『爬來爬去』」。見許壽裳《亡友魯迅印象
　　記》第 24 頁，人民文學出版社 1953 年版。
[117] 見《域外小說集序》，上海，群益書社 1921 年版。
[118] 羅志田《權勢轉移──近代中國的思想、社會與學術》第 279 頁，武
　　漢，湖北人民出版社 1999 年版。

　　歷史的進程常常是這樣地充滿諷刺意味，新文學以最「舊」的資格作為武器，扳倒了一個並非與新文化不共戴天的反對派。

　　1919 年初，林紓兩篇小說《荊生》、《妖夢》的發表[119]，是導致其命運轉折的事件。這兩篇小說，醜詆陳獨秀、錢玄同、胡適，乃至蔡元培，情節相當荒唐，將北大喻為地獄之下群鬼主持的「白話學堂」（《妖夢》），引起北大輿論大嘩，群情激憤。張厚載距畢業僅有數月，被北大以「在滬通訊，損壞校譽」之名開除了學籍。林紓寫這樣的小說泄憤，既愧於連累學生，也覺得辱罵和恐嚇不是君子之道，於是寫信給各報館，公開承認自己罵人的錯誤，可見其真誠的一面。陳獨秀對林紓的道歉曾給予積極回應：「林琴南寫信給各報館，承認他自己罵人的錯處，像這樣勇於改過，倒很可佩服。」[120]

　　林紓與五四新文化的衝突，實在說，更像是一齣喜劇——年近七十的老人，獨自與一群偏激少年鏖戰。林紓的種種失態，首先是他的不智，但也實在有點被「逼」的意味。林紓嘲笑白話是「引車賣漿之徒所操之語」，「不值一哂」，是對新文學首先將文言、古文稱為「死文字」、「死文學」，還有「妖孽」「謬種」之類帶侮蔑性的語言的反擊，算是打個平手。林紓寫小說泄憤，顯得非常荒唐，然而這正是他「即

---

[119] 林紓的學生張厚載將這兩篇小說拿到上海《新申報》發表，張是林紓在五城中學堂的學生，當時正在北大讀書。

[120] 陳獨秀（署名只眼）《隨感錄‧林琴南很可佩服》，《每周評論》第 17 號，1919 年 4 月 13 日。

以其人之道還治其人之身」回敬新文化的方式。重新回顧當時的論辯，其實「論」和「辯」只短暫地存在於林紓與新文化正式交火之前──胡適《文學改良芻議》和陳獨秀《文學革命論》相繼發表後，1917 年 2 月 8 日，針對胡、陳對古文的絕對態度，林紓在《民國日報》發表《論古文之不宜廢》，提出異議──「知臘丁之不可廢，則馬班韓柳亦有其不宜廢者」[121]。林紓與新文化的分歧，並非是否使用白話，而是是否使用白話，就一定廢除古文。林紓辯駁的依據是西方（包括日本）在現代化的過程中並不拋棄傳統，也就是說，林紓認為白話與古文不妨共存。林紓其實仍然是以晚清啟蒙文學者的身份和語氣，告誡五四新青年，不能走極端。在晚清那一代，梁啟超的思維最受進化論影響，後來還不怕恥笑，「跟著少年跑」。而林紓，雖然屬於「維新派」，但對於以「新」「舊」判定文學價值，則歷來持懷疑態度。1904 年，他與魏易合作翻譯了英國蘭姆兄妹（Charles & Mary Lamb）所著的《莎士比亞戲劇故事集》，題為《英國詩人吟邊燕語》。在這部書的序言中，林紓對英國人「固以新為政者也，而不廢莎士之詩」大為感慨，進而對「吾國少年強濟之士，遂一力求新，醜詆其故老，放棄其前載，維新之從」的局面，表示了些許擔憂[122]。林紓向來對名詞新而「學不新」的新學持審慎態度，而這在渴望變革的社會語境中，尤其在五四，難

---

[121] 林紓《論古文之不宜廢》，引文摘自《新青年》第 3 卷第 3 號（1917年 5 月 1 日）《通信》胡適致陳獨秀，林紓文章的標題，胡適作《論古文之不當廢》。

[122] 林紓《〈英國詩人吟邊燕語〉序》，陳平原、夏曉虹《二十世紀中國小說理論資料》（第一卷）第 123、124 頁。

免被當作守舊看待。歷史地看，晚清以來中國現代化運動中形成的帶有強烈進化論色彩的唯「新」思維，在文化的建設方面，確實有很多值得反省的地方。林紓與五四的分歧，屬於學理論辯的範圍。但是，當新文化派正苦惱於其文學革命主張「不特沒有人來贊同，並且也還沒有人來反對」[123]之際，林紓便成了首先被揪住的反對派。原本是真正意義的辯論，才剛剛開始，就被非論辯的攻擊取代了。「王敬軒」的製造，將對手妖魔化，也為新青年派的「痛罵」製造了藉口。

關於五四新文化派在論辯中多取謾罵的方式，陳獨秀在《復崇拜王敬軒者》中有過解釋。他說《新青年》對「反對之言論，非不歡迎」，但如何回答，得看反對者的言論屬於什麼性質：第一類「立論精到，足以正社論之失者」，則「虛心受教」；第二類「是非未定」，但「反對者言之成理」，即使不苟同，「亦必尊重討論學理之自由虛心請益」；第三類屬「不屑與辯者」，原因是「世界學界業已辨明之常識，妄人尚復閉眼胡說」；對待第三類人，「則唯有痛罵之一法」[124]。林紓顯然被「王敬軒」事件推到了毫無常識、「閉眼胡說」的一類了，那麼林被痛罵，是咎由自取。

這場衝突，五四新青年顯然是論戰的操縱者。他們出於確立新文化地位的策略，選擇了「痛罵」而使對手無力辯解的方式。五四的方式，確出乎林紓的「常識」；而五四少年

---

[123] 魯迅《〈吶喊〉自序》，《魯迅全集》第 1 卷第 419 頁。

[124] 獨秀《復崇拜王敬軒者》，《新青年》第 4 卷第 6 號，1918 年 6 月 15 日。

的解構姿態，倒也激發了林紓作為小說家的「酒神精神」，
遂寫小說對罵。

五四與林紓的論戰，就五四一方來說，是典型的為求「實
質正義」而犧牲程序正義的實例，整個論爭過程缺乏學理的
討論與辯難，完全是態度的表決。在此，我們不得不注意五
四新文化陣營的某些分歧——胡適曾對錢劉雙簧戲的策略大
為不滿，認為超越了遊戲規則。但胡的這個態度，在後來往
往被作為保守看待。以五四激進主義為視角的文學史，由於
「省略」了一些偶然事件和細節，一方面這個過程被簡化，
另一方面這場帶有很強策略表演的論戰，在歷史主義的梳理
下，帶上某種虛假的崇高色彩；在這種色彩中，林紓的形象
是扭曲的。

1919 年，大約是林紓在報上就自己的《荆生》、《妖
夢》向蔡元培等道歉之後，林紓在 4 月 5 日的《公言報》上
發表了一篇《腐解》。這篇文章使我們讀到了林紓作為一個
歷史悲劇人物的孤獨和無奈——

>……予乞食長安，蟄伏二十年，而忍其饑寒，無
>孟韓之道力，而甘為其難。名曰衛道，若蚊蚋之負泰
>山，固知其事之不我干也，憾吾者將爭起而吾彈也。
>然萬戶皆鼾，而吾獨嘐嘐作晨雞焉；萬夫皆屏，吾獨
>悠悠當虎蹊焉！七十之年，去死已近。為牛則羸，胡
>角之礪？為馬則駑，胡蹄之鐵？然而哀哀父母，吾不
>嘗為之子耶？巍巍聖言，吾不嘗為之徒耶？苟能俯而

聽之，存此一線倫紀於宇宙之間，吾甘斷吾頭，而付
諸樊於期之函；裂吾胸，為安金藏之，剖其心肝。黃
天后土，是臨是監！子之掖我，豈我之慚？[125]

這是一個殉道者的悲歡，只不過，是一個堂‧吉訶德式
的殉道者。

歷史，並不全由「是」與「非」構成。歷史的偶然性與
非理性，使它在慷慨悲壯的崇高之中，也常常有一些令人無
奈和哭笑不得的細節。

梳理這些歷史細節，不是要對「正義」的結論進行否定，
而是盡可能還原歷史的豐富性，進而對歷史有更豐富和博大
的理解。

---

[125]　《公言報》1919 年 4 月 5 日頭版。

第二章

作為「潛文本」的《域外小說集》[1]

　　比較林紓翻譯小說的歷史局限性，周氏兄弟的《域外小說集》，以系統、直譯的風格和明確的思潮意識，宣告了中國文學翻譯「林紓時代」的結束，標誌著文學翻譯規範化、學術化時代的來臨。

　　《域外小說集》所選擇的基本是十九世紀中後期至二十世紀初的歐洲小說，旨在體現歐洲「近世文潮」[2]，即西方浪漫主義之後的現代文學思潮。《域外小說集》選譯的作品，均為短篇，而西方現代短篇小說，在審美形態和敘述方式上與中國傳統小說差異最大。選擇短篇，固然有資金、規模等

---

[1]　《域外小說集》1909 年印於日本東京的第一、第二冊初版本，現已不易看到。一般能查閱到的，是 1921 年上海群益書社的重印本。另有嶽麓書社 1986 年據 1909 年初版本和 1921 年群益版輯印的「舊譯重刊」《域外小說集》。《域外小說集》1909 年初版本署「會稽周氏兄弟篡譯」，1921 年重印本則署「周作人編譯」。重印本對初版譯文某些生僻字作了修改，並在篇目上有所增加，如顯克微支《酋長》、安兑爾然（安徒生）《皇帝之新衣》等。其所增加者，都是周氏兄弟 1909 年計劃在《域外小說集》各分冊中陸續刊出的。本文所據版本，是 1921 年上海群益書社版《域外小說集》；引文摘錄，凡未特別注明，均為此版。

[2]　《域外小說集‧略例》（此為初版本附文），引自嶽麓書社版《域外小說集‧略例》第 6 頁。

方面的考慮[3]，但從文學上說，西方短篇小說形式的引入，實為中國小說的現代化提供了極其重要的借鑒。林紓的翻譯，千方百計在西方小說中尋求與中國文學和文化相同的地方，以此消除中西暌隔，使一向自大的中國士大夫「勿遽貶西書，謂其文境不如中國也」[4]；周氏兄弟的翻譯，則旨在將「中國小說中所未有」的異域情調介紹進來[5]，為中國小說現代化提供一種可資借鑒的新形式。林譯為中國封閉的文學打開了通往「世界」的窗口，周氏兄弟的《域外小說集》則試圖使中國文學與世界文學融合。林譯小說良莠並存，失之蕪雜，而《域外小說集》「收錄至審慎」，既照顧「各國作家」，又體現「外國新文學」[6]和西方「近世文潮」。所以，1909 年《域外小說集》出版時，魯迅執筆的序文頗有一點自負的意味──「異域文術新宗，自此始入華土。使有士卓特，不為常俗所囿，必將犁然有當於心，按邦國時期，籀讀其心聲，以相度神思之所在。則此雖大濤之微漚與，而性解思惟，實寓於此。中國譯界，亦由是無遲莫之感矣。」[7]

　　然而，這部譯著由於讀者寥寥，它的文學價值幾近沒有實現。

[3] 1921 年群益版《域外小說集序》：「但要做這事業，一要學問，二要同志，三要工夫，四要資本，五要讀者。第五樣逆料不得，上四樣在我們幾乎全無：於是又自然而然的只能小本經營，姑且嘗試，這結果便是譯印《域外小說集》。」《域外小說集‧域外小說集序》第 1 頁。
[4] 林紓《黑奴籲天錄‧例言》，林紓、魏易譯《黑奴籲天錄》，北京，商務印書館 1981 年版。
[5] 《域外小說集‧著者事略》第 6 頁，迦爾洵。
[6] 《域外小說集‧域外小說集序》第 1 頁。
[7] 《域外小說集‧序言》。

　　關於《域外小說集》的印行，周氏兄弟在 1921 年群益書社重印版的序言[8]中，有過詳細介紹：

　　　　當初的計劃，是籌辦了連印兩冊的資本，待到賣回本錢，再印第三第四，以至第 X 冊的。如此繼續下去，積少成多，也可以約略介紹了各國名家的著作了。於是準備清楚，在一九〇九年的二月，印出第一冊，到六月間，又印出了第二冊。寄售的地方，是上海和東京。

　　　　半年過去了，先在就近的東京寄售處結了帳。計第一冊賣去了二十一本，第二冊是二十本，以後可再也沒有人買了。那第一冊何以多賣一本呢？就因為有一位極熟的友人，怕寄售處不遵定價，額外需索，所以親去試驗一回，果然劃一不二，就放了心，第二本不再試驗了。——由此看來，足見那二十位作者，是有出必看，沒有一人中止的，我們至今很感謝。
　　　　至於上海，是至今沒有詳細知道。聽說也不過賣出了二十冊上下，以後再沒有人買了。於是第三冊只好停版，已成的書，便都堆在上海寄售處堆貨的屋子裏。過了四五年，我們這過去的夢幻似的無用的勞力，在中國也就完全消滅了。[9]

8　此文署名周作人，實際是魯迅執筆。周作人在《知堂回想錄》第八十六則《弱小民族文學》中說：「一九二〇年三月群益書社重印《域外小說集》的時候，有一篇署我名字的序文，也是他做的」。見《知堂回想錄》（上）第 271 頁，石家莊，河北教育出版社 2002 年版。
9　《域外小說集·域外小說集序》第 1-3 頁。

文學作為審美活動，其審美價值的實現，須以文本的傳播、讀者的接受為前提。《域外小說集》，由於讀者的缺席，它的審美價值可以說是沒有實現的。然而作為一種「潛文本」，《域外小說集》消失於晚清讀者視閾的審美特質，卻在五四時期周氏兄弟的文學活動中重獲發揚。所以，考察《域外小說集》，不但為我們認識晚清文學狀況提供了參照，也是研究周氏兄弟文學與美學思想脈絡的重要環節。

一、超前的現代性

- 「人道主義」與道德超前
- 主觀的敘事
- 詩化的語言

比較林譯小說暢銷的情形，《域外小說集》的被冷落，在令人遺憾之餘，不得不引發我們的思考。簡單地說，《域外小說集》傳播上的失敗，緣於它審美與道德欲求上的超前。

檢視周氏兄弟五四時期在新文學理論與小說創作上的建樹，我們不能不考慮翻譯《域外小說集》的全過程，在周氏兄弟文學觀念、審美傾向形成中的作用。「人道主義」的價值觀念與「詩化敘事」的小說審美追求，是《域外小說集》最引人注目的兩個特徵，也是兄弟二人對五四新文學的最大貢獻。周氏兄弟後來強調的《域外小說集》的「本質」[10]，

---

10 1920 年，當朋友建議重新出版《域外小說集》時，周氏兄弟認為譯文「句子生硬」、「詰（佶）屈聱牙」而「委實配不上再印」，但同時又認為，「只是他的本質，卻在現在還有存在的價值，便在將來也該

大抵是指它們。《域外小說集》在晚清「早產」，而它作為「潛文本」的價值，則在孕育了十年後震動文壇並對中國現代文學產生巨大影響的《人的文學》與《狂人日記》。

　　《人的文學》，是五四「當時關於改革文學內容的一篇最重要的宣言」[11]，「人的文學」也是周作人為中國現代文學貢獻的重要思想範疇與思想命題。它的基本含義是以人道主義為本，對人生現象進行思考和審美表現。「人的文學」作為一個精闢的思想命題，從根本上闡明了中國現代文學的核心價值，奠定了中國現代文學「現代性」的重要價值緯度。「人」成為衡量一切道德的尺度，人道主義與個性主義，成為五四文學的倫理目標。「人」的尺度所帶來的生命關懷與人性解放話語，使從晚清開始醞釀的新文學，越過了「經世致用」的傳統定位與政治啟蒙的工具性，因人文主義的價值理性而獲得與世界對話的可能。

　　如果說五四新文化運動由於「人」的發現而可以歐洲文藝復興相比譬的話，那麼，在中國的這場人文主義運動中，周氏兄弟扮演了舉足輕重的角色。

　　周氏兄弟對人道主義的提倡，對推進五四新文學的人道主義思潮，具有舉足輕重的意義，而他們身上人道主義思想的形成，卻在晚清。

　　自《域外小說集》開始，周氏兄弟對西方小說的系統翻譯與研究，就始終在人道主義的基本準則下進行。1920 年，

　　有存在的價值」。見《域外小說集‧域外小說集序》第 3 頁。
[11]　胡適《中國新文學大系‧建設理論集‧導言》，《中國新文學大系‧建設理論集》第 29 頁，上海良友圖書公司 1935 年版。

　　周作人用白話文翻譯的短篇小說集《點滴》出版時，他在序言中再三強調其作品的「兩件特別的地方——一、直譯的文體，二、人道主義的精神」，並聲明書中所選的作家儘管有的「人生觀絕不相同」、小說「也並非同派」，「卻仍有一種共通的精神，——這便是人道主義的思想。」[12]這部書的末尾，附印著《人的文學》。可見，人道主義是周氏兄弟新文學觀中最重要的思想，《域外小說集》就是以此為標準選擇作品的。

　　英國作家王爾德，主張為藝術而藝術，他的作品也大都體現唯美主義傾向，但其童話《安樂王子》（今譯《快樂王子》），因「特有人道主義傾向」[13]而被周氏兄弟選入。小說塑造了一個充滿人道情懷的雕塑王子形象。英俊的王子塑像，高高矗立在城市上空，接受著人們的讚賞，但他並不愉快。他的眼睛總是滿含淚水注視著生病的窮人、街頭的棄兒、饑餓的藝術家、因火柴打翻在水溝而不敢回家的賣火柴的小女孩……他請燕子卸下自己劍柄上的紅寶石，摘去藍寶石做的眼睛，剝掉貼滿全身的金葉，把這些財物統統送給那些絕望的窮人；最後，他那顆鉛做的心臟因對人間慘狀深感痛苦而碎裂。《安樂王子》最動人的，就是這深摯的人道主義情懷。周氏兄弟古奧的譯文，使這篇童話沒有能夠成為孩子們的讀物，但它的「本質」，卻在後來巴金的白話譯文中得到完美表現，並至今仍在中國讀者中傳播。

12　周作人《點滴·序》，北京大學出版部 1920 年版。
13　《域外小說集·著者事略》第 1-2 頁，淮爾特（王爾德）。

　　《域外小說集》中有兩篇安特來夫（今譯「安德列夫」
或「安德烈耶夫」等）的小說，《謾》和《默》，是魯迅譯
的[14]。《默》（今譯《沉默》）的主人公是一位叫伊革那支
的牧師。他既是冷酷的父親，又是傲慢的神父。女兒大約遇
到人生危機，內心痛苦不堪，回到父母身邊，終日憂鬱寡言。
神父在急躁的勸說失敗之後，便用冷淡的沉默對待她，女兒
最終在孤獨無助中自殺。在牧師自私而傲慢的內心，女兒的
死提供了眾人恥笑他的話柄，因此在女兒的葬禮上，他不露
半點悲哀——「顧眾目聚矚，而伊革那支之立屹然，時蓋絕
不為殤女悲，特力護神甫威棱，使勿失墜已耳。」然而，懲
罰終於來臨，女兒去世後，妻子癱瘓在床，睜著眼睛，默無
一聲；她的眼神中沒有悲哀，沒有怨恨，甚至沒有感覺。從
此，牧師家「闔宅默然」。每天晨禱之後，牧師「輒入客室」，
環顧空空的鳥籠和熟悉的家具，坐在安樂椅上「諦聽默然」。
他聽到了空鳥籠的沉默，那是「微而柔」的，這沉默「滿以
苦痛，中複有久絕之笑寓之」。他也聽到妻子的沉默，這沉
默「冰重如鉛，且絕幽怪，雖在長夏，入耳亦栗然如中寒」。
而那「悠久如墳，闐密如死」的沉默，則是「其女之默也」。
漸漸地，死亡般的沉默終於令牧師難以承受，他來到女兒墳
前呼喚，來到妻子床前乞憐，然而，回答他的依然只有死一
般的沉默。作者將筆觸深入到人物幽深的感覺世界，在象徵
的意境中將一種難以描述的體驗揭示出來。周作人說，安特
來夫通常被「稱為神秘派或頹廢派的作家」，而周氏兄弟選

---

[14]　《域外小說集》中的作品絕大部分是周作人譯的，魯迅所譯僅安特來
　　夫兩篇和迦爾洵的一篇。

擇他的原因，不是因其「頹廢」，而是其作品「帶著濃厚的人道主義的色彩」[15]。

　　《域外小說集》所選作品，俄國作家明顯居多，除了迦爾洵、安特來夫，還有契訶夫、斯蒂普虐克，共七篇，幾近半數。十一年後周作人編譯《點滴》時，俄國作家的作品仍然占近百分之四十，這個偏好來自被他們稱為「俄國的特性，與別國不同的」人道主義[16]。

　　波蘭作家顯克微支，是周氏兄弟偏愛的對象。《域外小說集》已出的兩冊中，顯克微支的作品占了三篇[17]。

　　《樂人揚珂》寫一個羸弱而有智障的小男孩揚珂，他生於貧困，因饑餓而時常啼哭，但對音樂有一種天才的敏感。他總是在傾聽，總是聽到森林、田野、村莊，甚至自然的風，都在奏響音樂。他這奇異的幻覺，太不討人喜歡，連說給母親聽，也總是招致呵斥。酒吧裏的琴聲，令他陶醉，他用薄板自製了一把提琴，這把琴發不出聲音的琴，以及聊以果腹的蘿蔔，就成為這個瘦弱的孩子在整個饑荒季節支撐生命的力量。揚珂夢寐以求的，是有一把真正的琴。一個有月光的夜晚，揚珂在幻覺的引領下，摘下了別人掛在牆上的琴。於是他成了人人不齒的小偷，被毒打一頓。羸弱的孩子，經歷這場致命打擊，再也沒有起來。揚珂臨死的場面，催人淚下：

---

[15]　安特來夫《齒痛》譯後記，《點滴》第 180 頁，北京大學出版部 1920 年版。

[16]　同上。

[17]　1909 年版有《樂人揚珂》（第一冊）、《天使》、《燈柏檯守》（第二冊）；1921 年重印版增加《酋長》一篇。

　　　　小窗之外，有黃雀啁哳鳴櫻樹間。斜陽入窗，色
作黃金，照兒枕上，亂髮蓬飛，面慘白無血色。此落
日餘光，蓋猶大道，垂死之魂，即乘此去。當永謝此
世，得趁光明，善也。彼生時，僅行荊棘道耳。兒餘
息未絕，色若有思。時則村中有諸響度窗而入，蓁色
既下，女郎自田野束芻歸，各歌綠野之曲，而川畔亦
有簫聲斷續，揚珂今末次聞此矣。其手製胡琴，則橫
臥於席上。

　　　　兒忽若喜，微語曰：「阿奶！」母咽淚對曰：「吾
兒，何也？」揚珂曰：「阿奶，至天國，帝肯與我一
真胡琴耶？」母應之曰：「然。吾兒，彼當與汝。」……

　　可惜的是，這悲涼而抒情的敘述，沒有贏得中國讀者的
青睞。

　　顯克微支這篇作品，在敘述方式上，已經脫離了十九世
紀現實主義小說通常的寫實和再現方式，更多運用主觀表現
手法，具有濃郁的抒情色彩。它的敘事是屬於二十世紀現代
文學的，而它所飽含的人道主義情懷，則又是典型的十九世
紀的。顯克微支在歐洲享有崇高聲譽，勃蘭兌斯評價他，「系
出高門，天才美富，文情菲惻，而深藏諷刺」[18]。但是，對
於一般中國讀者來說，他的名字至今仍然是陌生的。顯克微
支既不是英、法、俄等「大國」作家，他的小說又不屬於故
事好看、情節精彩而有市場賣點的那一類，所以與中國一般
讀者的趣味是有距離的。顯克微支的著名中篇小說《炭畫》，

---

[18]　見《域外小說集・著者事略》第 10 頁。

被勃蘭兌斯稱為「文字至此，已成絕技，蓋寫實小說之神品也」[19]，然而 1909 年周作人的中文譯本完成後，投稿卻屢被拒絕，直到 1914 年由魯迅出面多方聯繫，方才在北京文明書局出版[20]。

　　一方面是人道主義與民族關懷，另一方面是真摯、動人、優美的詩意，這兩者大約是周氏兄弟私淑顯克微支的原因。顯克微支的作品，不但深切地關注著弱小的生命，而且也深深地愛著他的多難的祖國，這導致他寫出傑出的《燈枱守》（今譯《燈塔看守人》）。

　　《燈枱守》敘述一位浪迹美洲的波蘭籍老兵的一段經歷，語言「極佳勝，寫景至美，而感情強烈，至足動人」[21]，宛如一首至醇至美的詩。這位波蘭老兵自薦擔任巴拿馬附近一個面積不過一畝[22]的孤島的燈塔看守員。這裏除了每天有一隻小船運送淡水及食品外，再無別的居民。燈塔位於又高又陡的四百多級臺階之上，燈塔看守員的生活猶如囚犯，一般人是不願幹的。但一生輾轉流徙、無家可歸的老人，把這個工作當成美差。面對蒼茫的海天，聆聽大海的怒濤，老人孤獨而疲憊的心靈在這曠渺的空間暫得安寧，對大海「雖每日見此而亦不厭」。

　　　海水碧色，上有白帆數群，受風滿張，映以朝日，
　　其光灼然，至目睛為奪。亦有估舟乘貿易風而前，一

19　同上。
20　參見《知堂回想錄》第九十八、九十九則《自己的工作》（上）、（下）。
21　勃蘭兌斯語，見《域外小說集·著者事略》第 10 頁。
22　周作人譯本為「全島大可數畝」，此從施蟄存白話譯本，作「一畝」。

一相尾，如鷗鳥群飛水面，浮標赤色，歲微波上下。及午後，則有蒼煙一縷，狀如鳥羽，起於帆影間。此紐約航船，載過客行貨至亞斯賓華爾者。

老人以天空、大海、海鷗為伴，非常盡職地守護著燈塔，把小島當成了他生命的歸宿。一天，送水船給他帶來一個包裹，是波蘭僑民協會為答謝他捐款而寄贈的幾本書籍。老人在多年的流浪顛沛生活中，很少遇到波蘭人，波蘭文的書籍就更不用說了。今天拿到這幾部書，他激動不已。

打開書，波蘭偉大詩人密克微支的詩句，令老人強烈感動以至於嗚咽流涕了──「是時心事波起，不能自制，遂啜泣自投於地，白髮皓然，與黃沙相雜。心念離別故園，凡四十祀，且不聞方言者，亦不知幾何年矣。今乃自來相就，超大海而得諸天涯獨處之中，美哉可念哉故國之言文也！然老人雖泣失聲，而不因於痛苦，惟舊愛重生，重逾萬有，因至是耳。時則嗚咽陳情，乞宥於所愛。」這一天，老人一直這樣讀著，感動著，直到「暮色陡下」。老人枕著石頭，閉上眼睛，「天半猶有彩雲，色作朱絳或如金黃，老人之心，乃正乘此雲而歸故國」。夢幻中，老人回到了久別的故鄉──

耳際聞松林搖動有聲，流水淙淙，如人私語，舊鄉風物，一一如前，似咸來問訊曰：「汝記之乎？」然，彼記之也。甫田曠遠，間以村落，樹林歷歷如見……彼不見其老屋，已毀於爇火矣。久不見其父母，已訣於兒時矣。惟村落依然，宛如乍別耳。茅舍

　　　櫛比，窗隙皆漏燈光。有小阜水磨及二池塘，左右相
　　　對。池中蛙蛤和鳴，徹夜不歇……

　　這一夢如此令人陶醉，以至當老人被人喚醒時，已是第
二天早上。由於昨夜沒有點燈，一條船撞上了海灘。老人被
免了職，重新踏上流浪的路。這頗帶一點幽默的情節，卻令
人感到無奈的悲涼與苦澀。

　　顯克微支的這篇小說，既有出人意表的情節，又是一篇
優美而感傷的抒情文；情節隱藏於情緒的波瀾中，情緒推動
著情節發展；人與自然融為一體，心靈的感覺投射到優美而
富於變幻的自然景象中，如詩，如畫，又像流動的音樂。
而周氏兄弟譯文的雅潔生動，使人相信其完全體現了原著
的美。

　　顯克微支的作品，體現著《域外小說集》作品的整體特
徵──充滿人道主義精神的、詩意的、主觀化的敘事。由此
可見周氏兄弟審美旨趣之一斑。

二、敘事的先鋒性與審美的不實現

- 「現代」的選擇與讀者的拒絕
- 體驗的先鋒與語言的錯位
- 非「小說」的敘述與審美的不實現

　　以表現心靈和先鋒敘事為選擇標準，這顯示出周氏兄弟
的審美理念不但高出於中國現實，也高於他們曾經喜歡過的
愛倫‧坡、哈葛德、凡爾納──比較起那些善於情節敘事、

以故事取勝的小說，《域外小說集》中的作品（包括愛倫·坡的），在敘述上更趨於表現內心和主觀抒情。

《域外小說集》出版之前，周作人曾經翻譯過幾種歐洲小說。其中有英國哈葛德的《紅星佚史》，俄國托爾斯泰的《勁草》，匈牙利育凱摩耳的《匈奴騎士錄》、《黃薔薇》，波蘭顯克微支的《炭畫》等。然而有意思的是，只有哈葛德的《紅星佚史》和育凱摩耳的《匈奴騎士錄》順利出版，而其他幾種，或者十幾年後才得出版（如《黃薔薇》），或者就根本沒有出版社賞識，直到若干年後譯成白話才得出版（如顯克微支的《炭畫》）；而托爾斯泰的《勁草》，最終沒有問世。順利出版的哈葛德小說《紅星佚史》，1907 年 2 月譯出，11 月便被商務印書館作為「說部叢書」初集之第七十八種出版，並獲稿費二百元[23]。這部小說在敘事方式上最接近中國傳統小說，即具有情節的完整性與傳奇性；而選擇哈葛德，大半也是由於當時周氏兄弟對林譯小說的興趣——周作人後來回憶說，林紓翻譯的哈葛德小說，如《鬼山狼俠傳》，《埃及金塔剖屍記》，「內容古怪」、「很有趣味」，「引導我們去譯哈葛德」[24]。由於林譯小說在社會上的巨大影響，「哈葛德」的名字自然地與「傳奇性」相聯繫，成了一種暢銷書的標誌，能夠輕而易舉地贏得出版商的青睞。但是，一個不容忽略的細節是，商務印書館在編輯這部小說時，將周氏兄弟「苦心搜集的索引式的附注，卻完全芟

---

[23] 參見《知堂回想錄》第七十七、七十八則《翻譯小說》。

[24] 參見周作人《魯迅與清末文壇》，《魯迅的青年時代》第 74 頁，河北教育出版社 2002 年版。

去了」[25]——出版社的行為反映了當時讀書界的趣味，他們只需要故事，並不需要有關的背景知識，也不注重譯本的學術規範。周氏兄弟譯本最具特點、最有價值的大概就是書中關於古希臘、埃及神話人物之間關係的考索性說明（儘管這些注解有錯訛），「但似乎中國讀者向來就怕『煩瑣』的注解的，所以編輯部就把它一股腦兒的拉雜摧燒了」[26]。模仿林譯而又比林譯更加規範，這是初試翻譯的周氏兄弟譯書的特點；清末文壇只選擇他們「像」林譯的地方，拒絕了他們超越林譯的規範化與學術化追求。周氏兄弟翻譯的規範化，其實就是一種現代文學翻譯的學術精神。這種精神在當時似是一種不需要的奢侈品，被讀者拒絕了。

　　《域外小說集》出版於 1909 年，那時國內正是小說盛極一時的時期，翻譯小說相當風行，而且翻譯小說的數量往往多於創作小說[27]。周氏兄弟的翻譯，無論從「小說」的體裁，還是從「翻譯」的角度看，都是正逢其時的。但是，它的文學趣味與審美傾向，顯然超越了當時讀者的審美習慣與能力，它實際是一次「早產」。

　　從語言看這部譯本，林譯小說的影響顯然仍然存在。它選擇的是林紓式的「雅言」，追求簡古、樸納——魯迅、周作人的好些文章都明確提到過林譯小說對他們的影響[28]。但

---

[25]　周作人《知堂回想錄》（上）第 244 頁。

[26]　同上。

[27]　阿英統計晚清翻譯小說占小說總量的三分之二，阿英《晚清小說史》第 210 頁，北京，東方出版社 1996 年版。

[28]　《域外小說集》初版序中說「《域外小說集》為書，詞致樸納，不足方近世名人譯本」。此「近世名人譯本」，只能是林譯小說。另外，

是《域外小說集》所選作品，在小說的審美旨趣上，不但與
林譯小說離得很遠，而且與一般的小說旨趣也完全不同。問
題就出在這裏。

《域外小說集》所選的作品，都是短篇小說[29]，而這些
短篇，大多屬於側重主觀表現的抒情化小說——作品往往不
依靠情節去敘事，沒有清晰完整的情節，甚至沒有故事，只
有不連貫的碎片式的生活場景、人物主觀的感覺與想像、某
種情景交融的景象，等等。這種既缺乏情節、也缺少故事性
的小說，是二十世紀小說敘事的新模式，周氏兄弟率先將這
些在西方亦屬先鋒的短篇小說樣式「直譯」介紹到中國，確
實超越了中國讀者的審美限度。

周氏兄弟回憶說，「《域外小說集》初出的時候，見過
的人，往往搖頭說，『以為他才開頭，卻已完了！』那時短
篇小說還很少，讀書人看慣了一二百回的章回體，所以短篇
便等於無物」[30]。晚清士大夫，在情節敘事的小說之外，能
夠接受的，只有梁啟超那種論辯散文式的政治小說。周氏兄
弟的《域外小說集》，是小說，卻又超越了一般小說以情節
講述故事的特徵；非小說，卻又不同於中國的諸子散文。《域
外小說集》提供的作品，在古文形式下，表現的卻是完全陌

周作人 1925 年 12 月在《語絲》第 3 期《林琴南與羅振玉》中又說「我
個人還曾經很模仿過他的譯文」。

[29] 其中包括了幾篇並非小說的短篇，如安兌爾然（安徒生）的童話《皇
帝之新衣》、淮爾特（王爾德）的童話《安樂王子》，以及梭羅古勃
的寓言等。

[30] 周作人（實魯迅執筆）《域外小說集序》，《域外小說集》第 3 頁，
上海，群益書社 1921 年版。

生的經驗與感受；一般士大夫，無論是懷著「讀小說」，還
是懷著「聽道理」的審美期待的，都不會在《域外小說集》
中得到滿足，相反是失落。

　　即使在今天看，《域外小說集》所選的作品，也未被時
間淘洗掉，仍然是世界文學的精品。《域外小說集》所選作
者，除了美國的愛倫・坡和英、法的王爾德、莫泊桑，大多
數都是東歐、北歐的作家，如我們熟悉的有安徒生、顯克微
支、契訶夫、迦爾洵、安德列夫等；在已出兩冊的「新書預
告」中，還有屠格涅夫等。周氏兄弟的選擇，雖然常常著眼
於「弱小民族」的文學，它自然沒有囊括世界所有傑出作家，
但所選擇的，無論作家所在的民族是否「弱小」（實際上，
所選作家作品最多的俄羅斯民族並不「弱小」），它所選擇
的作家作品卻代表了十九世紀中期至二十世紀初歐洲一流
的短篇小說。這些小說，除了在內容、情調上符合周氏兄弟
極端推崇的人道主義外，還有一個共同特徵，就是大都屬於
主觀表現、抒情化敘事，它們常常以詩化的意境與語言，表
達個體生命的體驗。因此，這些作品在形態上大都「不像」
小說，而更接近散文。

　　莫泊桑（周譯「摩波商」）的小說，周氏兄弟沒有選取
他那些故事性、戲劇性強、因而更「像」小說的《項鏈》、
《羊脂球》，卻首先選取了一篇詩化的小說《月夜》。這篇
小說沒有故事，通篇展示的是一位教堂「長老」（神甫）的
內心體驗與情感波動：神甫自視神的代言者，總在思考上帝
造物的旨意，對現實充滿憂慮。女性那充滿情感與愛欲的存
在，在他看來是在對人進行蠱惑，他認為女人是上帝造物的

一個失敗，也許是專門為考驗男子而設的。他本能上無法抵
禦對女性柔情的感覺，理智上就加倍憎恨她們。他竭力要做
的一件事，是說服桀驁不遜的外甥女皈依天主。在一個月
夜，神甫站在靜謐溫柔的月光下，面對蛙鳴鶯啼的原野，百
思不得其解：上帝造出黑夜，僅僅是為了休息，為什麼讓夜
晚如此迷人？這充滿詩情畫意的美景究竟是為什麼人安排
的呢？

> ……長老神思幽立，有如詩人古德。故今見月夜
> 之美，莊嚴而清靜，心遂為之大動。小園潔月，果樹
> 成行，小枝無葉，疏影橫路。有忍冬一樹，攀附牆上，
> 時發清香，似有華魂，一一飛舞溫和夜氣中也。長老
> 吸顥氣咽之，如醉人之飲酒。徐徐而行，心自驚異，
> 幾忘其任矣。未幾至野外，長老立止，瞻望四野，皎
> 然一白，碧空無雲，夜氣柔媚。蛙蛤亂鳴，聲聲相續，
> 如擊金石。月光冶美，足移人情。益以杜鵑歌聲宛轉，
> 如催入夢，是靡靡之音，適助人溫存也。長老前行，
> 而意甚頹唐，亦不自知其故。唯覺力盡，欲席地少休，
> 賞物色之美，更進，則有小溪曲流，水次列白楊數樹。
> 薄靄朦朧，承月光轉為銀色，上下瀰漫，遍罩水曲，
> 若被冰綃。長老止立，萬感交集，心不自寧，覺復有
> 疑問起胸中矣！

仿佛是上帝在捉弄他，正當神甫自問「天造設物，玄妙
至是，設之大地，將為誰氏之娛耶？」時，他猛然發現，在
這皎潔美妙的月光下，與無比溫馨的大自然融為一體的，是

一對年輕的戀人——「野中有樹，穹然而高，上蒙輕靄。時
見人影冉冉出樹下，二人同行，男子頫身，以腕挽女頸，時
唼其額，爾時四野景物，忽有生意，天成圖畫，用相位置……」
而這對戀人不是別人，正是他努力要用天主的神力去征服的
外甥女及其男朋友。神甫在「驚且愧」中逃遁。

　　敘述的視角是神甫，小說便以他的眼光去看、以他的內
心感覺外界，由此展示事件、場景。人物的內在情緒、景物
及那些不具情節性的事件，互相交融，形成的詩的氛圍，暗
示主人公的內在矛盾與困惑。大自然的優雅，就像人性與人
生一樣豐富、美好，它們使主人公儼然上帝使者的神聖與焦
慮，顯得荒唐和可笑，作者的諷刺也就具有了一種超越的優
容，作品的情調像月光一樣溫柔曠遠，且充滿幽默。這篇小
說，沒有故事，也沒有情節，主觀化的場景伴隨著人物的思
緒與情緒轉換，與莫泊桑通常追求「冷靜」、「客觀」的寫
實風格不太一樣，它算得上是「心理寫實主義」。

　　迦爾洵的小說《邂逅》，敘事方式的「內傾」更加明顯。
小說寫一位叫「那及什陀」（今譯「娜結茲達」）的妓女與
一位叫「伊凡」的青年男子的一段悲劇糾葛。伊凡愛上了那
及什陀，努力想以自己的真誠感化她，使她脫離卑賤的生
活；但那及什陀早已對人生失去信心，她以墮落來麻痺和保
護自己，不願回歸常人的生活。伊凡的癡情，一度使她感動
和痛苦，但她最終還是選擇了拒絕。最後，伊凡絕望自殺。
小說分別由男、女主人公的日記和少量第三人稱客觀敘述交
疊構成，使作品形成一種複調式結構。男女主角各自的獨
白，具有複調音樂式的跌宕、纏綿，深入地揭示著男女主人

公內心最隱秘最真實的情感，可謂「盡其委曲」[31]，感人至深。儘管譯者每在段末附注「（以上那什及陀記）」、「（以上伊凡記）」、「（以上記事）」的字樣，提示讀者及時調整閱讀心態，理解敘述話語的變換，但是，正如周氏兄弟在《域外小說集》的《著者事略》中所說，迦爾洵《邂逅》的文體，實屬「中國小說中所未有也」。這樣的文體，對於讀慣第三人稱聯貫敘事的中國讀者來說，很難適應，讀不懂是自然的。

　　比較起來，莫泊桑的主觀表現尚在「寫實」的範圍，敘述視角的相對固定（內視角），敘述語言的單純、清晰，意境的情景交融，雖然從「小說」的角度看，完全陌生，但是從「抒情」的角度看，還是可與中國古典詩文的抒情方式溝通的。但《域外小說集》中還有一些小說，不但敘述視角內傾，而且敘述結構與話語已經脫離了十九世紀「寫實」的經典模式，體現出二十世紀文學的「現代主義」特色。

　　俄國作家梭羅古勃的《未生者之愛》，寫女主人公納吉斯陀接到姐姐告急的電話（姐姐十五歲的兒子用手槍自殺了）、趕赴姐姐家時一路上的內心活動。主人公的經歷、與侄子的相處，一幕幕過去的生活情景，隨著人物的情緒與意識而流動、閃現。納吉斯陀曾經有過一個兒子，但尚未出世便被她打掉了——因為孩子的父親欺騙了她。從此，納吉斯陀對現實完全灰心，心靈卻沉入某種奇特的想像中，感覺自己總是跟在兒子一起。這種感覺支撐著她活下去。現在，可

---

[31]　《域外小說集・著者事略》第 4 頁。

愛的侄子自殺了，他是因對可怕與可恥的社會厭倦而自殺
的，他曾經跟她談過自殺的念頭。她曾千方百計開導他，然
而終竟沒有能夠挽救他。納吉斯陀感到罪孽深重的自己，才
是應該自殺的。來到姐姐家房前的臺階，她絕望地痛哭。這
時，虛幻的兒子來到跟前，溫柔地安慰她，竟使納吉斯陀獲
得一種神奇的力量，擺脫了絕望。這篇小說是準意識流小
說，所有的事件，都在主人公趕赴姐姐家的路上，隨主人公
斷續的意識活動與內心獨白而得到完整展示。

　　安特來夫的小說，由於象徵手法的嫻熟運用，具有濃厚
的現代主義色彩。其小說敘述的主觀視點與意識流手法，增
強了小說的朦朧和神秘意味。他的長篇小說《紅笑》（周氏
兄弟譯名《赤咲記》或《赤笑》），寫主人公在戰爭的殘酷
場景中對生命的痛苦體驗，紊亂的思緒，充滿幻覺的視覺與
想像，都表現著主人公面對生命在血腥中喪失時所產生的痛
苦與悲哀，曾經被視為二十世紀象徵主義小說的代表作。《域
外小說集》選譯的安特來夫的兩個短篇，也基本上體現了安
特來夫小說的一般特徵：善用象徵，描寫幻覺，對人物心靈
的感受和痛苦挖掘得極深。

　　《謾》（今譯《謊言》）寫男主人公在極度焦慮與嫉妒
中殺死戀人的過程：她從來都說愛他，與他幽會，但卻同時
與一位高大英俊的男子親密相處。在一次舞會上，男主人公
被冷落在一邊，與她跳舞的那位英俊男子冷漠而高傲，這一
切都深深刺痛了他。她屢屢對主人公說，她愛他，他知道這
是謊言，卻又無法抵制對她的愛，於是經常想到死。在一次
幽會中，在她仍然甜蜜地委身於他並對他說「我愛你」時，

他在黑暗中卻窺見了死亡的猙獰面容。於是，他殺死了她。她把謊言與真理一同帶走，然而留下的依然是謊言──「嗟夫，惟是亦謢，其地獨幽暗耳。劫波與無窮之空虛，欠申於斯，而誠不在此，誠無所在也。顧謢乃永存，謢實不死……」真誠實在是不存在的，世間只有永恒的謊言與黑暗。主人公由此自嘲，做人而想尋找真理，是多麼的愚蠢──「抑何愚矣！」小說以一個精神病態者的視點，用第一人稱敘述，主人公內心的焦慮，幻化成一系列獨特的主觀感覺，愛與恨，佔有與復仇，熱烈與冷酷，這些充滿強烈對比的情緒，在作品中是通過主人公深刻而變態的內在感受與讝語式獨白表現的。真理與謊言，無邊的黑暗與空虛，這些概念，通過作品的象徵意境得到表現。從這篇小說獨特的敘述方式與陰冷的意象，以及小說結尾的「援我！咄，援我來！」（「救救我吧！呵，救救我呀！」）我們不難發現，安德列夫對魯迅後來創作《狂人日記》的影響是多麼大。

晚清時期周氏兄弟的文學思考，是基於「立人」理想的藝術探索。人道主義的思想主旨，超越了晚清新文學通常的救國、開智、文明等啟蒙主題，具有道德上的超越性；而《域外小說集》作品所體現的對心靈世界的關注，以及象徵、隱喻、詩化敘事等表現方式，不但超越了晚清，即使在當時的西方文學中，也是前衛的。所以，《域外小說集》及周氏兄弟的選擇，實在是太超前了，那個時代消受不了它。

周氏兄弟的文學追求，一方面是極具現代性的，他們推崇表現心靈的詩化的小說，將人文主義視為文學的根基；但

是，另一方面，他們的局限性又是明顯的：他們崇尚的是高尚的「雅」文學，白話無疑還沒有資格成為運載和表達這種文學情思的形式。他們的譯作、論文，都採用最雅訓、也最佶屈聱牙的古文；甚至《域外小說集》的封面題字，也採用的是《說文》中的篆字——這，與他們當時正跟章太炎學習《說文解字》有關。這種古文體所預設的讀者對象是作為社會上層的士大夫。但不幸的是，他們所傾訴的對象，在當時最多只能夠以欣賞《史記》、《漢書》的心態接受林紓的翻譯小說，《域外小說集》及周氏兄弟在《河南》雜誌上的那些文章，成了沒有聽眾的獨囈。

三、《域外小說集》作為「潛文本」的意義

- 《點滴》、《空大鼓》：《域外小說集》的延伸
- 現代短篇：現代小說新範式
- 「抒情詩的小說」：現代小說美學範疇

　　《域外小說集》由於其道德與審美的超前性，幾乎沒有對晚清文學創作與閱讀產生影響，因而它的審美價值未能實現。歷史，使周氏兄弟的《域外小說集》不幸成了「中間物」——它審美精神的現代性，使它的時代消受不了它，人們因「不懂」而冷落它；而當它迎來理解的時代——五四，它的古文形式又成了背時東西，「不但句子生硬，『詰屈聱牙』，而且也有極不行的地方，委實配不上再印」[32]——《域外小

---

[32]　《域外小說集序》，《域外小說集》，上海，群益書社 1921 年版。

說集》作為文本的流產,也從另一個角度證明,清末民初中國讀者與現代人的體驗與表達之間,尚有相當距離;而林譯小說恰好充當了這一歷史轉換的中介。

然而,作為周氏兄弟早期文學活動的重要事件,《域外小說集》的潛在審美價值以及它所蘊蓄的周氏兄弟的超前文學觀,卻在約十年以後發揮了極其重大的作用。周氏兄弟對中國現代文學的影響,未能通過讀者對《域外小說集》的閱讀實現,卻以「潛文本」的方式蓄積並整理了他們的新文學理念;《域外小說集》由於夭折而未能實現的審美追求,作為「潛文本」,延續到了五四時期,在周作人的白話翻譯、論文和魯迅的小說創作中得以實現。

1918 年 2 月 15 日,《新青年》第 4 卷第 2 號上,周作人用白話翻譯的古希臘諦阿克列多思的牧歌第九以《古詩今譯》的標題發表,周作人說這是他所寫的「第一篇白話文」[33]。此時周作人才意識到語言的問題。「凡外國人的著作被翻譯到中國的,多是不幸。其中第一不幸的,要算丹麥詩人安得森」[34],原因是安徒生童話原本「最合兒童心理」的活潑語言,「變了大家的古文」[35]。這雖然是針對整個小說翻譯界的情形而言的,但也可以視為周作人對自己前一階段文學翻譯的反省,因為在此之前,「我也是寫古文的」[36]。

---

[33] 《知堂回想錄》(下)第 383 頁,河北教育出版社 2002 年版。
[34] 安得森,即安徒生。
[35] 周作人《隨感錄(二十四)》,《新青年》第 5 卷第 3 號,1918 年 9 月 15 日。
[36] 《知堂回想錄》(下)第 383 頁。

當他用白話陸續譯出後來收在《點滴》與《空大鼓》中的外國短篇小說[37]後，周作人在《域外小說集》中已經積蓄的對於短篇小說的美學選擇，就由直覺而進入自覺了。

　　《點滴》與《空大鼓》（兩部小說集作品大多相同）中的作品，與《域外小說集》一樣，以俄國、波蘭等東北歐國家的作家作品為主，而他選擇作品的標準，一如《域外小說集》，一是注重表現「內面世界」的主觀抒情小說，二是具有真摯的人道主義情懷。關於後者，周作人在安特來夫《齒痛》的譯後記中說，安特來夫通常是被人「稱為神秘派或頹廢派的作家，但他帶著濃厚的人道主義的色彩，這是俄國的特性，與別國不同」[38]。關於前者，周作人在《點滴》中借《晚間的來客》譯後記大加闡發。《晚間的來客》是一篇敘事方式非常前衛的小說，全篇由主人公從聽到敲門聲到去開門這個短暫的瞬間漫溢的思緒組成，可以說是一篇意識流小說，也是一篇充滿人生感受的抒情小說。周作人在譯後記中說：

　　　　庫普林的這一篇小品，做法很特別，只因為聽到敲門聲，及發生許多感想，寫了一大篇文章。我譯這篇，除卻介紹庫普林的思想之外，就因為要表示在現

---

[37] 這些小說很多首先在《新青年》上發表，如庫普林《皇帝之公園》（4卷 4 號，1918 年）、《晚間的來客》（7 卷 5 號，1920 年），梭羅古勃《童子 Lin 之奇蹟》（4 卷 3 號，1918 年）、《鐵圈》（6 卷 1 號，1919 年），安特來夫《齒痛》（7 卷 1 號，1919 年），安徒生《賣火柴的女兒》（6 卷 1 號，1919 年），契訶夫《可愛的人》（6 卷 2 號，1919 年）等。

[38] 《點滴》第 180 頁，北京大學出版部 1920 年版。

代文學裏，有這一種形式的短篇小說。小說不僅是敘
事寫景，還可以抒情；因為文學的特質是在感情的傳
染，便是那純自然派所描寫，如淑拉（Zola）[39]說，也
仍然是「通過了作者的性情的自然」，所以這抒情詩
的小說，雖然形式有些特別，卻具有文學的特質，也
就是真實的小說。內容上必要有悲歡離合，結構上必
要有葛藤、極點、收場，才得謂之小說：這種意見，
正如十八世紀的戲曲的三一律一樣，已經是過去的東
西了。[40]

　　這篇寫於 1920 年 2 月 29 日的文字，與其說是周作人關
於小說敘事美學的宣言，毋寧說是周作人對他與魯迅 1909
年（實際上在這以前）以來小說形式審美探索的總結。它將
傳統小說情節敘事的結構模式與歐洲古典戲劇的「三一律」
相提並論，認為那已經是過時的陳套，正式將他們兄弟二人
一直青睞的那類小說稱為「抒情詩的小說」。1988 年陳平
原的《中國小說敘事模式的轉變》，已經注意到《點滴》中
周作人闡發的「抒情詩的小說」的觀點，將此視為中國小說
審美意識轉變的代表性觀念。從《域外小說集》到《點滴》，
翻譯的語言變了，但翻譯家的審美傾向和作品的情調沒有
變。《點滴》可以說是《域外小說集》在五四的延伸，這不
但體現在它們的作家在精神譜系上的聯繫，而且還體現在作
品風格與情調的一致性上。

---

[39]　今譯左拉。
[40]　《點滴》第 167 頁。

　　如果說周氏兄弟的翻譯，是在以他們鮮明的傾向性提供現代短篇小說模式的話，那麼魯迅的《吶喊》、《彷徨》，則以具體的實踐完成了他們的美學追求。魯迅將自己小說創作的經驗歸結為「先前看過的百來篇外國小說」[41]，這似乎有些誇張的說法，其實是大實話，《吶喊》、《彷徨》的精神特徵與審美傾向，與《點滴》、《域外小說集》是同一「譜系」的。魯迅的個案，也表明了五四小說與西方小說關係的直接性。

　　五四小說，在「反傳統」的時代氛圍下，不但在思想、道德上與傳統小說嶄然兩個境界，而且在敘事方式和審美風格上也竭力超越晚清小說。直接模仿西方小說，使五四的這種超越成為可能。

　　中國小說以西方為模式的現代性追求，從晚清就開始了。但晚清由於翻譯的水平的滯後，新小說所模仿的範本，大都是經過節譯或轉譯的小說，西方文學的潮流與風格很難呈現。從晚清新小說運動到五四文學革命，又經過了十幾年，一批在晚清啟蒙運動中成長起來而從國外「盜火」回來的年輕一代，成為了五四新文學的主力，他們不但直接在創作中模仿西方，而且能夠直接、廣泛、系統地譯介外國文學作品，以為新文學的借鑒。

　　與晚清新小說大量的長篇創作不同，五四小說的現代化實驗是從短篇小說開始的。五四所實驗的短篇，不是對傳統

────────────────

[41]　魯迅《我怎麼做起小說來》，《魯迅全集》第 4 卷第 512 頁，北京，人民文學出版社 1981 年版。

文言小說或馮夢龍式的擬話本短篇的繼承，而是直接引進西
方十九世紀中期以後的現代短篇小說樣式。1918 年，胡適
發表《論短篇小說》，依照西方模式對「短篇小說」作了這
樣的定義：「短篇小說是用最經濟的文學手段，描寫事實中
最精彩的一段，或一方面，而能使人充分滿意的文章。」[42] 這
裏，胡適提出了「橫切面」的概念，並且指出，以「經濟」
為特徵的短篇小說，適應著現代社會的節奏，「代表世界文
學最近的趨向」[43]。魯迅的短篇小說，在體現西方現代短篇
小說形式方面，樹立了典範。中國傳統小說的敘事是以時間
為線索、依時間的先後順序對故事進行從頭到尾的敘述，講
究首尾完美銜接，而結局往往是「大團圓」的。傳統中國小
說，不但長篇小說是這種結構，短篇小說也是這種結構，所
以從結構上看，傳統的短篇小說實際上是一種壓縮了的長
篇。《域外小說集》的早產，還在於它那「瞬間」或「橫切」
的時間，著實使中國讀者「讀不懂」──「以為他才開頭，
卻已經完了」！

　　《域外小說集》在選擇作品時所體現出的「詩化」的傾
向，在周氏兄弟的小說美學觀念中，是異常引人注目的，這
種審美傾向最終由魯迅的小說集中體現，並對中國現代小說
創作產生了巨大影響。

　　周氏兄弟始終自信《域外小說集》的「本質」是先鋒的，
這種信念不是簡單的自尊，它體現了周氏兄弟文學審美觀念
的成熟與執著。如前所述，周氏兄弟《域外小說集》中的作

---

[42]　《中國新文學大系・建設理論集》第 272 頁。
[43]　《中國新文學大系・建設理論集》第 281 頁。

品往往不是典型的敘事性小說，而是詩化的抒情性小說，他
們稱之為「抒情詩的小說」。小說的抒情化，本質上就是小
說的詩化。

　　從文體的基本特徵看，小說是敘事的，旨在現實之外營
造一個與現實逼真的幻象世界，再現人的基本生活狀態；而
詩是抒情的，它源於人對內在心靈世界、對豐富而微奧的情
緒加以表達、傾訴的渴望。從文體的話語方式看，小說的敘
事是情節性的，須依靠一個有頭、有尾的「具有一定長度的
行動」[44]，講述完整的故事，塑造性格鮮明的形象。而詩往
往通過明快的節奏、悅耳的音律和富於想像的意象，將人內
心深處獨特而難以言傳的情緒體驗加以暗示與表達。所以，
在文學中，小說主要滿足人們對人類自身歷史、命運與經歷
的觀照與想像，而詩，則出於人類表現與交流感情的需要。
所以，小說必須有情節，而詩是不必講故事的。

　　由於情節的中心地位，小說文體被賦予了極其獨特的藝
術魅力——以情節的張力制約人物關係、推進敘述的緊張而
最終達到高潮，結局必須是故事的終結，人物的命運得以完
整呈現，讀者的審美期待遂在意外或滿足中實現。「情節是
小說中的幾何學，它是被證實了的定理」[45]，情節對小說文
體存在的意義，幾乎是決定性的。如果說敘事是小說的本

---

[44]　亞理士多德對情節的定義是：情節就是「行動」，而且是一個「有頭、
　　有身、有尾」的有「一定長度」的行動，強調情節結構的歷時性及其
　　敘述故事的完整性。見亞理士多德《詩學》，羅念生譯，北京，人民
　　文學出版社 1962 年版。

[45]　塞米利安《現代小說美學》第 92 頁，西安，陝西人民出版社 1987 年
　　版。

質，那麼情節就是小說的形式。這也是人們常常分不清「情節」與「故事」區別的原因之一[46]。

　　傳統小說以故事為中心，以情節為敘述結構與敘述方式，所以特別具有吸引人的魅力。情節是一種邏輯結構，小說所敘述的一切事件、人物、衝突，都在這個結構中環環相扣；而情節對敘事的推進又往往是捨棄平淡、追求奇特。出人意表而又盡在情理之中的結局、一波三折、扣人心弦的過程，都是情節帶給小說的審美特徵，也是小說總能引人入勝的原因。中國傳統小說由於以娛樂為目的，故情節就成為絕對的核心元素。情節語言是一種「再現」的語言，力圖將生活場景、人物行動生動逼真地再現出來。中國古代小說對情節場景的再現往往是通過人物行動展現的，《水滸傳》一百零八人，每一個人的性格都是通過極其生動的情節語言刻畫的。但傳統小說往往過分注重情節而忽略對人心靈的表現，這就造成「戲」很熱鬧、故事很好看，卻缺少心理描繪，缺少心靈的觸動，缺少生命的感覺。正如茅盾引述周作人的話所指出的，「中國人看小說的目的，一向是在看點『情節』，到現在還是如此，『情調』和『風格』，一向被群眾忽視」[47]。

---

[46] 實際上，故事是情節的基礎，情節是故事的展示方式。根據亞理士多德的理論，情節包含兩方面：一、情節是「行動的摹仿」，而「行動是性格的表現」；所以情節由人物的行動、具體的生活場景構成。二、情節是「指事件的安排」，呈現為「有頭有身有尾」的「活東西」（亞理士多德《詩學》）。這裏，情節相當於「結構」，因而情節是具象與抽象結合的東西。

[47] 茅盾《評〈小說彙刊〉》，《文學旬刊》43 期，1922 年。

　　在西方，十九世紀末以來，小說普遍的「向內轉」，使情節的存在方式發生了很大變化。一部分小說並不以講述故事為審美目的，它們更多地將目光投射到文學主體的情感方面，情節趨於淡化[48]。

　　情節淡化，小說的敘事性便減弱，敘述者不再看重戲劇衝突、事件的邏輯關係等情節要素。作品敘述的往往是不連貫的事件、瞬間的場景、飄忽的印象、沒有結局的故事等，一切敘述都圍繞著抒發敘事主體揮之不去、欲罷不能的情感、思緒而進行。所以，只有當小說向詩傾斜，以表現敘事主體的情志為審美目的時，小說的情節才是淡化的。

　　《域外小說集》中的作品，便大部分是這類情節淡化的小說。

　　周氏兄弟的小說審美趣味，並非「先天」的具有抒情化傾向。但是，當他們從外國小說中讀到大量情節淡化的作品，看到小說「不僅是敘事寫景，還可以抒情」[49]時，顯然是非常興奮的。這些小說所蘊涵的深摯的人文關懷和詩的情調，符合周氏兄弟「立人」與「藝術」並重的美學理想。

　　周氏兄弟篳路藍縷的工作，極大地影響著五四的短篇小說創作。五四小說普遍擯棄了情節敘事，將「人心」，即情

---

[48]　但同時，一部分小說仍然以故事為小說敘述的目的，只是情節的方式不再是傳統的結構模式，而與主體的內心感受一致，時空主觀化，情節的狀態呈現出「變形」，這是情節的陌生化，而不是「淡化」。關於情節的淡化與陌生化問題，參見楊聯芬《中國現代小說中的抒情傾向》（北京師範大學出版社 1996 年）第一章。

[49]　周作人《晚間的來客》譯後記，《點滴》第 166-167 頁。

感表現放置到了小說表現的中心位置。人道主義，詩化敘事，成為這個時代小說顯著的特徵。

四、魯迅小說的詩化傾向

- 詩化敘事與現代意識
- 散文化：追求平淡與含蓄
- 意境與音樂：承載深邃情感

　　魯迅「區區」三部短篇小說集，尤其是前兩部《吶喊》和《彷徨》，對中國現代小說創作的影響，是巨大而持久的。

　　魯迅創作的小說數量不多，且沒有長篇，而長篇小說通常被視為小說體裁的最高成就。這大約也就是一些「無畏」的當代作家菲薄魯迅的原因。

　　魯迅小說對中國現代小說的意義，正如《狂人日記》所蘊涵的深刻的思想與審美力度，成了一種象徵──現代小說對傳統小說審美傾向的背離。《狂人日記》以新奇的話語，陌生的敘述，將讀者帶入怪誕的象徵性語境中，短短的篇幅所包含的深邃含義，超過一般思想與歷史的陳述。而它神奇詭譎的藝術境界，將小說從寫實、再現的傳統話語，引領到了一片神奇新鮮的感覺世界───一個屬於現代人的思維與感覺的世界。

　　《狂人日記》之前，魯迅曾作文言小說《懷舊》。《懷舊》寫辛亥革命發生後，革命軍進城前夜，小城一富翁與清客商議迎降的事。而敘述的視點，是旁聽的孩子獨特而有趣的心理活動。革命軍與「長毛」，殺頭與私塾先生的腦袋等，

混亂滑稽的聯想與想像，表達了魯迅對革命的無奈與諷刺。
無論是敘述的內容還是風格，《懷舊》與《狂人日記》都是
完全兩樣的。但是，《懷舊》所顯示的魯迅小說對「故事」
的忽略，對「情調」、「趣味」的追求，以及敘事的隨筆散
文風格，卻與他後來的小說是一致的。漢學家中最早研究中
國現代文學的捷克學者普實克，就相當敏銳地注意到了這一
點。他認為「魯迅作品中明顯的懷舊和抒情特徵，使他不屬
於十九世紀現實主義傳統，而是屬於兩次世界大戰之間歐洲
那些具有明顯抒情風格的散文作家的傳統。」 [50]

　　普實克將魯迅歸到二十世紀西方詩化抒情小說的「傳
統」中，雖然不免忽略了魯迅詩化敘事風格的另一個深厚
的審美「潛意識」——中國古典詩文長期薰陶下所形成的
「詩心」——但是，他卻至少從「小說」敘事這一角度看
到了魯迅小說與中國及西方傳統小說不同的「二十世紀」
的特徵。

　　魯迅的小說，在五四小說中是一個極端的個案，它一出
現就呈現出成熟的姿態。如果說五四作家大都是文學革命後
才開始嘗試新文學寫作的，那麼，魯迅在五四的創作，則是
前十幾年探索、積累後的總爆發。《吶喊》、《彷徨》深刻
而徹底的反傳統精神，體現著作為思想家的魯迅對中國文化
的思索；而《吶喊》、《彷徨》鮮明的主觀表現色彩和詩化
抒情特徵，卻代表了魯迅自《域外小說集》以來一直探索的
現代小說的敘事形式。魯迅的意義不僅僅在於塑造了阿Q，

50　普實克《二十世紀初中國小說中敘事者作用的變化》，《普實克中國
　　現代文學論文集》第 119 頁，長沙，湖南文藝出版社 1987 年版。

也不僅僅是影響了一批作家創作「鄉土小說」；魯迅小說的意義，是開啟了中國現代小說詩化敘事的審美先河。

魯迅的小說，不乏安特來夫式的陰冷，卻也洋溢著顯克微支式的詩意。《吶喊》、《彷徨》中的小說，有相當篇什語言優美、意境深邃。《孔乙己》、《故鄉》、《社戲》、《兔和貓》、《鴨的喜劇》等，有隨筆散文的韻致；看似散淡的敘述，卻縈回著綿紗的幽情。《在酒樓上》、《孤獨者》，《故鄉》、《藥》，則因孤峻的意境而表現著敘事主體內心的虛無和深刻的悲涼。《傷逝》，用詩的語言構成，全篇呈現音樂的結構，是傾訴，是長歌當哭⋯⋯

解析魯迅小說，可以明顯感受到，他的小說，目的不在敘述故事，而在抒發內心的情志。《故鄉》的題材本是有故事的，完全具備寫成情節小說的條件。但作者的興趣，顯然不在故事或情節上，因而有不少富於情節衝突的場面，如豆腐西施楊二嫂的出場、她與閏土的衝突（她誣枉閏土偷埋碗碟在灰堆裏）等，都被作者淡化；它們沒有被作為情節鏈環的一個環節在場景中展現，而只是作為故鄉風俗人情之一瞥，通過人物閒談的口吻，間接地引帶出。這近乎「瑣記」的平實敘述，卻將敘述者的無奈之感、失望之情，抽絲吐絮一般，徐徐牽出；不動聲色，卻使濃郁的憂傷彌漫全篇，非常自然而貼切地表現了作者所希望表達的情緒。

《社戲》的「結構」，也是一種情緒——對質樸自然鄉村生活的眷戀。在懷舊情緒的支配下，散漫的記敘全都成為表現「情趣」的東西；作者娓娓而敘，宛如奏響一支牧歌。水鄉的悠淡寧靜，淳樸的人情風俗，對於久居城市、充塞於

喧囂與異化環境的現代人來說，真是夢幻一般的境界。作者
心靈深處對自然的眷戀，對淳樸人性的嚮往，對真摯的人際
關係的懷念，都形成一種鮮明而單純的情緒，使平淡的敘述
充滿詩的情緒和溫馨的情調。

　　《鴨的喜劇》、《兔和貓》則以從容舒緩的筆調、幽默
的語言，回味生活中一些不起眼、人們常常不經意的小事。
作者的人生感慨自然而然地流露其間，作品所具有的美感，
確實不是因情節的戲劇性而帶來的緊張宣洩之快感，而是一
種如與朋友談天時一樣的會心一笑，隨意而又趣味無窮。

　　《孔乙己》的敘述，也是散文式的，沒有完整的故事，
只有幾個尋常的生活場景。孔乙己就如他在社會中的地位一
樣，在作品所展示的一角，顯得那麼無足輕重，「沒有他，
別人也便這麼過」；有了他，人們多了一個取笑的對象，無
聊的生活因此平添一份樂趣。作品所採取的旁觀者的敘述角
度，是相當刻意的安排。這個固定的、有限的視點，本來就
不易掌握主人公的行蹤，而敘述者對他人（尤其是落魄的孔
乙己）人生與命運的冷漠，使這個有限視點所能敘述的東西
更加碎片化、浮面化，敘事的形態就更加接近隨筆。作者選
擇這樣的敘述視點，是大有深意的，通過這個漠然的旁觀
者，表現社會普遍的冷漠和人與人之間關係的冷酷。這個敘
述視點，和一般散文通常使用的第一人稱見證人的口吻，使
這篇小說顯得比一般小說更平凡，也更真實可信。「我」的
親臨其境與麻木不仁，使孔乙己這卑微得沒有故事的人物，
顯得更加無足輕重。這使小說產生了比那些驚天動地的英雄
遭遇毀滅的悲劇，帶給讀者更大的痛楚。刻意的美學追求，

化為隨意的敘述，使人生的悲劇實質得到更深刻的表現。這樣的敘述方式源於魯迅理解人生的特殊方式。他對人生悲劇實質的理解是，悲劇並不都通過悲歡離合的故事體現，悲劇就潛藏於「近乎無事」的尋常生活中。這一點，又深受契訶夫的影響。

情節，是小說魅力的來源，它集中了人生的種種遭際，也集中了人類的審美願望；它的巧妙設置，往往能夠滿足人們包括瞭解過去、觀看熱鬧、窺視隱私、冒險幻想等在內的諸多審美與非審美的渴望。讀小說，猶如經歷沒有風險的冒險，在懸念迭出的事件、衝突中，在複雜微妙的人物關係中，在出人意表而又合乎情理的結局中，讀者緊張的期待，最後總能得到落實，審美的愉悅由此產生。而當小說不再追求情節的跌宕迷離，而呈現出散文式的敘述風格，那麼小說的審美性何以保持？

讀魯迅的作品，一如我們讀《域外小說集》。閱讀一旦開始，我們的審美期待，便在文本所製造的語境中，悄然轉移──情節已經為特殊的情調所替代，讀者的期待，也就由「故事」轉移到「情緒」，由「小說」轉移到「詩」性上了。

　　如果我能夠，我要寫下我的悔恨和悲哀，為子君，為自己。

　　會館裏的被遺忘在偏僻裏的破屋是這樣地寂靜和空虛。時光過得真快。我愛子君，仗著她逃出這寂靜和空虛，已經滿一年了……

　　然而現在呢，只有寂靜和空虛依舊，子君卻決不

　　再來了，而且永遠、永遠地！……

（《傷逝》）

　　復邐低迴的語調，詩的節奏，音樂的旋律，傳達出的是無盡的感傷。這樣的語言，立即使讀者閱讀開始前對故事的期待化為烏有，情緒的感染已經使讀者不再強烈地關心情節，而願意靜靜地聽主人公訴說。

　　魯迅小說的抒情性，有他自己獨特的風格，是不同於浪漫派作家直抒胸臆的另一種更富中國藝術特徵的方式──寫意抒情。他將自己對人生的獨特體驗、深切感受，化為詩的意境，通過創設孤峻、高潔的意境，表達只屬於他的人生體驗。他的小說，景物描寫不是純粹的背景或風景，而是王國維所說的情景交融的「境」：

　　　　我冒了嚴寒，回到相隔二千餘里，別了二十餘年的故鄉去。

　　　　時候既然是深冬；漸近故鄉時，天氣又陰晦了，冷風吹進船艙中，嗚嗚的響，從篷隙向外一望，蒼黃的天底下，遠近橫著幾個蕭索的荒村，沒有一些活氣。

　　這不是一種寫實的景物，而是寫意的境界，寫意的方式又完全是傳統詩畫的韻致，散點透視，淡筆白描，而一種深刻的悲哀，就含蓄在這意境中了。

　　《藥》在敘述情節之外，也有幾處景物描寫。如小說開頭：

> 秋天的後半夜，月亮下去了，太陽還沒有出，只
> 剩下一片烏藍的天；除了夜遊的東西，什麼都睡著。

這既是一種背景和景物描繪，然而更是一種象徵的意
境。明淨的夜色，勾勒出一幅「太平」的夜景，這是不乏幾
分溫柔寧靜的世俗的夜景，「一切都睡著」。然而夏瑜這樣
的少數人就將在這美麗平靜的夜色中被屠殺。這幅景象中，
由於隱約潛藏著一種有深意的神秘情緒，「景」就超越自然
描寫，成了蘊涵著某種神秘、恐懼的「境」了。象徵意味最
濃烈的，在這篇小說中，莫過於尾聲，當華大媽和夏瑜的母
親在墳地相逢時——

> 微風早已停息了；枯草支支直立，有如銅絲。一
> 絲發抖的聲音，在空氣中愈顫愈細，細到沒有，周圍
> 便都是死一般靜。
>
> 忽聽得背後「啞——」的一聲大叫；兩個人都竦
> 然的回過頭，只見那烏鴉張開雙翅，一挫身，直向著
> 遠處的天空，箭也似的飛去了。

傳統的衡量小說的標準——情節描寫、人物塑造等，在
抒情化小說中已經不再適用，相反，情感表現的深摯與獨
特，以及語言形式的詩性特徵，成為這類小說的審美指標。
在抒情化小說中，取代「性格」或「典型」這一寫實小說最
高審美範疇的，是意境[51]。

---

[51]　參見楊聯芬《中國現代小說中的抒情傾向》第三章《情節與情調》、
第四章《意境與典型》，北京師範大學出版社 1996 年版。

　　在五四小說普遍的主觀抒情化傾向中，魯迅能夠自成高格，原因就是他的語言在抒情的形式上達到了自然與純粹。

　　《孤獨者》是一篇有完整故事、也有完整情節的小說，但小說的敘述，在時空的隨意與敘述者「我」回憶的語調中，失去了一般情節小說的緊張結構。在不連貫的情節之外，始終有一條情緒的線索起伏婉轉。小說本來有一個具有高潮性質的場景，但這並不是敘述的最高峰；伴隨情節高潮，作品出現了一個抒情高潮，這才是小說敘述的高潮：在祖母的大殮過程中，魏連殳出乎意料的馴服、沉默，頗與他這個「新黨」人物的慣常做法不同，令他的親族感到失望和失落——他們早已預備好對付他鬧的辦法。然而就在大殮儀式全部結束，眾人懷著看戲落空的失望心情快快地準備離開時，

　　　　……忽然，他流下淚來了，接著就失聲，立刻又
　　變成長嚎，像一匹受傷的狼，當深夜在曠野中嗥叫，
　　慘傷裏夾雜著憤怒和悲哀。

　　魏連殳的突然流淚、「失聲」，使敘述的氣氛驀然緊張，情節陡轉直上，直指高潮。緊接著這個情節高潮而來的一段文字，營造了一個孤峻的意境——「像一匹受傷的狼，當深夜在曠野中嗥叫，慘傷裏夾雜著憤怒和悲哀」——將敘述者強烈的、壓抑很久的悲憤、孤獨、絕望等，和盤托出。這不是寫實，也不是敘事，而是抒情。這個抒情，迎來作品敘述真正的高潮。「狼」，一如魯迅筆下常用的「烏鴉」、「梟」等，是屬於異類的意象，醜惡，孤獨，並不符合中國藝術和

諧優美的審美慣例，卻造成獨特而高峻的意境，傳達魯迅深刻的體驗和某種刻骨銘心的孤獨與悲涼。

在小說中，這類詩化意境的創設，不僅使作品更美，而且使作品因象徵的意味而容量擴大，在小說的故事之後，含蓄了更豐富更深沉的情感與體驗。魯迅小說的美，常常得益於這種詩的象徵手法的運用。

魯迅的小說，正是努力實踐「消融了內面世界與外面世界之差」[52]的「抒情詩的小說」。他在《域外小說集》中未能圓滿實現的審美追求，在十年後的白話創作中得到實現。值得一提的是，魯迅、周作人從域外小說中得到啟發的小說抒情化的審美追求，與他們內心所積澱的古典文人文學的審美情致，有內在的一致性。這就導致陳平原所說的現代小說與古典詩文在審美方式上「叔侄承傳」的現象[53]。

魯迅小說對中國現代小說的意義，是從「短篇」體制入手，而最後所形成的書寫心靈、詩化敘事的美學風格，卻超越了「短篇」。如果說《域外小說集》、《點滴》等為中國現代小說提供了西方小說的詩化敘事的範本與先例，那麼魯迅的《吶喊》、《彷徨》，則創造性地學習西方，創造出了充滿中國藝術寫意精神、語言洗練的現代抒情小說。在魯迅之後，詩化抒情，成為中國現代小說一種特殊的旨趣和審美範疇，在現代作家中延續。

---

[52] 魯迅《黯淡的煙靄・譯後附記》，《現代小說譯叢》，上海，商務印書館 1922 年版。
[53] 陳平原《中國小說敘事模式的轉變》，上海人民出版社 1988 年版。

第三章

蘇曼殊與五四浪漫文學

在二十世紀中國文學中，蘇曼殊是又一位介於「新」與「舊」之間的作家。

他寫有不少哀情小說，一向被視為「鴛鴦蝴蝶派」的鼻祖。他又最早翻譯拜倫，其翻譯的《拜倫詩選》[1]及創作的那些極富浪漫情調的愛情詩，都極大地影響過五四一代浪漫派。然而鴛鴦蝴蝶派和五四浪漫主義，通常是被文學史家分別歸為不相容的「舊文學」和「新文學」兩極的。將蘇曼殊歸於鴛鴦蝴蝶派，就他的小說而言，如周作人所說，並不算過分，只不過蘇曼殊「如儒教裏的孔仲尼，給他的徒弟們帶累了」[2]。就是說，即便是「鴛鴦蝴蝶」，蘇曼殊也與後來一窩蜂的陳詞濫調的鴛鴦蝴蝶不同，他到底是「第一個」。其實，我們大抵可以這樣理解：蘇曼殊身上的浪漫因子，本來就兼有傳統風流才子的多情放誕和西方浪漫主義的個性自由兩者，而前者被鴛鴦蝴蝶作家承襲並模式化，後者則成為五四浪漫作家的精神資源。

---

[1]　Byron，蘇曼殊譯作「拜輪」。今按後來通行的譯名，將曼殊的「拜輪」一律作「拜倫」。

[2]　周作人《答芸深先生》，柳亞子編《曼殊全集》第 5 冊第 128 頁，上海，北新書局 1929 年版。

　　蘇曼殊在五四之前去世，其人其文卻在五四以後升溫。
1926 至 1927 年，大革命在血雨腥風中結束，社會黑暗，前
途莫測，這與清末民初的社會氛圍比較相似。所以，就在這
距蘇曼殊去世已八、九年的時候，社會上刮起了一股「曼殊
熱」[3]。杭州西湖邊的曼殊墓，吸引了不少青年男女前往憑
弔，有考證墓碣上關於曼殊生卒年之正誤的，有提供、搜集
曼殊作品、遺墨的；有關曼殊的生平史料被不斷鈎沉，蘇曼
殊生前的作品被陸續刊登。1928 年至 1929 年，柳亞子整理
的五卷本《蘇曼殊全集》問世，其中除了曼殊的作品，還包
括大量友人、故舊和青年人的文章。這些緬懷或探究曼殊的
人當中，除了曼殊的故舊和南社作家，如章太炎、劉師培、
陳獨秀、章士釗、黃侃、陳去病、胡寄塵、柳亞子、鄭逸梅、
周瘦鵑等外，還有相當多的新文學作家，如周作人、沈尹默、
沈兼士、錢玄同、白采、張定璜、田漢、郁達夫、馮至等。
創造社成員陶晶孫說：「曼殊的文藝，跳了一個大的間隔，
接上創造社羅曼主義運動。」[4] 馮至說，「曼殊的幾十篇絕
句，幾十條雜記，幾封給朋友的信箋，永遠在我的懷裏！」
[5]比較南社、同盟會那些曼殊的朋友，新文學作家仿佛更願
意談蘇曼殊與他們的精神聯繫，用陶晶孫的話說，「五四運

---

[3]　1926 年底至 1927 年 6 月，《語絲》周刊接連發表關於蘇曼殊的文章，
　　計有十幾篇。
[4]　陶晶孫《急忙談三句曼殊》，《牛骨集》第 81 頁，上海，太平書局
　　1944 年版。
[5]　馮至《沾泥殘絮》，《蘇曼殊全集》第 4 冊第 264-265 頁，上海，北
　　新書局 1933 年版。

動之前，以老的形式始創中國近世羅曼主義文藝者，就是曼殊」[6]。

那麼，蘇曼殊是如何以老的形式而成為現代中國浪漫主義文學的始作俑者的呢？

一、蘇曼殊與浪漫主義

- 蘇曼殊、五四與感傷主義
- 拜倫、雪萊與中國浪漫派
- 詩文與人格一致的浪漫氣質

上世紀二十年代初，一位創作風格與郁達夫極為接近的青年作家王以仁，寫了一篇小說《神遊病者》[7]。這篇小說主觀抒情的敘事方式，感傷的情調，主人公敏感憂鬱的氣質，都體現出五四浪漫小說的一般特點。而小說有一個惹人注意的細節——主人公自始至終手執蘇曼殊的詩文集《燕子龕殘稿》[8]——使我們不得不注意蘇曼殊與五四浪漫主義的關係。

《神遊病者》的主人公，是一個隻身飄零在上海的窮困潦倒的青年，在上海一所中學教書，寄住在朋友的亭子間。與郁達夫小說中的「零餘者」一樣，他也是神經纖敏，孤獨內向，渴望著女性的愛，卻又因貧困、羸弱而自卑，最終，在物質和精神的雙重絕望中跳水自殺了。

---

[6]　陶晶孫《急忙談三句曼殊》，《牛骨集》第 81 頁。
[7]　《神遊病者》1924 年發表於《小說月報》第 15 卷第 11 號。
[8]　《燕子龕殘稿》是蘇曼殊去世後別人為他編的著作之一，周瘦鵑所編，上海大東書局 1923 年 8 月印行，收蘇曼殊生前所作詩及雜文，包括散見在《民國雜誌》、《生活日報》副刊《生活藝府》上的《燕子龕隨筆》。

　　與郁達夫的《沉淪》一樣，這篇小說的敘述雖然以第三人稱「他」進行，但敘述的視點卻完全出自主人公，富於強烈的主觀氣息，敘述語言的「獨白」性非常強，人物內在世界，尤其是焦慮而病態的心理，是直接呈現的。主人公感到性的渴望，偷偷窺視對面樓上一位穿灰白衣服的女人，在幻想與焦慮中度日。由於經濟困窘，他只好連早飯也免了，索性成天幽閉在房間。朋友見狀，便給他一塊錢，讓他出門散散心，這使「半月不曾出外遊散的他，這一日也居然手中執著一本小本的《燕子龕殘稿》到馬路上閑行去了。」這是《燕子龕殘稿》第一次出現。主人公在外出閒逛時帶著它，可見是經常翻閱的書。在電車上，有一位手執桃花、香氣撲面的美麗女人坐在他的對面。「他一面聞著花香，一面在看對面坐著的那個女人。他覺得這兩樣都足以使他心醉」。為掩飾尷尬，他「便從袋中取出那本《燕子龕殘稿》在喃喃的讀著。剛讀了兩句『偷嘗天女唇中露，幾度臨風拭淚痕。』下面便再也念不下去了。心中很著急的想看書，雙眼總不由得他要去偷看那女人。」女人對他不屑一顧，卻注視著一位「西裝少年」——這位西裝少年雙膝上正攤開幾張列印好的英文稿子在翻閱。顯然，這是一位留洋回來的紳士，他的從容優雅與那位女人的崇拜眼光刺痛了主人公，「使他心中又起了一陣不平之感。『啊啊！我為什麼不去買一套西裝的衣服來穿！我為什麼不去讀點英文可以在社會上出出風頭啊！我一定要去學一點時髦，才有女人能和我接近！』……」他借酒澆愁，電車上的一幕卻始終揮之不去，「那個穿灰白衣服的女子，和那個在電車上執著桃花的女子，電光一般的在他

的眼底下閃爍著；他的鼻底又感受著許多桃花的香氣和那女人衣服的香氣；他不辨他自己陶醉在酒中，還是陶醉著一縷不平的恨事。他在擴大著的紅光中，又看見日間在電車裏拿著英文稿子的那個西裝少年，他禁不住恨形於色……」最後，在明月高懸的夜晚，他走上一座板橋，「把袋中的《燕子龕殘稿》取出，一頁一頁的撕下來丟在水面；口中慢聲吟著黃仲則的『獨立市橋人不識，一星如月看多時』兩句詩」，喃喃說著「哦！詩人！薄命的詩人！神經質的詩人！」便一頭栽下冰冷的河水中。

與郁達夫、郭沫若的小說相似，王以仁的小說也是自敘性的。但王以仁比郁達夫、郭沫若等更純粹的是，郁、郭等並不真的隨主人公去自殺，而王以仁卻如小說中的主人公，蹈海自盡了[9]。

主人公臨終時所念叨的「詩人」，不見得就是指蘇曼殊一位，也包括黃仲則、李白，這些人都具有天才、真率、懷才不遇而意外死亡的共同特徵；可是，「薄命的」、「神經質的」，則只能是黃仲則、蘇曼殊。最有意思的是，五四浪漫派大都喜歡黃仲則，郁達夫還曾經寫過一篇以黃仲則為主人公的、被文學史家稱為「歷史小說」的《採石磯》。而蘇曼殊的《燕子龕隨筆》中，也曾有對黃仲則詩句的著意關注——「如此星辰非昨夜，為誰風露立中宵」，蘇曼殊批註道：

---

[9] 王以仁在《神遊病者》發表兩年以後，1926年隻身出走便永遠地失蹤了。他的友人許傑等曾在報上登廣告尋他。據許傑推測，他可能是在海門開往上海的船上跳海自殺的。參見許傑《王以仁小傳》，《王以仁選集》第305頁，杭州，浙江文藝出版社1984年版。

「是想少情多人語」[10]。可見，浪漫主義者所特有的情緒——高潔、孤獨、病態、感傷——使黃仲則、蘇曼殊和五四浪漫派，成了精神上的一脈。蘇曼殊的《燕子龕殘稿》，貫穿在王以仁這篇小說情節的始終，伴隨主人公走到生命的盡頭，然後又像隨葬品一樣，飄散在冰冷的河水中，與主人公同赴黃泉。這個富於象徵意味的細節，即便不是作者刻意的安排，也絕不是偶然的信手塗鴉。它不但揭示了當時青年對蘇曼殊的偏愛，也暗示了五四浪漫作家與蘇曼殊的特殊精神聯繫。

　　「曼殊的文學，是青年的，兒女的。他的想像，難免有點蹈空；他的精神，又好似有點變態」[11]——這大約就是五四浪漫派與蘇曼殊親和的原因。

　　蘇曼殊一生的作品不算多，還有不少散佚。現存的詩還不到一百首[12]，小說也不過六、七篇。但他的詩與小說（尤其是《斷鴻零雁記》），大都與他自己經鉢飄零的身世、孤獨悲涼的體驗有密切關係。他的人生有「難言之恫」[13]，他的性格單純真摯，他多情而浪漫的氣質，疾惡如仇的品格，對革命的熱衷，都賦予了他的作品既具有熱烈的情懷、天才

10　《燕子龕隨筆》第 15 則，《蘇曼殊文集》下冊第 389 頁，廣州，花城出版社 1991 年版。

11　羅建業《曼殊研究草稿》，《蘇曼殊全集》第 4 冊第 391 頁，上海，北新書局 1933 年版。

12　參見柳亞子《曼殊遺詩辨偽》，《蘇曼殊研究》第 290-296 頁，上海人民出版社 1987 年版；馬以君箋注蘇曼殊詩《燕子龕詩箋注·前言》，成都，四川人民出版社 1983 年版。

13　蘇曼殊託名「飛錫」所撰《〈潮音〉跋》中自述「遭逢身世有難言之恫」，見《蘇曼殊文集》上冊第 309 頁，廣州，花城出版社 1991 年版。

的想像，又總是滲透著緬邈的憂傷和無處寄託的孤獨。蘇曼
殊的作品及他本人的品格、行為，為二十世紀中國文學貢獻
了一種獨特的形象——熱情的、叛逆的、孤獨的、憂鬱的飄
零者形象。這個形象，以其獨立不羈的個性，背離傳統知識
份子的觀念和道德選擇，甚至不惜與家庭決裂[14]。蘇曼殊整
個成長過程中的孤苦無依、寄人籬下[15]，是他後來與家庭斷
絕關係的基本原因；而他在上海教會學校和日本接受的教
育，促成了他成為一個中國傳統道德和中國現實政治的反叛
者。但是，他與周圍的朋友黃興、章太炎、馮自由、陳獨秀、
柳亞子等都不一樣的是，他對革命的興趣，始終只在感情的
層面，他只是一個富於正義感的浪漫主義者，而他從自身經
歷體驗到的人生，卻是充滿虛無與悲觀主義的。辛亥革命
後，蘇曼殊對現實的失望，導致其與革命疏離，而最終以不
僧不俗、亦僧亦俗的飄零者形象放浪形骸，自我戕害。

　　五四落潮，尤其是大革命失敗以後，知識青年普遍感到
「夢醒之後無路可走」。從當時的社會氛圍看，五四青年處
於一種與民初的蘇曼殊極其相似的困境中。蘇曼殊與五四青
年，雖然屬於兩個時代，但這兩個時代是何其相似，他們都
處於中國社會現代化之初將變而又未變的痛苦現實中。

---

[14] 1903 年蘇曼殊由日本回國，在船上假擬一封遺書給家人，說自己蹈海
　　自盡。後來，曼殊在上海，父親臨終前帶信叫他回去，被他拒絕。
[15] 他六歲從日本回廣東，被視為「雜種」。十二歲大病一場，被過路苦
　　行僧帶走、收留，又因偷吃鴿子被逐。被姑母送到上海找到父親，嫡
　　母虐待，不久父親嫡母回廣東，曼殊寄住姑母家，學費由父親朋友代
　　付。15 歲隨表兄到日本讀書，所有費用是表兄每月資助的 10 元錢，
　　以至於夜晚無錢買油點燈。1903 年曼殊參加革命黨活動，被表兄中止
　　供給，被迫回國。

　　清末以來中國社會教育體制的改變，如科舉制度的廢除、新式學校的建立等，都逐漸將知識份子置於一個失落的境地。一方面他們成為純粹的以獨立的思想和技能存在的階層，但另一方面，社會組織結構的專制和僵化模式，又沒有為這批獨立自由的知識份子預備他們價值實現的位置。離開學校，他們面臨的是失業；有了職業，又遭逢著社會的排擠。郁達夫、郭沫若等人小說中的留學生，回國後幾乎都面臨著無從就業或失業的困境，而西方現代文明所給予他們的自由、平等意識，與中國社會的現實是那樣的格格不入。所以，經濟的窮困，感情的孤獨，命運的多蹇，幾乎成為伴隨他們走向社會的惟一實在。加以與家庭決裂（常常是因為婚姻問題），這些青年遂成為社會的「零餘者」。五四浪漫一代的理想主義情懷，他們青春的激情，現實的遭遇，都使他們與蘇曼殊一拍即合。

　　五四浪漫文學在小說和詩歌創作中體現出不同的情調。浪漫主義詩歌多產生於五四初期（如郭沫若《女神》），表現的是一種空前高亢、激越、樂觀的情緒，而浪漫主義小說大都在五四中後期，瀰漫著憂鬱、感傷。詩歌中的浪漫主義者懷著發現了「人」的激動，以自信、高傲的姿態否定一切陳規、教條，熱情地謳歌與呼喚天才、情感、創造力，充滿英雄主義氣概，郭沫若的詩最鮮明地體現了浪漫主義詩歌的這個特徵。然而浪漫小說中那些自敘性的主人公（往往是作者的自我想像），無論男女，都具有某種「零餘者」特徵。他們傲視世俗偏見、敢於爭取個性自由，以孤芳自賞的態度選擇生存的方式，但結果導致更大的孤立和孤獨。所以，幾

乎所有的浪漫小說都是哀怨的、感傷的；幾乎所有的主人公都是敏感而脆弱的。他們在與家庭和社會決裂後，飽嘗漂泊的孤獨，又受到青春期苦悶的煎熬，他們的形象遂無一例外地呈現出濃郁的感傷情調。因此可以這樣說，浪漫派詩歌抒發了中國現代知識份子懷抱天下、追求理想的英雄主義幻想與情懷，表現的是五四知識份子群體的新文化創造精神；而浪漫派小說則以最直率、最無顧忌的姿態袒露知識份子心靈中孤獨的、軟弱的，甚至病態的個人體驗。

「青年的」、「兒女的」、「有點變態」，既是蘇曼殊其人、其詩、其文的特徵，也囊括了自五四初期郁達夫、郭沫若，到五四後期倪貽德、陳翔鶴、白采、王以仁等浪漫主義小說的全部特徵——表現青春期人生的苦悶、對愛情的渴望與憂愁，作品的主人公往往因自卑、內向而多少有些心理變態。郁達夫對蘇曼殊的作品評價不甚高，認為曼殊「是一位才子，是一位奇人，然而絕不是大才」，評價曼殊的作品「缺少獨創性，缺少雄偉氣」[16]，並且也沒有承認過自己曾經受到蘇曼殊的影響。儘管如此，我們仍然不難從郁達夫的作品中，找到與蘇曼殊極其相似的東西。

現代中國的浪漫主義文學，詩歌創作上因為有郭沫若、聞一多而出現了「雄偉氣」，但浪漫小說，則以感傷、悲情的面貌出現。五四浪漫小說不是以個別作品的傑出，而是以整體青春情緒的真率表現，推動了現代中國浪漫主義思潮的形成。蘇曼殊的存在，無論是詩還是小說，都因其鮮明的浪

---

[16]　郁達夫《雜評曼殊的作品》，柳亞子編《蘇曼殊全集》第 5 冊第 114-115 頁，上海，北新書局，1929 年版。

漫抒情和感傷傾向而與五四浪漫文學貫通。

　　有人指出，二十世紀中國的浪漫主義，在龔自珍的詩中就已存在[17]，但是，正如李歐梵所指出的，蘇曼殊因其知識和教育的背景，「將中國古老的文學傳統與西方鮮活而鼓舞人心的浪漫主義進行了完美的融合」[18]。換言之，即使五四浪漫文學沒有直接師承蘇曼殊，但他們共同崇尚的偶像——以拜倫、雪萊為代表的英國浪漫派——也將曼殊與五四緊密地聯繫起來。

　　蘇曼殊是中國最早翻譯拜倫、雪萊[19]的人，也是中國最早介紹歐洲浪漫派的人之一[20]。他所翻譯、介紹的拜倫、雪萊、彭斯，結集成書的有《文學因緣》（初刊也叫《漢英文學因緣》）、《拜倫詩選》、《潮音》、《漢英三昧集》等。1925 年，魯迅在談到拜倫的詩時說，蘇曼殊翻譯的拜倫，「譯文古奧得很，也許曾經章太炎先生潤色的罷，所以真像古詩，可是流傳倒並不廣。」[21]魯迅在日本時，已經直接瞭解拜倫，並在《摩羅詩力說》中以數千字篇幅詳盡介紹過這位「憤世嫉俗」、「剛毅雄大」的「惡魔」詩人。對魯

---

[17]　曼昭《南社詩話·蘇曼殊》，見《南社詩話兩種》第 69 頁，北京，中國人民大學出版社 1997 年版。

[18]　Leo Ou-fan Lee The Romantic Generation of Modern Chinese Writers, p.78, Harvard University Press, Cambridge, Massachusetts, 1973.

[19]　雪萊（Shelley），曼殊譯為師梨。

[20]　1903 年他翻譯雨果的小說《慘世界》（今譯《悲慘世界》）。但他任意改寫情節，而且只譯了開頭部分，不妨看作是諷刺現實的遊戲之作。

[21]　《墳·雜憶》，《魯迅全集》第 1 卷，第 220 頁，人民文學出版社 1981 年版。

迅、周作人這種直接「別求新聲於異邦」的人來說，蘇曼殊的譯詩實在不算什麼。但是，對於國內那些正在成長中的少年，蘇曼殊為他們展示的拜倫，則成為他們文學的啟蒙之師。

1923 年《創造》季刊第 1 卷第 4 期上張定璜的一篇文章，特別強調蘇曼殊《文學因緣》對他的影響：

> 我不記得那時候我是幾歲，我只記得第一次我所受的感動，當時讀「漢英文學因緣」我所受的感動。……是他介紹了那位「留別雅典女郎」的詩人 Byron 給我們，是他開初引導了我們去進一個另外的新鮮生命的世界。[22]

張定璜的感受，就蘇曼殊對五四浪漫一代的影響而言，非常具有代表性。曼殊本人固有的浪漫情懷、自由精神和天才感悟，使他對拜倫的翻譯，儘管用的是古詩體，卻能夠極其盡其旨而傳神，以至給人帶來這樣的感覺：蘇曼殊不是「翻譯」拜倫，而是參與拜倫的精神歷程，是在用另一種語言「創造」拜倫[23]。

蘇曼殊對中國現代文學浪漫主義的最大貢獻，就是他將歐洲傑出的浪漫主義詩人翻譯和介紹到中國來。魯迅 1907 年前後在《河南》發表的《文化偏至論》、《摩羅詩力說》，

---

[22] 張定璜《Shelley》，《創造》季刊第 1 卷第 4 期「雪萊紀念號」，1923 年。

[23] 同上。張定璜說蘇曼殊翻譯拜倫，「已經不是一個藝術家翻譯別的一個藝術家，反是一個藝術家那瞬間和別的一個藝術家過同一個生活，用別一種形式，在那兒創造。」

是從理論上對歐洲個性主義和浪漫文學進行介紹與推崇。蘇曼殊的翻譯，則可以視為對魯迅理論「力說」的作品補充。事實上，周氏兄弟晚清時期的文學實績，如《域外小說集》、《河南》上的系列論文等，在當時都未能得到廣泛的傳播。五四浪漫派對拜倫的接受，不是從魯迅那裏、而是從蘇曼殊的翻譯開始的。

> 秋風海上已黃昏，
> 獨向遺編弔拜倫。
> 詞客飄蓬君與我，
> 可能異域為招魂？

　　這首題為《題拜倫集》的詩，是 1909 年秋，蘇曼殊在由日本經新加坡去爪哇的船上，接受友人贈送英文版拜倫詩集後寫下的。詩是中國固有的絕句形式，然而宏闊的意境，慷慨的情懷，熱烈而悲壯的情緒，實在是出自他本人與拜倫精神上的深刻理解與契合。這種高度的理解與契合，也使曼殊對拜倫生命的短促，乃至對自己的命運，產生一種感傷之情。他曾有詩云：「丹頓拜倫是我師，才如江海命如絲」[24]，簡直有點讖語般的預示。

　　蘇曼殊在《文學因緣》的序中，將拜倫在西方的地位類比為李白之於中國[25]，他還在《潮音》的自序中，詳細闡述過對拜倫的理解，以及拜倫與雪萊的區別：

---

[24]　蘇曼殊《本事詩》之三，《燕子龕詩箋注》第 35 頁，成都，四川人民出版社 1983 年版。丹頓，即但丁。

[25]　參見曼殊《〈文學因緣〉自序》，《蘇曼殊文集》上冊第 295 頁。

　　拜倫和雪萊，是英國最偉大的詩人中的兩人。他們都以創造和愛情的崇高作為詩情表現的主題。不過，他們雖然大抵都寫愛情、戀人們及其命運，但表現方式卻截然相反。

　　拜倫生長、教養於奢華、富裕和自由的環境裏。他是一個熱烈、真誠的為自由而獻身的人，不論在大事和小事上，也不論在社會的或政治的每件事情上，都敢於要求自由。他認為自己無論怎樣做，無論做到什麼程度，都不過分。

　　拜倫的詩像是一種使人興奮的酒——飲得越多，就越感到它甜美、迷人的力量。他的詩裏到處充滿了魅力、美感和真誠。

　　在情感、熱忱和語言的直白方面，拜倫的詩是無與倫比的。他是一個性格奔放、心靈高尚的人……他的整個生命、經歷和作品，都是用愛情和自由的理想編織起來的。

　　雪萊雖然是一個熱衷於愛情的人，但卻是審慎的、沉思的。他對愛情的熱忱，從來不用強烈的爆發性的詞句來表達。他是一個「哲學家式的戀人」……他的詩，像是溫柔、美麗而又夢幻般恬靜的月光，在寂然、沉默的水面上映射著……[26]

---

[26]　《〈潮音〉自序》，英文原序見於《蘇曼殊文集》上冊第304-306頁，譯文採用柳無忌《蘇曼殊傳》第95-96頁。引文中的所有省略號均為引者加。

蘇曼殊這一段用英文寫的文字，極其流暢漂亮，它本身就是一個天才的充滿靈氣的表述。蘇曼殊對拜倫、雪萊準確的描述，來自心靈的默契。

郁達夫在評價蘇曼殊的作品時認為，「他的譯詩，比他自作的詩好，他的詩比他的畫好，他的畫比他的小說好」[27]。這大抵代表了當時人的一般感受。蘇曼殊的詩，形式是古典的，還常用典故，然而，他卻能自創新意境，表達極其獨特的情感體驗，風格清新自然，那真實強烈的生命氣韻，詩人純真的性情，撲面而來。曼殊「以老的形式」將傳統文學的精髓與西方浪漫主義天然地融合了起來。

郁達夫曾經說蘇曼殊缺乏「雄偉氣」。蘇曼殊的大部分詩都更接近雪萊，是幽情瀰漫、感傷多悲的，但也有一些詩篇卻頗有點雄渾豪邁氣度，這些詩往往使人想起曼殊翻譯過的拜倫的《哀希臘》、《贊大海》和《去國行》等。

> 蹈海魯連不帝秦，茫茫煙水著浮身。
> 國民孤憤英雄淚，灑上鮫綃贈故人。
>
> （《以詩並畫留別湯國頓》其一）

這是蘇曼殊最早的詩，寫於 1903 年。那時正在日本讀書的曼殊，參加留日學生的排滿活動，加入拒俄義勇隊，與廖仲愷、何香凝等一起練射擊，為此，表兄斷絕了對他的經濟資助，他被迫輟學回國。《以詩並畫留別湯國頓》二首，就寫在回國的船上。另一首，仍然以古代壯士自譬，充滿英雄赴難的悲壯氣概：

---

[27] 郁達夫《雜評曼殊的作品》，《蘇曼殊全集》第 5 冊第 115 頁。

海天龍戰血玄黃，披髮長歌覽大荒；

易水蕭蕭人去也，一天明月白如霜。

（《以詩並畫留別湯國頓》其二）

蘇曼殊的外號之一是「革命僧」，但他之於革命，政治的理念並不太強，「對於革命在民族主義和思想方面的真正性質，缺乏持久的信念和瞭解」[28]。他的革命激情，來自於他對正義的追求、對自由的信仰、對黑暗的反抗。這使他的詩顯出一種崇高單純的境界，這也是他與拜倫、雪萊一拍即合的地方。

1909 年蘇曼殊在日本，在瞻仰鄭成功的誕生地時，寫道：

行人遙指鄭公石，沙白松青夕照邊。

極目神州余子盡，袈裟和淚伏碑前。

（《謁平戶延平誕生處》）

蘇曼殊的行為和詩，都充滿了赤誠和單純的愛國心，這似乎與他常稱自己是日本人[29]相矛盾。其實，自稱日本人，或許可以看作是曼殊對父親和家庭的一種態度——家庭不曾給他愛和溫暖，他也便自動與家庭疏離。1903 年在回國的船上，他曾假擬蹈海自殺的遺書，實際是宣佈與家庭訣別。

蘇曼殊的人生追求，與拜倫和雪萊都有極相合的地方，他的詩，一如他的人，坦蕩單純，充滿對自由與愛情的真誠。

---

[28] 柳無忌《蘇曼殊傳》第 157 頁，北京，三聯書店 1992 年版。
[29] 見《潮音‧序》，《斷鴻零雁記》自傳性主人公三郎，也是日本人。

　　上述「蹈海魯連」、「披髮長歌」式的洋溢著英雄主義氣概的詩，表現出蘇曼殊對自由的義無反顧的追求，在格調上，明顯與拜倫相似。但是，正如柳無忌所說，「他對於拜倫和雪萊這兩個人，雖然偏愛拜倫，但他本人卻更像雪萊——一個展翅欲飛但卻徒勞無功的天使」[30]。因此，蘇曼殊更多的詩，那些充滿無奈的悲情與人生感傷的詩。流傳最廣、對五四浪漫派影響最大的，也是這些詩。

　　蘇曼殊曾經在《潮音》的跋中描述自己「惟好嘯傲山林」，曾經在積雪的月夜泛舟，「歌拜倫《哀希臘》之篇。歌已哭，哭復歌」[31]。這是一個典型的感傷的浪漫主義者形象。「契闊生死君莫問，行雲流水一孤僧。無端狂笑無端哭，縱有歡腸已似冰。」（《過若松汀有感示仲兄》其二）灑脫與豪放之中的孤獨、憂鬱，活畫出曼殊迷人的魅力來。曼殊的詩，尤其是那些抒寫離愁別恨、感慨飄零人生、記載愛情的詩篇，「其哀在心，其豔在骨」[32]，雪萊式幽深綿渺的品格，最令五四浪漫青年傾倒。

　　曼殊的愛情詩，在表達愛情的真率、大膽和熱烈上，大有拜倫之風；而其情緒的低迴、感傷，意象的幽美輕靈，又頗像雪萊——是晚唐詩風與雪萊的結合。

　　曼殊所譯拜倫《答美人所贈束髮毯帶詩》，中有「朱唇一相就，汋液皆芬香」句[33]，蘇曼殊詩中便有「偷嘗天女唇

---

[30]　柳無忌《蘇曼殊傳》第 157 頁。
[31]　《潮音·跋》，《蘇蘇曼殊文集》（上）第 311 頁。
[32]　高旭（天梅）《願無盡廬詩話》，《蘇曼殊全集》第 5 冊第 234 頁。
[33]　見《蘇曼殊全集》第 1 冊第 85 頁，標題作《譯拜輪答美人贈束髮毯帶詩》，上海，北新書局 1932 年版。

中露」句,這種大膽、真誠而毫無道德禁忌的詩句,來自作者單純熱烈的浪漫情懷,對五四初期的青年讀者來說,具有非常大的震撼力。但如果僅僅是愛的大膽表白,蘇曼殊的詩可能就會流於古典風流才子的豔情詩一類。然而,他居無定所、漂泊不定、窮困潦倒的流浪生涯,削髮受戒的僧人身份,使他往往在歡享或幻想美好愛情的時候,常常因為愛情的不自由而黯然神傷,於是就有了「幾度臨風拭淚痕」的悲情躍然紙上,使一般的愛情詩昇華成為表現人生悲劇感受的精美詩篇。這首被王以仁在《神遊病者》中引用的詩,原詩題作《水戶觀梅有寄》,是蘇曼殊寫給一位叫百助楓子的日本藝伎的。全詩為:

> 偷嘗天女唇中露,幾度臨風拭淚痕。
> 日日思卿令人老,孤窗無那更黃昏。

蘇曼殊的愛情詩,差不多都是這種因飄零的身世、無奈的現實而充滿悲劇情愫,使他原本好用「胭脂」一類意象因而具有某種古典「豔情」特徵的愛情詩,成為表達現代孤獨者愛情的絕唱。

蘇曼殊一生與許多青樓女子有過交往,他的真率和單純,往往使雙方往往產生純潔的愛情,這些經驗成為他感情生活中最豐富的內容,也成就了他的愛情詩。曼殊的愛情詩,最著名的是記錄他與歌伎百助楓子纏綿感傷愛情的篇什。1909 年,曼殊在日本期間結識了百助楓子,他為她作過畫(《靜女調箏圖》),並寫下許多以「調箏人」為題的好詩。如「無量春愁無量恨,一時都向指尖鳴。我已袈裟全

濕透，那堪重聽割雞箏。」（《題〈靜女調箏圖〉》）多情
而又不能盡情享受愛情的痛苦，在蘇曼殊夾雜著典故與禪心
的詩句中，清麗婉轉，自成標格，動人心魄。這些詩中有十
首《本事詩》流傳最廣。

> 春雨樓頭尺八簫，何時歸看浙江潮。
> 芒鞋破缽無人識，踏過櫻花第幾橋。
>
> 碧玉莫愁身世賤，同鄉仙子獨銷魂。
> 袈裟點點疑櫻瓣，半是脂痕半淚痕。
>
> 烏舍凌波肌似雪，親持紅葉屬題詩。
> 還卿一缽無情淚，恨不相逢未剃時。
>
> ……

這些詩，最體現蘇曼殊浪漫主義的自由風度與不羈的想
像力。正如拜倫和雪萊，愛情與自由，就是蘇曼殊全部精神
的實質。它們造就了曼殊獨特的氣質，也注定了他悲劇的體
驗。他的詩在意象的古典性上，營造出別具個性的鮮明優美
的意境；而感傷淒涼的優美，又往往得雪萊詩的韻味，貫穿詩
中的抒情主人公，多情、憂鬱而又真摯纏綿，呼之欲出。「僧」
的身份，為蘇曼殊抒發悲劇體驗提供了巨大的空間。蘇曼殊
詩這種孤獨飄零、感傷懷舊的情調，恰好切合了五四落潮之
後無路可走的浪漫青年孤獨無依、苦悶彷徨的心靈。「袈裟
點點疑櫻瓣，半是脂痕半淚痕」，這些意象、色彩，可謂香
豔；然而蘇曼殊的詩絕不同於古典的香豔詩，它不事雕琢，自
然率真，寫出了精赤裸裸的人性。從意象、用典看，蘇曼殊是

古典的；但從表現的真誠、大膽，感情的純潔看，蘇曼殊的詩是現代的，充滿了拜倫式的熱烈情懷，也散發著雪萊式的憂傷。

　　我們強調蘇曼殊與中國現代浪漫主義思潮的關係，並不意味著要將他抬高到「鼻祖」、「泰斗」的地位。蘇曼殊的文學活動，與他從事革命、研究佛經一樣，更多出諸感情，而非「信仰」，因而既有行雲流水的自由灑脫，又是飄忽不定的任意行為。與晚清的其他文學家，如林紓、曾樸等不同，蘇曼殊並沒有有志於文學翻譯或創作。他的翻譯與他的詩、小說創作一樣，都是興之所至，偶然為之，既缺乏理論，也沒有目標。由於精通英文，又由於身處東西方文化交匯的良好環境（這些環境因素有：他常在日本；數次遊歷南亞數國；友人贈送拜倫詩集等），蘇曼殊天然地親近了拜倫、雪萊，於是有了《拜倫詩選》、《潮音》等幾部譯著。他寫詩，寫小說《斷鴻零雁記》，都沒有脫離自我抒懷的範圍，因而基本都取材於「身邊」。與同時代的其他從事文學的人相比，蘇曼殊的文學活動最接近自然和「非功利」，這與晚清以來的主流啟蒙文學是不一樣的。也正因此，他的作品在啟蒙派作家那裏，始終不會有太高的評價[34]——除了陳獨秀、章士釗等少數朋友。但他的浪漫主義風度卻贏得了多情善感的年輕浪漫派的認同。

---

[34]　胡適在與錢玄同通信時，認為蘇曼殊的小說沒有價值，他1923年著的《五十年來中國之文學》也沒有提蘇曼殊。魯迅、周作人是曼殊的老朋友，周作人還在《語絲》上有一些紀念、考證曼殊的文章，但他們對曼殊的作品評價也不甚高。

　　事實上，正如郁達夫所說的，蘇曼殊的浪漫主義，主要
是一種精神、「氣質」，而不完全代表文學上的成就。「他
的浪漫氣質，由這一種浪漫氣質而來的行動風度」，比他的
詩、小說和一切藝術都更具迷人的魅力[35]。郁達夫進而說，
蘇曼殊「在文學史上可以不朽的成績，是指他的浪漫氣質，
繼承拜論那一個時代的浪漫氣質而言，並非指他的哪一首
詩，或哪一篇小說」[36]。事實上，蘇曼殊自己也不曾有過領
衛中國浪漫主義的野心，他甚至沒有文學上的抱負。他的
詩，都是「緣情」而發，隨寫隨散，因而遺失的不少。他之
與五四浪漫派「接上」，應當說是一種源於浪漫主義精神的
歷史因緣。

二、蘇曼殊小說的浪漫抒情

- 蘇曼殊一般小說的特徵
- 《斷鴻零雁記》：中國小說敘事的革命
- 《斷鴻零雁記》的浪漫抒情與自我表現

　　1917 年至 1918 年，錢玄同在與陳獨秀、胡適討論中國
新文學的建設時，非常堅定地認為，蘇曼殊的小說是二十世
紀中國小說中最有價值的部分：「曼殊上人思想高潔，所為
小說，描寫人生真處，足為新文學之始基乎。」[37]「無論
世界到了三十世紀，四十世紀，……一百世紀，」「《碎簪

---

[35]　郁達夫《雜評曼殊的作品》，《曼殊全集》第 5 冊第 115 頁。
[36]　同上。
[37]　錢玄同致陳獨秀，《新青年》第 3 卷第 1 號，1917 年 3 月。

記》、《雙枰記》、《絳紗記》自是二十世紀初年有價值之
文學」[38]。與此相反的是，胡適對蘇曼殊的小說幾乎全盤否
定：「《絳紗記》所記，全是獸性的肉欲，其中又硬拉入幾
段絕無關係的材料，以湊篇幅，蓋受今人幾塊錢一千字之惡
俗之影響者也。《焚劍記》直是一篇胡說。」[39]

　　筆者認為，錢玄同和胡適各執一端，都未必公允。蘇曼
殊小說足以因「描寫人生真處」而成為現代文學之「始基」
者，《斷鴻零雁記》一篇而已也。而胡適所讀的蘇曼殊小說，
恰好沒有這一篇。

　　談蘇曼殊的小說，尤其是談他小說的現代性時，絕對不
能籠統地以一般性的概念指稱他小說的「全體」。蘇曼殊小
說所具有的「新」，它給二十世紀中國小說帶來的敘述方式
的現代性影響，主要集中在他的首篇小說《斷鴻零雁記》上。
《斷鴻零雁記》與蘇曼殊後來的數「記」——《絳紗記》、
《焚劍記》、《碎簪記》、《非夢記》等短篇小說——在敘
事方式與情調上，有較大的不同，後者刻意追求故事的傳奇
性，流於唐人小說的趣味，即郁達夫所批評的古典小說「某
生者」的套路。我們所矚目的他對中國小說敘事方式產生重
要影響的，主要不是這些作品。但為了廓清蘇曼殊小說的
優劣，我們不妨也回顧一下他的《斷鴻零雁記》之外的其
他小說。

---

[38] 錢玄同致胡適，《新青年》第4卷第1號，1918年1月。
[39] 此為胡適1917年11月與錢玄同的通信，1918年1月《新青年》第4卷第1號以《論小說與白話韻文》為題發表。另見《胡適文集》第2卷第34頁，北京大學出版社1998年版。

　　《絳紗記》（1915 年）的男主人公叫夢珠，又名瑛，
名字和行為作派上都多少有蘇曼殊自己的影子[40]。他將戀人
秋雲送他的瓊琚轉手就賣了（「奔入市貨之」），接著「逃
禪」去了寺廟，又因「與沙彌爭食五香鴿子」而被長老處罰。
他曾經輾轉印度、暹羅、緬甸等地尋訪佛教勝蹤，後在安徽、
湖南、蘇杭等地教書……這些都與作者本人的經歷頗多相
合。但小說的情節只有傳奇而缺少精神的東西，主人公的性
格完全模糊，故事的意義也令人不解。秋雲在兵荒馬亂中輾
轉於嶺南、香港、上海等地，幾度生死，千辛萬苦在蘇州一
座寺廟找到夢珠時，他已經坐化似「偶像」，而懷裏卻揣著
秋雲從前給他的絳紗。秋雲抱他哭泣，夢珠肉身則化為灰。
胡適評價它「硬拉入幾段絕無關係的材料湊篇幅」，指的是
小說在夢珠與秋雲之間敘述的另外兩對戀人的悲歡離
合——敘述者「我」（「余」）與五姑，半路遇到的霏玉與
盧姑娘——三條線的關係倒不是「絕無關係」，至少有敘述
視角的間距和造成情節撲朔迷離方面的意圖；但從敘事結構
的角度看，是完全可以免除或淡化的。胡適批評曼殊這篇小
說「全是獸性的肉慾」也未必準確，但小說確實缺乏真摯感
人的東西。

　　《碎簪記》（1916 年）被曼殊的好友陳獨秀吹捧為控
訴封建婚姻制度的文本，但實際上只是寫了一個三角關係的
戀愛悲劇：男主人公莊湜，愛上朋友的妹妹靈芳；而莊的監
護人嬸母屬意的，則是自己的外甥女蓮佩。靈芳、蓮佩皆優

---

[40]　曼殊原來的名字是玄瑛，「夢珠」與「曼殊」，「瑛」與「玄瑛」，
　　　非常接近。

秀的女性並都愛莊湜，於是生出無限的悲情。結局是，所愛的，都是不可得的，三人全都先後殉情而死。陳獨秀在《新青年》上為此篇作的序說：「個類未出黑暗野蠻時代，個人意志之自由，迫於社會惡習者又何僅此？然此則最其痛切者。」[41] 這是典型的啟蒙主義的解讀。這齣愛情悲劇的根源，自然有包辦婚姻的罪過，但作品的敘述似乎超越了這個範圍。小說中女主人公之一的蓮佩，「工刺繡，通經史」，熟諳西洋文化，富有個性，是一個有時代朝氣的現代女性，她對莊湜的眷戀，不是服從家長，而是愛。所以，這篇小說不完全體現家長制對婚姻自由的摧殘，更像處於三角關係中不能自拔、無法解決而產生的愛情悲劇。顯然，作者並非像陳獨秀所評價的那樣，控訴社會習俗對個人自由的壓抑──這個特徵在稍後的五四小說中才完全體現出來──《碎簪記》的整個敘述，以故事的曲折婉轉為趣味，作者對故事「悲情模式」的陶醉，大於真實的「痛切」體驗的表達，這恰好是絕大多數「鴛鴦蝴蝶」小說的典型模式。郁達夫曾經不客氣地指出，《碎簪記》的手法「決不像讀過西洋近代小說的才人之所用，仍舊是一個某生體的中國爛小說匠的用法」[42]。

蘇曼殊對悲情故事構想的興趣，在《非夢記》（1916年）中得到更離奇的表現。故事依舊是家長干預導致的愛情悲劇，但情節的詭譎多變，使這篇小說更具傳奇色彩。男主

---

[41] 陳仲甫《碎簪記後序》，《蘇曼殊全集》第 4 冊第 49 頁，上海，北新書局 1933 年版。

[42] 郁達夫《雜評曼殊的創作》，《蘇曼殊全集》第 5 冊第 119 頁，上海，北新書局 1929 年版。

人公海琴，跟父親的朋友、老畫師玄度學畫，雙方家長做主，海琴與畫師的女兒薇香訂婚。不料海琴父母因病雙亡，海琴被嬸嬸劉氏收養，婚姻命運由此改變。劉氏對海琴、薇香的婚事由拖延而拒絕，刻意要海琴與自己的侄女鳳嫻結合。為使海琴死心，劉氏及鳳嫻甚至使用騙術，讓海琴對薇香產生誤會，又趁海琴病時使鳳嫻與他親密接觸。哪知海琴對薇香矢志不悔，忠貞不二。他見與薇香的婚事無望，便悄悄出家當和尚去了。劉氏、鳳嫻見海琴失蹤，便誣告薇香並使其入獄。後歷盡艱辛，薇香獲救出獄，與海琴相會，二人悲歎今生不能結合，各自表達對對方的忠誠。後來薇香投河殉情，海琴再返寺廟，鳳嫻癡情苦等，而海琴早已「不談往事」，安住在寧謐的山廟中。這篇小說情節寫得格外曲折，意外事件眾多，使人物的經歷、命運波瀾起伏，情節敘述顯得蜿蜒多姿。

蘇曼殊為數有限的小說，男主人公差不多都是少失覆蔭而「俊邁超群」的青年，女主人公除「清超拔俗」外，還都癡愛對方。他們或者遇亂離（《絳紗記》、《焚劍記》），或者是三角（《碎簪記》、《非夢記》），人物的命運（尤其是女主人公）往往歷盡磨難，而癡情的結局，男主人公常常是遁入空門，女主人公空等一場；或者，就是殉情自戕。蘇曼殊這類小說愛情悲劇的模式大致一樣，但故事並不雷同。不過，這些小說所顯示的作者潛在的審美目的，顯然不是啟蒙，而是「娛心」[43]，即審美。蘇曼殊雲遊四海的經歷

---

43 陳平原在《清末民初言情小說的類型特徵》中說，清末民初一般言情小說都喜歡夾帶一點政治事件的元素，以突出其「上乘」的品位，而

和天才的想像力，以及語言的清麗超拔，都使小說頗具情節審美的感染力。

　　歷來，人們對蘇曼殊小說的評價是褒貶不一的。郁達夫認為蘇曼殊的小說，「實在做得不好」[44]，胡適幾乎全盤否定的蘇曼殊的《絳紗記》、《焚劍記》，而章士釗、陳獨秀卻竭力稱讚曼殊的小說。《絳紗記》1915 年發表在章士釗主編的《甲寅》雜誌第 1 卷第 7 號上，後來，章將它編入《名家小說》。章太炎、陳獨秀分別為這篇小說作序，將它的意義提到了終極關懷的高度——章士釗說：「方今世道雖有進，而其虛偽罪惡，尚不容真人生者存；即之而不得，處豚笠而夢遊天國，非有情者所堪也，是宜死矣。」[45]陳獨秀歎曰：「嗟乎，人生最難解之問題有二，曰愛，曰死。死與愛皆有生必然之事，佛說十二姻緣，約其意曰：老死緣生，生緣愛，愛緣無明。夫眾生無盡，無明無始而詎有終耶？阿賴耶含藏萬有，無明亦在其中，豈突起可滅之物耶？一心具真如生滅二用，果能助甲而約乙耶？其理為常識所難通，則絕死棄愛為妄想，而生人之善惡悲歡，遂紛然雜呈，不可說其究竟。」[46]章、陳是曼殊的摯友，不排除其為朋友吶喊捧場的嫌疑，他們對曼殊《絳紗記》的評價，絕對是拔高了。如

真正「熱衷於政治的『曼殊大師』，在小說中反而『擱置』了政治」。見陳平原《文學史的形成與建構》第 126 頁，南寧，廣西教育出版社1999 年版。曼殊「擱置」政治，乃是其趣味的「純小說」導致的。

[44]　郁達夫《雜評曼殊的創作》，《蘇曼殊全集》第 5 冊第 118 頁。

[45]　章士釗《絳紗記序》，《蘇曼殊全集》第 4 冊，第 43 頁，上海，北新書局 1933 年版。

[46]　陳仲甫（陳獨秀）《絳紗記序》，《蘇曼殊全集》第 4 冊，第 46-47 頁。

果說蘇曼殊其人、其文、其詩、其畫，常常浸淫著「無明」的愛與無奈，那麼，在小說中，尤其是在他的這幾篇情節小說中，人生無明的痛苦，已經退於無意識的地帶；在意識中，蘇曼殊寫小說主要是聊以自娛的。因此他才能那麼得心應手地構想稀奇古怪的情節[47]。

蘇曼殊的《絳紗記》、《焚劍記》、《碎簪記》、《非夢記》，以及未寫完的《天涯紅淚記》，雖然不能說沒有新意，然而它們的新，更多體現在故事情節的詭譎和人物刻畫多少帶著的「洋味兒」上，而在小說的內在審美精神上，卻沒有為我們提供更多的現代氣息，甚至沒有多少真實的性格和體驗。

人們對蘇曼殊小說評價的差異，一方面固然有評論者體驗和見解的差異，但《斷鴻零雁記》與曼殊其他小說在品質上的懸殊，大概也是不可忽視的原因。不知道胡適是否讀過《斷鴻零雁記》，如果讀過，他大概是不會將它與《絳紗記》一視同仁的。

因此，我們所討論的蘇曼殊小說的現代特徵，主要是著眼於《斷鴻零雁記》審美形式上的開拓意義及對五四浪漫小說的影響。

但是，即便這樣，由於蘇曼殊身世的「難言之恫」，這些傳奇小說，與他最早的一篇《斷鴻零雁記》，都有一個共同的地方，就是主人公都是一些失去父母庇護的、常常呈現

---

[47] 人們為發掘蘇曼殊小說的價值，常常強調其小說揭示了軍閥混戰、生靈塗炭的現實。其實，「現實」只是曼殊小說的「背景」，他寫小說的興趣在「情節」離奇，而非再現現實。

出飄零狀態的孤獨者。父母早逝，使他們失去基本的經濟來源，而科舉制的取消，又使這些聰明俊邁的青年，沒有了「騰達」的路徑，也就失去了起碼的社會地位，或寄人籬下，或皈依佛門。蘇曼殊小說人物的「飄零」特徵，多少展示了二十世紀初青年人的精神境遇。這種「飄零感」，後來在五四浪漫小說中，因個性主義的時代精神，而得到更加廣泛和真實的表現。

《斷鴻零雁記》比蘇曼殊其他小說早出世三到四年[48]，既是曼殊的第一篇小說，也是他小說中最具現代特徵的一篇。小說抒情主人公耽於自我表現、忠實於個人主義選擇的主觀化敘述，不啻為二十世紀中國浪漫小說的先聲。

郁達夫曾經批評蘇曼殊的這篇小說「有許多地方太不自然，太不寫實」[49]，這是站在「情節」的立場上批評蘇曼殊小說不夠真實的地方。但是，「不自然」也是五四小說共同的弊病——冰心的《超人》，王統照的《沈思》，盧隱的《靈魂可以賣嗎？》，包括郁達夫自己的《銀灰色的死》等，我們不都很容易從「再現」的角度指出它們細節上的不真實與不自然嗎？蘇曼殊的《斷鴻零雁記》，其最大的價值就是它完全顛覆了傳統小說的敘事模式和理念。它不再像傳統小說

---

[48] 1911 年夏天蘇曼殊由爪哇經香港、廣州、上海到日本，旅途的感受勾起他對往事和身世的回顧與咀嚼，回爪哇後，朋友約稿，曼殊遂將這些感受陸續轉化成小說《斷鴻零雁記》，在《漢文新報》副刊發表。1912 年春曼殊回上海，這篇尚未寫完的小說便在李叔同主筆的《太平洋報》上重新連載。12 月《太平洋報》停辦，這篇小說也就未完而終。

[49] 郁達夫《雜評曼殊的創作》，《蘇曼殊全集》第 5 冊第 120 頁。

那樣，以情節敘述為中心，追求對人的外部生活情景的真實模仿；《斷鴻零雁記》採用的是詩化的敘事，它的語言是主觀表現的，追求的是對人物心靈的表現。我們通常說，五四小說完成了中國小說由講故事到表現（「向內轉」）的現代性轉化，但是，這個轉化儘管在五四文學革命以後才成為主流，但它的發端，卻不能不追溯到民國初年的蘇曼殊小說《斷鴻零雁記》。由公眾娛樂的說書、講史，到自我心靈的主觀表現，《斷鴻零雁記》充當了中國小說敘事方式革命性變遷的先鋒角色，而這不能不說是曼殊受西洋小說影響的結果。

《斷鴻零雁記》敘事特徵的現代性，鮮明地體現在敘事話語的主觀抒情，敘事目的的自我表現上。它敘事的視角出諸敘述者（抒情主人公）自己，是內聚焦的、第一人稱的限制敘事。小說凡二十七章，幾乎是蘇曼殊對自己身世、經歷的敘述，帶有很強的自敘傳色彩[50]。這樣的敘事風格在五四司空見慣，但在清末民初的創作界，蘇曼殊則是首開先例的。

這篇小說以第一人稱進行敘述。主人公名三郎，生於日本，父親本是江戶望族，後來家運衰落。三郎出生不久，就被母親送到中國，寄養給父親的朋友作義子。母親不遠千里親自將三郎送到中國大陸，為的是「托根上國」，使其能「離絕島民根性」，在中國文化的滋養下，「長進為人中龍也」[51]。

50　但並非意味著小說的所有細節都是真實的，如他的血統，小說中主人公是日本人，而實際上曼殊的父親是中國人；又如小說中三郎的西班牙籍英語教師莊湘及其女兒雪鴻，其實是合成曼殊的西班牙朋友與另外的友人而塑造的。
51　《斷鴻零雁記》第三章。

　　三年後，生母離開中國回日本，不久義父去世，三郎即陷入悲慘的境地：乳媼被逐，親友鄰舍視之為無母之兒，任意欺凌。三郎義父在世時，曾經為他訂了終身，未婚妻叫雪梅。義父死，雪梅父親嫌其家境衰敗，遂翻悔婚約，將雪梅另外許配了人家，三郎被迫出家做了和尚。一次出外化緣，天黑迷路，他向一漁夫求救，被冷漠地拒絕。他摸索到一座破敗的古廟中過夜，遇到一個捉蟋蟀蜈蚣掙錢的孩子。這孩子見三郎孤苦伶仃，遂邀三郎至其家，而這孩子的母親卻正是三郎從前的乳媼。乳媼見三郎流落人間的苦狀，心痛萬分，決計幫助他攢錢去日本尋母。另一方面，雪梅對三郎仍然一往情深，將私房錢拿出資助三郎東渡日本。小說有近一半的篇幅寫主人公在日本的經歷：三郎與母親團聚，隨母親回到櫻山村老家。在這裏，他遇見一位才貌無雙的絕代佳人——母親的侄女靜子，並與靜子產生了一段纏綿悱惻的精神之戀。三郎覺得愧對雪梅，並念及自己出家人的身份，便一再用禪心戰勝內心的激情，婉轉拒絕了靜子的愛情。無疑地，這一段情緣化作了無量春愁，三郎離開傷心的靜子回到中國。從日本回國後，他得知乳娘已逝，雪梅也因抑鬱絕望而死。他趕赴雪梅故鄉憑弔，卻無處尋找她的墳墓；只覺得「彌天幽憤，正未有艾也」[52]。

　　由於小說自敘的色彩很強，以至於研究者常常以小說主人公的經歷研究蘇曼殊的身世。其實，《斷鴻零雁記》的藝術價值，並不在於「自敘」或「自傳」上，而在它敘述方式

---

[52]　《斷鴻零雁記》第二十七章。

的主觀化、抒情化和以此導致的中國小說審美表現空間的新
開拓上[53]。

　　《斷鴻零雁記》之前，晚清只有少數言情小說（如《花
月痕》）具有「內傾」傾向，但也很有限，且敘述視點仍然
是全知的。可以說，在五四浪漫小說大規模產生之前，蘇曼
殊的《斷鴻零雁記》是惟一以主觀抒情和表現為特徵的浪漫
小說。

　　與一切浪漫小說一樣，《斷鴻零雁記》的敘述話語，是
一種主觀傾訴式的。小說一開始，便是一段抒情的文字，將
讀者置於一種與敘述者面對面「傾聽」與「訴說」的關係中：
主人公此刻正佇立於「濱海之南，巍然矗立」的海雲寺的危
樓之角，「看天際沙鷗明滅」。這天是他三戒具足之日，從
此以後，將下山跟隨師父，在寂寞的寺廟中「掃葉焚香」，
度過終身。此時，最觸動他的，是飄零感、孤獨感。「世人
皆謂我無母，我豈真無母耶？否，否。余自養父見背，雖煢
煢一身，然常於風動樹梢、零雨連綿、百靜之中，隱約微聞
慈母喚我之聲⋯⋯」這一段純主觀的文字，暗示了主人公飄
零的身世。接著小說敘述三郎與其他三十六個受戒弟子頂禮
受牒、與長老辭別的儀式，當主持儀式的長老以「悲緊之聲」
唱道「求戒行人，向天三拜，以報父母養育之恩」時，主人
公「淚如縆縻，莫能仰視；同戒者亦哽咽不能止」。

53　關於中國小說敘事模式的現代轉變，陳平原《中國小說敘事模式的轉
　　變》（上海人民出版社 1988 年版）從敘事學層面有系統闡述；關於中
　　國現代抒情小說的美學特徵，楊聯芬《中國現代小說中的抒情傾向》
　　有專論（北京師範大學出版社 1996 年）。

　　　　余聆其音，慈悲哀湣，遂頂禮受牒，收淚拜辭諸
長老，徐徐下山。夾道枯柯，已無宿葉；悲涼境地，
唯見樵夫出沒，然彼焉知方外之人，亦有難言之恫！

　　抒情與敘述的交融，不但向我們展示了一個生動的場
景，更抒發著主體鮮明的感情。作為全篇發凡，這些文字不
但交代了小說「尋母」的事件，也定下了小說悲劇和抒情的
調子。

　　這篇小說由主人公實施的第一人稱敘述，是一種抒情
話語，使全篇呈現出強烈的主觀抒情特徵。小說隨處可見
情景交融的文字，作者的內在情感與外在描寫往往能夠達
到渾然天成的境地，因此，在蘇曼殊所有小說中，《斷鴻
零雁記》在情感表現和語言上，最接近他的詩，優美而富
於個性。

　　　　已而，靜子盈盈至矣。靜子手持續絹一幀，至余
前，余肅然起立，接而觀之。蓮池之畔，環以垂楊修
竹，固是姨家風物，有女郎兀立，風采昂然，碧羅為
衣，頗得伍帶當風之致。

　　　　是夕，微月已生西海，水波不興。余乃負杖出門，
隨步所之。遇漁翁，相與閒話，迄翁收拾垂綸，余亦
轉身歸去。是夜靜風嚴，余四顧，捨海曲殘月而外，
別無所睹。及去余家僅丈許，瞥見有人悄立海邊孤石
之旁，靜觀海面，余諦矚倩影亭亭，知為靜子，遂前
扣之曰……

　　這是第十五章有關三郎與靜子微妙感情的描寫，人與景，景與情，共融互生，一派詩的意境。

　　敘述始終籠罩著濃郁的感情，這是《斷鴻零雁記》語言的特徵。第二十六章，三郎與同行小和尚法忍深夜投宿一楓林古剎。這座古剎甲申年間曾經留下悲壯的歷史痕迹，而今早已「金碧飄零」。這荒郊野老的破敗古剎，是最容易使人產生憂鬱之情的，何況是漂泊在羈旅之中的三郎呢！

> 　　時暴雨忽歇，余與法忍無言，解袂臥於殿角。余陡然從夢中驚醒，時萬籟沉沉，微聞西風振籜，參以寒蟲斷續之聲；忽有念《蓼莪》之什於側室者，其聲酸楚無倫。聽至「哀哀父母，生我劬勞」句，不禁沉沉大恫，心為摧折。

　　融情於景，托物遣興，充滿孤獨飄零的感傷和幽麗婉轉的情愁，語言簡潔雋永，富於濃厚的詩意。

　　《斷鴻零雁記》所選擇的敘事方式，是詩化的，而不是「小說」的；是主觀表現的，而不是客觀再現的。華茲華斯說，「詩是強烈感情的自然流瀉」[54]，大凡浪漫主義文學，大都具有強烈的主觀抒情特徵。《斷鴻零雁記》第一人稱獨白式語言的選擇，使它的主觀表現獲得了自然的渠道。小說中夾敘夾議、情景交融的文字固然不少，而在感情激越處，作者也往往採用直抒胸臆的語言——「蒼天，蒼天！吾胡盡日懷抱百憂於中，不能自弭耶？學道無成，而生涯易盡，則

---

[54]　華茲華斯《1800 年抒情歌謠集序言》中說，「詩是強烈感情的自然流瀉」，被視為浪漫主義的美學宣言。

後悔已遲耳。」（第十八章）

　　朱自清是第一個在「新文學」名目下研究蘇曼殊的人[55]。他將蘇曼殊小說的特徵歸納為四方面：1、禮教與個性的衝突；2、悲劇的意味；3、詩人的情調；4、談話的口吻[56]。其中，「談話的口吻」，大約就是指《斷鴻零雁記》第一人稱與讀者面對面「傾訴」的語態。蘇曼殊小說的第一人稱敘述，有時是深深沉浸在自我感情宣泄中的「獨白」，有時，則是與讀者面對面的訴說。為了加強與讀者感情的「即時」交流，他在小說中常常使用「讀者試想」、「讀者思之」一類句式，提醒讀者與敘述者的「直接」面對關係——

　　　　翌晨陽光燦爛，余思往事，歷歷猶在心頭。讀者試想，余昨宵烏能成寐？

這是第三章三郎與乳媼重逢，得知自己身世以後的感歎。此後三郎暫留乳媼處，日日走街穿巷、呌喝賣花，以籌路費去日本找母親。一天路過雪梅的房舍，雪梅在屋循聲觀望，見是三郎，便遣丫鬟送信，約見三郎。想到「須臾即赴名姝之約」，三郎不覺「方寸中倉皇無主」。此時他對讀者說：

　　　　讀吾書者，至此必將議我陷身情網，為清淨法流障礙。然余是日正心思念：我為沙門，處於濁世，當

[55] 1929 年朱自清在清華大學開設「中國新文學研究」課程，在其撰寫的《新文學研究綱要》中，設有「蘇曼殊的小說」一節。見毛策《蘇曼殊傳論》第 115 頁，北京，中國人民大學出版社 1995 年版。
[56] 毛策《蘇曼殊傳論》第 115 頁。

　　為蓮花不為泥汙，復有何患？寧省後此吾躬有如許慘

戚，以告吾讀者。

（第五章）

收到雪梅和淚寫給他的信時，他又面對讀者──

　　嗟夫，讀者！余觀書訖，慘然魂搖，心房碎矣！

（第五章）

　　……即余乳媼，以半百之年，一見彼之書，亦慘同身

受，淚潸潸下。余此際神經，當作何狀，讀者自能得

之……

（第六章）

從日本回來，乳媼已死，雪梅也香消玉隕。他趕到雪梅故鄉

憑弔，卻找不到雪梅的墳塋。「踏遍北邙三十里，不知何處

葬卿卿？」滿腔的悲涼，孤獨，只能對讀者訴說：

　　讀者思之，余此時愁苦，人間寧復吾匹者？余此

時淚盡矣……

（第二十七章）

　　除此之外，小說還頻繁使用書信。第五章雪梅「將淚和

墨」給三郎的信，第十九章三郎與靜子訣別的信，都更深切

地表達著人物內心的情感。雪梅在小說中不曾出面，但她的

信，將她的性格展現了出來。她譴責父親見利忘義，表達對

三郎的關切與深情，對父母決定的命運無奈而感傷。「嗚呼，

茫茫宇宙，妾舍君其誰屬耶？滄海流枯，頑石塵化；微命如

縷，妾愛不移……」書信的形式，又是一種「談話的口吻」，

長於抒情。它可以將通常「敘述」不易達到的心靈深處的情感和盤托出，也可以將小說中的「第三人稱」轉化成第一人稱進行內心的抒寫，因此書信的加入，使抒情的流暢與力度都得到加強，文本遂有一氣呵成、自然流暢的旋律感。

蘇曼殊《斷鴻零雁記》所具有的這些特徵，都是現代浪漫小說的特徵，在五四時期得到最廣泛的體現，只不過前者用的是文言而已。

從《斷鴻零雁記》開始，中國小說中出現了一種飄零者形象。他們已經不像從前小說中的落難公子，在遭遇挫折、一度被拋出社會主流之後，最終功名和豔福上一樣不缺。《斷鴻零雁記》中的三郎，與五四浪漫小說中的主人公們，是主動從社會世俗中自我放逐，因而既不可能有飛黃騰達的前景，也不被社會所容忍，因而成為孤獨者。他們經濟上的貧困，又往往成為不得自由的重要原因。

三、逃禪與脫俗：宗教還是自由？

- 蘇曼殊與宗教的關係
- 禪耶？道耶？
- 蘇曼殊宗教選擇的浪漫主義本質

蘇曼殊短暫的人生充滿了故事：他的身世與血統之迷，曾經使研究者頗費周折。他頻繁穿梭於古剎與紅塵之間的古怪的飄逸，他的風流不羈，他對革命的熱情，他的梵文，他的詩與畫……都使人既疑惑又備感興趣。從人們贈給他的許多外號，詩僧、情僧、革命僧，便可一窺蘇曼殊矛盾而有趣

的人生。這種矛盾而充滿戲劇性的人生，增加了蘇曼殊人格的傳奇色彩，卻也往往成為人們理解他作品的霧障。其中最核心的，就是關於蘇曼殊作品中的佛教信仰問題。

　　中國文學史上不乏詩僧一類的文學家，但近代以來以僧人身份名世的文學家，蘇曼殊是惟一的一位[57]。這使人們往往很自然地透過他的作品尋找佛理禪趣，以禪情佛理解釋他的小說與詩的更深層次的含義。這種情形，不僅影響到對蘇曼殊作品內容的理解，也影響到對蘇曼殊作品價值的評判。有一個時期，宗教被視為反馬克思主義辯證唯物主義的東西，屬於消極甚至反動的思想，蘇曼殊的作品便被目為充滿「消極因素」[58] 和「反現實主義」[59]的作品遭到否定。後來，當極左思想的鉗制陰影逐漸消散，文學研究的多元與自由得到復蘇以後，尤其是當文化研究成為中國現代文學研究的新視點時，蘇曼殊作品中佛理禪情，又往往受到不適當的誇大。

　　那麼，佛教信仰在蘇曼殊的精神世界中，究竟占多大的分量呢？

　　蘇曼殊十二歲即入寺廟做小沙彌，一生數度披剃，三壇大戒足俱，又兩次赴南亞尋訪佛教原宗，研習梵文，並著有《梵文典》……我們似可確信，蘇曼殊是一個真正有緣於空門的佛教徒。他本人似乎也有意渲染其佛教徒色彩。在《潮

---

[57]　李叔同是先名世爾後才出家的。
[58]　曾慶瑞、趙遐秋《中國現代小說史》，北京，中國人民大學出版社1984年版。
[59]　復旦大學中文系《中國近代文學史稿》，北京，中華書局1960年版。

音》的跋中，他敘述幼年時，「有相士過門，見之，撫其肉髻，歎曰：『是兒高抗，當逃禪，否則非壽徵也。』」[60] 顯示其出家為僧乃是宿命。而他在作品中屢屢對自己光頭袈裟形象的顧影自憐，「恨不相逢未剃時」、「禪心一任蛾眉妒」的內心表白，以及臨風灑淚、孤獨飄零的多情苦行僧形象，都顯示著宗教與愛欲的衝突。

但是，詳細考察，蘇曼殊的人生行狀，其實並不體現多少佛教的東西。他單純熱情，浪漫不羈，崇尚自由，敢愛敢恨，這些都是入世的性格，而非出世的內斂與超然。在蘇曼殊的生命世界中，比起自由與愛，佛教並不是根本的東西，至少，佛理並不像他詩和小說中所顯示的，是決定他人生選擇的第一因素。

在蘇曼殊一生中的某個時期，他確實曾經有過對佛教的熱情，也試圖對佛教經典進行系統的研究，但這種狀態往往不能長久。1907 至 1908 年，他在日本完成了《梵文典》，這是他比較專注於佛教的時候。那時章太炎在日本辦《民報》，蘇曼殊在《民報》社住了幾個月，與章太炎切磋佛教，還相約一起赴印度朝聖。這期間，他們二人針對國內佛教界的現狀，聯署「廣州比丘曼殊」、「杭州鄔波索迦末底」寫過兩篇有關佛教的文章：《儆告十方佛弟子啟》、《告宰官白衣啟》。前者縱論古今，追溯佛學由漢唐的昌盛，到兩宋的轉衰，再到清代的衰敗，認為佛學衰微的原因不在外因，而在自身，「法門敗壞，不在外緣，而在內因」，告戒佛門

---

[60]　蘇曼殊《〈潮音〉跋》，《蘇曼殊文集》上冊第 309 頁。

弟子遠離塵俗，清淨自持，維護信仰的純潔性。文章還批評東南寺宇紛紛「隨逐時趨」、間設學堂而忽略漢文與梵文教育的現狀，呼籲佛學教育應從漢文、梵文入手[61]。這篇文章對佛學佛理的闡發，充滿宗教激情。從日本回國後，蘇曼殊又應南京祇垣精舍創辦人楊文會的邀請，前去祇垣精舍任英文教師。楊文會（仁山）是清末著名佛學家，他創辦佛教學校，自編教材，教授學生梵文、英文，並廣泛搜求佛經，刻印佛典，為佛教在晚清的中興做出了巨大貢獻。蘇曼殊應楊文會之邀到南京祇垣精舍講課，得以與楊探討佛學，受益匪淺。這期間也是他對佛學興趣最濃的時候。

　　但更多的時候，蘇曼殊是一個不受羈束的自由之魂。除了裂裟芒鞋，蘇曼殊的行為方式和做派，完全不像一個佛教徒。最典型的是，他對塵世事務，如革命，充滿了激情。他一生的行止，大致都在教書與革命之間。1903 年在日本讀書時，就參加拒俄義勇隊、軍國民教育會、學生軍等革命組織。他的好友，從老師輩的章太炎、劉師培，到同輩的馮自由、陳獨秀、劉季平、陳少白、葉楚傖、章士釗、高天梅、柳亞子，到學生輩的陳果夫、蔣介石，都是清末民初中國思想文化和革命運動的中堅。儘管曼殊之於革命，是主觀的熱情遠大於實際的行為，道德的義憤大於理性的思想，但在他漂泊無定的流浪生涯中，對革命的關懷，無疑是生活中最重要的事情。他推崇無政府主義者「女傑郭耳縵」[62]，還差一

---

[61]　《徹告十方佛弟子啟》，《蘇曼殊文集》上冊第 266-272 頁。
[62]　1903 年蘇曼殊寫《女傑郭耳縵》。

點拿手槍去殺保皇的康有為，做出俠肝義膽之壯舉[63]。他大有
為國難慷慨赴死的氣概，「國民孤憤英雄淚，灑上鮫綃贈故
人」；即使消極厭世時，也「相逢莫問人間事，故國傷心只
淚流」，歎的還是國家事。他仿佛托身世外，逃禪入寺，但
面對袁世凱復辟，卻奮起反擊，「起而襮爾之魄」[64]。清貧如
洗，常常沿門托缽的他，竟可以為革命傾其所有，慷慨解囊。

　　佛教要求六根清淨，祛除欲念，而蘇曼殊身上，卻充滿
了對生命之「欲」的熱烈甚至放縱的追求。以人欲中的「食」
和「色」為例，它們是欲望中最形而下者，又是人生最基本
與最大的欲望。因而在佛教的戒規中，這二者均受到最嚴厲
的限制。但是，蘇曼殊恰好在這兩方面表現出特別的放任
自由。

　　他一生與許多女子交往，日本的調箏女，上海的花雪
南，曼殊都為她們留下眼淚、留下許多大膽率真的情詩。辛
亥革命以後，「曼殊每逢去上海，都要去吃花酒」[65]，他去
世後留下的雜記本，其中一些記載著妓院和妓女的名字，以
及他為她們開銷的數額，人數之眾，令人啞然。

　　杭州白雲庵，位於美麗的西子湖畔、雷峰塔下，曼殊
1908 年在這裏小住。寺院住持意周和尚曾經描述過曼殊在
那裏的情形：

　　　　蘇曼殊真是個怪人，來去無蹤，他來是突然來，
　　去是悄然去。你們吃飯的時候，他坐下來，吃完了顧

[63] 毛策《蘇曼殊傳論》第 42-43 頁，北京，中國人民大學出版社 1995 年。
[64] 蘇曼殊《討袁宣言》，《蘇曼殊文集》上冊第 324 頁。
[65] 柳無忌《蘇曼殊傳》第 130 頁，北京，三聯書店 1992 年版。

　　　　自走開。他的手頭似乎常常很窘，常向庵裏借錢，把
　　　　錢匯到上海的一個妓院去。過不了多天，便有人從上
　　　　海帶來許多外國糖果和紙煙，於是他就不想吃飯了。
　　　　獨個兒躲在樓上吃糖、抽煙。他在白雲庵，白天睡覺，
　　　　到晚來披著短褂子，赤著足，拖著木屐，到蘇堤、白
　　　　堤去散步。有時直到天亮才回來。[66]

　　這種放浪不羈的作派，完全不像修行的僧侶，倒像脫略
形骸的浪子，這大概就是郁達夫所說的比曼殊的詩畫都更好
的「浪漫的氣質」及「風度」。

　　曼殊對吃的放縱，也比一切人都甚，以致腸胃嚴重損
害，最終不治。他嗜糖，便經常以糖代飯，屢屢因此生病。
翻譯《茶花女》[67]時，他「日食摩爾登糖三袋，謂是茶花女
酷嗜之物」[68]。沒錢吃糖時，竟可將鑲的金牙敲下賣了買糖，
落得「糖僧」的綽號[69]。一次在日本，他在糖果鋪前盡吃，
走時店夥計招呼明日再來，曼殊答：吃多了，要病了，明日
不能來，後天也不能，大後天再來。傳聞他某次由日本回國，
身上帶的一百元錢全部買糖，在路上僅半月就全部吃光，招
致生病。柳亞子說他「工愁善病，顧健飲啖」，關於他的因
貪吃而生病的事，朋友間有不少傳聞。柳亞子「嘗以芋頭餅
二十枚饗之，一夕都盡，明日腹痛弗能起」[70]。章太炎回憶

---

[66]　引自毛策《蘇曼殊傳論》第 75 頁。
[67]　1912 年在《太平洋報》時期，曼殊認為林紓翻譯的《茶花女》錯訛太
　　　多，打算重譯。
[68]　柳亞子《燕子龕遺詩序》，《蘇曼殊全集》第 4 冊第 82 頁。
[69]　有說蘇曼殊取下金牙換的是雪茄煙（他也嗜煙）。
[70]　柳亞子《燕子龕遺詩序》，《蘇曼殊全集》第 4 冊第 82 頁。

曼殊「數以貧困，從人乞貸，得銀數版即治食，食已銀亦盡。嘗在日本，一日飲冰五六斤，比晚不能動，人以為死，視之猶有氣。明日復飲冰如故。」[71]在日本養病時，他不顧醫生勸告，大吃難以消化的年糕，致使稍稍減輕的病又發作[72]。

關於曼殊的貪吃，不知是從小缺乏關愛、生活漂泊無定導致的失控，還是他有意尋求的慢性自殺行為？陳獨秀認為是後者，「曼殊的貪吃，人家也都引為笑柄，其實正是他的自殺政策。他眼見舉世污濁，厭世的心腸很熱烈，但又找不到其他的出路，於是便亂吃亂喝起來，以求速死……」[73]但無論屬於哪一種情況，蘇曼殊在生活行為上的落拓不羈，是無論如何也與佛教的規範不相容。

蘇曼殊託名飛錫寫的《〈潮音〉跋》，將自己皈依佛教的經歷做了比實際情況更符合「曼殊大師」（闍黎）身份的描繪。他敘述自己十二歲披剃之後，「坐關三月」，「具足三壇大戒，嗣受曹洞衣缽，任知藏於南樓古剎。四山長老極器重之，咸歎曰：『如大德者，復何人也！』」[74] 這種為自己的身份「正名」而進行的「潤飾」，顯然影響到後人對蘇曼殊思想和精神世界中宗教的地位與意義進行客觀的理解和評價。

曼殊與佛教的關係，信仰的成分其實是比較少的。特定的身世偶然間將曼殊與佛教聯繫了起來。我們知道，曼殊的

---

[71]　章炳麟《曼殊遺畫弁言》，《蘇曼殊全集》第 4 冊第 77 頁。

[72]　柳無忌《蘇曼殊傳》第 133 頁，北京，三聯書店 1992 年版。

[73]　柳亞子《記陳仲甫先生關於蘇曼殊的談話》，《蘇曼殊研究》第 281 頁，上海人民出版社 1987 年版。

[74]　蘇曼殊《〈潮音〉跋》，《蘇曼殊文集》上冊，第 309-310 頁。

經歷是充滿悲涼和辛酸的。他從來不知道自己的生母是誰，甚至他的血統在很多年都不甚清楚[75]。他六歲離開日本回到廣東，在父親那妻妾成群的大家庭裏，沒有母親、又是「雜種」，過的是寄人籬下的生活。十二歲大病一場，險些死去；被過路的苦行僧帶到寺廟做小沙彌。毫無「宗教意識」的曼殊，因忍不住嘴讒、偷燒吃鴿子肉犯戒而被逐。他的少年、青年時代，在上海和日本，靠親友接濟斷斷續續讀書。他對父親沒有感情，因為父親沒有愛過他，也沒有盡到責任；他對家庭沒有眷戀，因為家庭沒有給過他溫暖和安全；他惟一思戀著母親（何合仙），在最孤獨和絕望的童年，常常靠幻想尋找母親而忘卻苦難，然而，當他二十多歲找到母親時，卻只能賓客似地與她短暫相會。

無愛，貧困，是曼殊成長過程中最深切的體驗；痛苦，孤獨，是他對人生刻骨銘心的感覺。曼殊被逐出寺廟後，被姑姑送到上海他父親蘇傑生那兒，嫡母大陳氏對曼殊幾乎是虐待，冬天蓋的是只有棉胎的薄被。在日本讀書時，表兄每月提供十元生活費，只能住「最低廉之下宿屋，所食白飯和以石灰」，「每夜為省火油費，竟不燃燈」[76]。十二歲的那次披剃，與其說是皈依，不如說是討生活。二十歲時削髮為僧，好像是自己的理性選擇，但這種選擇也未必出諸信仰。

[75] 曼殊父親蘇傑生的首妾是日本人何合仙，後來據多方考證，曼殊的生母應當是何合仙的妹妹河合若。但蘇傑生寵妾大陳氏曾否認曼殊是蘇的兒子，而曼殊自己在《〈潮音〉跋》、《斷鴻零雁記》中暗示自己是純日本血統。

[76] 柳亞子《馮自由〈蘇曼殊之真面目〉箋注》，《蘇曼殊研究》第 269 頁。

那時（1904 年）曼殊已從日本回國，在蘇州的吳公中學和上海《國民日日報》各呆了不長一段時間，便離開上海去了香港，到《中國日報》找到陳少白，在那裏工作。不久，又像他上次離開上海一樣，他突然離開香港回大陸。兩個月後再到香港時，已經是芒鞋裂裟、削髮僧人的打扮了。在上海《國民日日報》時，曼殊與陳獨秀、章士釗等同住，收入非常少。他離開上海，是將陳、章等騙去看戲，自己溜回，拿了章士釗的三十元錢，飄然逃走的。柳無忌認為，是經濟上的巨大壓力，使蘇曼殊「戲劇性地退出了上海的活動舞臺」[77]。那麼，又是什麼原因，使他再一次戲劇性地離開香港、削髮為僧的呢？「以前，沒有跡象表明他對宗教，尤其對佛教產生過任何興趣，也沒有任何家庭影響和教育促使他立誓修行」[78]。曼殊的好友馮自由曾經說，曼殊出家是為了逃避父親為他指定的婚姻[79]。無論出於哪種理由，蘇曼殊的出家，都不是「信仰」使然。

也許，柳無忌的說法比較有道理：「蘇曼殊之進入佛教界，並不像他以後所宣揚的是一件值得炫耀的事情。他並不是在一座大寺院裏跟著名的法師學佛經，而是在一個破廟裏過著貧困生活。他和一個老和尚在一起，每天靠化緣糊口。正是饑餓與貧窮的壓力，而不是寺院戒律的嚴格，致使他乘師傅外出募化之機，偷了他的二角銀洋和已故師兄的戒牒，

作為回香港的護照……」[80]

　　不妨認為，曼殊出家當和尚，更多代表著他對現實所持的否定態度。這也才能解釋他既參加革命，又疏離革命；既出家，又戀愛；既戀愛，卻又不結婚等矛盾而不安的人生形式。

　　無愛、孤獨、流浪、困窘、寄人籬下的生涯，最終使蘇曼殊對人生產生悲觀的認識。聯繫曼殊大智若愚的單純性情，他對生命本能的放縱，其實是一種對生命過程「參透」以後的自由和放任。我們可以感覺到，蘇曼殊詩文和《斷鴻零雁記》中那揮之不去的感傷和對愛情幸福的拒絕，實際上是他悲觀主義人生觀的流露，而佛教的「空」的觀念，恰好可以被借來表達他內心深處對人生的虛無感受。

　　　相逢天女贈天書，楚住仙山莫問予。
　　　曾遣素娥非別意，是空是色本無殊。」

　　　　　　　　　　　　　　　　（《答鄧繩侯》）[81]

　　曼殊的有些詩，如「斜插蓮蓬美且鬈，曾教粉指印青編。此後不知魂與夢，涉江同泛採蓮船」（《失題》）；展現的是一個多情、敏感、熱愛生活、富於想像力的天才的世俗溫情。「孤村隱隱起微煙，處處秧歌竟插田。羸馬未須愁遠道，桃花紅欲上吟鞭。」（《淀江道中口占》）這些熱情活潑的

---

[80]　柳無忌《蘇曼殊傳》第 32 頁。

[81]　柳亞子在《蘇和尚雜談》中談到這是《蘇曼殊詩集》遺漏的詩（見《蘇曼殊研究》第 334 頁，上海人民出版社 1987 年版）。此詩 1928 年被編入《曼殊全集》第 1 冊（第 67 頁）。另見馬以君箋注《燕子龕詩箋注》第 47 頁。

情緒，不像是認為「是空是色本無殊」的禪心已定之人的心境。當然，蘇曼殊詩文中更多是表現憂愁、孤獨和無奈的。他的詩充滿「愁」的情緒和「淚」的意象，而這些離愁和眼淚，不光在愛情詩篇中俯拾皆是，也頻頻出現在曼殊酬答友人的書信、詩文中。如「九年面壁成空相，萬里歸來一病身。淚眼更誰愁似我，親前猶自憶詞人」[82]。所以，蘇曼殊的憂鬱，不止於男女的情愁；他的那些眼淚，也不僅僅源於愛情的短暫與離別。可以說，一種直抵人生根本的虛無，是他愁與淚的最大根源。他有時直接地用禪心佛語表達他的這種悲觀情緒，有時，他自由不羈的性情又難免對人生有許多幻想和想像，這些都自然天成地構成了他特殊的審美形態。

蘇曼殊從根柢上是一個浪漫主義者，熱愛生命、熱愛自由，卻又因不幸的人生而對人間失去信念。所以，他選擇做和尚，一面用袈裟抵擋人生的瑣屑與煩惱（包括愛情的拖累），一面卻又並不受佛門戒規的約束，在寺院與紅塵間自由穿梭。悲觀主義是生活教給他的信念，而熱愛自由和生命，則是他出諸天性的浪漫情懷。兩種力量的衝突和平衡，就造成他亦僧亦俗、不僧不俗的獨特人生方式；而這種不僧不俗、亦僧亦俗的境地，大概就是蘇曼殊有意無意間為自己營造的自由空間。李歐梵用「佛道合流」來形容蘇曼殊的這種精神形態，說他與六朝的「竹林七賢」有相似的地方：「像這些新道家聖徒一樣，蘇曼殊也有意顯示出一種放浪不羈的生活風格，同時又試圖用佛教教義來證明其合理性。不過，

---

[82] 見《蘇曼殊全集》第 1 冊，第 67 頁。這首詩寫於 1907 年曼殊給劉三的信箚中，當時曼殊東渡省母，卻思念起友人劉三、高天梅來。

他那副和尚的外表僅僅是一種裝飾罷了，並不能為他的生活
態度提供多少正當的理由，倒是給他的人格抹上了一層傳奇
的色彩。」[83]

所以，蘇曼殊小說《斷鴻零雁記》中關於三郎以禪心抑
制愛情的描寫，以及他大量愛情詩中所謂「佛理與人性的衝
突」，都是一種不見得完全真實、但卻充分的理由。柳無忌
說，「曼殊儘管和調箏人及其他女性朋友有這種浪漫的關
係，但他常常以佛教戒律作為避免俗累的理由，突然中止對
他們（她們）的認真的依戀」[84]。這種理由，將曼殊心靈深
處悲觀主義的人生情緒，昇華成了「還卿一缽無情淚」（《本
事詩》）、「一寸春心早已灰」（《櫻花落》）的淒美藝術。
「禪心一任蛾眉妒，佛說原來怨是親。雨笠煙蓑歸去也，與
人無愛亦無嗔」（《失題》二首之一），這些帶著禪理的詩
句，其實不過是曼殊的自我標榜——「像是一種經過深思熟
慮的姿態和外表，而表示對宗教的真正信仰」[85]，「試圖給
自己的佛教僧侶形象添加一種莊嚴、神聖的氣氛。」[86] 實際
上，在蘇曼殊一生的履歷行狀中，從他的精神氣質中，我們
更多看到的是一個用袈裟破缽作道具的浪漫主義者，而不是
宗教信徒。

與拜倫、雪萊一樣，愛與自由，是支配蘇曼殊藝術的根
本，也是他在生命的瞬息中為五四、為後來一切富於理想主

---

[83] 李歐梵《現代性的追求》第 94 頁，北京，三聯書店 2000 年版。
[84] 柳無忌《蘇曼殊傳》，第 73-74 頁。
[85] 同上，第 158 頁。
[86] 同上，第 106 頁。

義和浪漫情懷的心靈留下的美好品格。與拜倫、雪萊不一樣
的是，特殊的經歷使蘇曼殊對人生懷著深切的虛無與悲觀，
使他的話語中多了一種借禪語佛理表達虛無的東西。

第四章

曾樸、李劼人與長篇歷史小說的現代轉型

　　史傳原本是中國傳統學術和文學中最發達的一種，《左傳》、《史記》、《漢書》，至今仍然是中國歷史敘事的典範。然而我們通常稱為「歷史小說」的那類歷史敘事，因為是「小說」，故並不屬於這類文人文學[1]。傳統的歷史小說，是從宋元民間「說話」中的「講史」發展來的，屬於演義體通俗文學，也被稱為「歷史演義」。

　　所以，儘管「歷史小說」一詞晚至清末才出現[2]，但歷史小說實際卻是中國長篇小說中最早成熟的樣式。明初《三國志通俗演義》的出現[3]，標誌著中國歷史小說敘事模式的

---

[1]　當然，史傳對歷史小說的影響是極大的。如錢鍾書所說，「史家追敘真人真事，每需遙體人情，懸想事勢，設身局中」，追求人物行為、對話的現場真實性，「《左傳》記言而實乃擬言、代言，謂是後世小說院本中對話、賓白之椎輪草創，未過也。」（錢鍾書《管錐編》第一冊第 166 頁，北京，中華書局 1986 年版）。

[2]　1902 年《新民叢報》14 號為《新小說》做的廣告中，「歷史小說」被作為《新小說》雜誌的內容（實為體裁）之一，列在廣告文中。當時「歷史小說」的概念，與清末的其他小說概念一樣，是新小說界受西方小說啟發而提出的，如政治小說、時事小說、社會小說、科學小說、偵探小說等。1905 年小說林社的廣告將小說分為 12 類，第一類就是「歷史小說」。

[3]　《三國演義》成書的年代，一向有爭議。此從齊裕焜等觀點。見齊裕焜《中國歷史小說通史》第 25 頁，南京，江蘇教育出版社 2000 年版。

形成——以通俗演義的形式敘述歷史事件和歷史人物。重大的歷史事件和歷史人物是小說敘述的中心，而再現歷史事實——或者說再現合於正統道德觀念的歷史事實——則是小說敘述的目的。

　　1902 年《新民叢報》所登《新小說》的廣告，對「歷史小說」的定義，完全沿用傳統歷史演義的觀念：「歷史小說者，專以歷史上事實為材料，而用演義體敘述之。」[4]晚清新小說家從域外引進了「歷史小說」的概念，但就當時創作的歷史小說看，絕大部分仍然是傳統通俗演義式的。新小說家不僅繼續以通俗演義再現中國歷史，而且以這種形式介紹神秘而遙遠的西方歷史，出現了《洪水禍》、《羅馬史演義》、《十九世紀演義》、《東歐女豪傑》、《泰西歷史演義》、《蘇格蘭獨立記》等以歷史演義形式翻譯或創作的關於西方歷史的敘事。這些作品有好些其實算不上小說，只是演義體的歷史故事。所以，與晚清其他「新小說」一樣，歷史小說是在體裁和敘事方式均不規範的前提下，在「新」與「舊」的錯綜關係中，開始了它向現代的轉型。

---

[4]　《新民叢報》第 14 號附錄的廣告頁《中國唯一之文學報〈新小說〉》，另見陳平原、夏曉虹編《二十世紀中國小說理論資料》（第一卷）第 42 頁，北京大學出版社 1989 年版。

一、「小說」與「歷史」的兩難：吳趼人、林紓歷史小說的過渡性

- 吳趼人之俗：追求「信史」與「小說」的調和
- 林紓之雅：「史」與「小說」的疏離

　　晚清在歷史小說創作中卓有成就的作家，有吳趼人、黃小配、曾樸、林紓[5]等。他們幾人，尤其是吳、曾、林三人，在晚清文壇屬舉足輕重的人物，而他們在歷史小說觀念與敘事上不同的追求，卻基本體現了中國歷史小說在晚清階段有代表性的幾種選擇。

　　吳趼人是晚清新小說家中在歷史小說倡導上用力最勤的作家之一。1902 年《新小說》創刊，吳趼人在連載《二十年目睹之怪現狀》的同時，又開始在《新小說》上連載歷史小說《痛史》[6]。《痛史》寫宋朝淪亡的過程，對宋朝皇室的昏庸、權奸的欺詐，作了繪聲繪色的描寫。1906 年，《月月小說》創刊，吳趼人的另一部歷史小說《兩晉演義》在此連載。吳作歷史小說，有著明確的補正史之缺的意圖。他認為固有的歷史敘事，無論是欽定的正史，還是民間流傳的野史（歷史演義），都不能將歷史真實傳播出來：正史「史

---

[5]　林紓的歷史小說均為長篇，寫清末與民初的歷史，有《劍腥錄》（1913年出版，再版易名《京華碧血錄》）、《金陵秋》（1914 年出版）、《巾幗陽秋》（1917 年出版，再版易名《官場新現形記》）。這些小說雖然都在民國以後出版，但是從晚清開始創作的（《劍腥錄》寫於1901 年），另一方面林紓其人其文都自晚清一以貫之，故其歷史小說仍屬於「晚清」。

[6]　從第 3 期開始連載。

冊繁重」、「文字深邃」，「苟非通才，遽難句讀」[7]，很
難為一般人所接受。而民間流行的歷史演義，「動以附會為
能，轉使歷史真象，隱而不彰；而一般無稽之言，徒亂人耳
目」[8]。所以，他倡導歷史小說，力圖在「信史」與「小說」
間尋求一種調和，使之既確鑿，又易讀。吳趼人的《兩晉
演義》及其時的歷史小說觀，在求「真」的尺度上，與他
早期的小說、也與《三國演義》以來的古典歷史小說劃開
了界線。

　　通俗演義作為中國歷史小說的典型樣式，儘管是對正史
進行演繹，然而畢竟是小說，一要追求趣味、投合讀者（聽
眾）的口味，二要顯示作者的口才和想像，因此這類小說在
細節上往往不太可信，衍生、附會故事時常常失之過度。不
讀正史的老百姓，全靠這類通俗演義瞭解歷史，長此以往，
小說所演繹、附會的故事，反而遮蔽了歷史真實。所以，吳
趼人非常焦慮地說：「夫小說雖小道，究亦同為文字，同供
流傳者，其內容乃如是，縱不懼重誣古人，豈亦不畏貽誤來
者耶！」[9]於是他「發大誓願，編撰歷史小說，使今日讀小
說者，明日讀正史如見其人；昨日讀正史而不得入者，今日
讀小說如身親其境」[10]。吳趼人創作歷史小說的動機，就是
想使歷史小說成為通俗的信史，使識字不多的人能以此瞭解

---

[7]　（吳趼人）《歷史小說總序》，《月月小說》第 1 年第 1 號，第 9 頁，
　　1906 年。
[8]　我佛山人《兩晉演義序》，《月月小說》第 1 年第 1 號，第 11 頁。
[9]　同上。
[10]　（吳趼人）《歷史小說總序》，《月月小說》第 1 年第 1 號，第 10
　　頁。

真實的歷史,「謂為小學歷史教科之臂助焉可,謂為失學者補習歷史之南針焉亦無不可」[11]。

吳趼人「發明正史事實」的追求與通俗演義體例的沿用,大致體現著晚清大多數歷史小說的追求。如黃小配的《大馬扁》(寫康有為經歷)、《宦海升沈錄》(寫袁世凱經歷),都是如此。《大馬扁》(1908 年)對當時朝政事件的敘述比較客觀,但對康有為,則專事揭短,寫他如何虛偽、自私。黃小配刻意揭示康與其他「君子」不同的非君子品性,大抵也是出自一種揭示歷史真相的歷史意識。《宦海升沈錄》(1909 年)敘述袁世凱發跡和被貶的歷史,生動地揭示了袁世凱非凡的政治氣魄和政治手腕,小說對人物、事件的敘述,包括對高層官吏如李鴻章、張佩倫等的描寫,都近於「實錄」。黃與吳不同的是,前者著眼於當時社會,以對重大「時事」的敘述反映歷史進程,就其熱衷於寫「當代史」在一點看,似比吳趼人更具有「現代」性。

林紓的歷史小說,與黃小配、吳趼人有所不同,後兩者都使用傳統演義體,而林紓則一意追求經典史傳文體,在敘事方式和語言上,追隨史漢之風,庶近於史。他終身仰慕「左馬班韓」,在翻譯小說時尚且不惜誤讀,經常以史遷、班、韓的史傳和古文作類比,努力使其翻譯小說合乎古文特徵,他創作的歷史小說,就更是自覺追求史漢風格了。

《劍腥錄》(又名《京華碧血錄》)通過一位遊學京城的書生邴仲光的視角,如實展示了戊戌政變六君子遇難、庚

---

[11] 我佛山人《兩晉演義序》,《月月小說》第 1 年第 1 號,第 13 頁。

子事變血與火的全過程。即以庚子事變為例，《劍腥錄》詳
盡敘述事件的緣起、經過。義和團進京，從設壇弄神、毀壞
洋貨、捉殺無辜，到進攻外國使館，義和團混合著暴民邪教
色彩的民族主義行為，得到真實而生動的再現。林紓在敘述
中稱義和團為「匪」，代表著晚清知識界對義和團的基本態
度（晚清的大量小說、歷史文獻，都顯示了這一點）。但
作為「史家」，林紓本著客觀公正立場的敘述，卻將庚子
事變的民族悲劇性淋漓盡致地表現了出來。小說第三十九
章，寫庚子事變平息後、清政府在西方聯軍監督下處決支
持義和團的兩名清廷高官稽岫（即啟秀）和儲沈極（即徐
承煜），林紓在「真實」基礎上的道德的正義感，超越了
他的政治立場：

> ……時市上已不能通車。各國聯軍，皆攜拍照之
> 走馬機，人手其一。店屋之上，人累累然。移時，西
> 國兵隊如林，出止市上。柴車二輛，一坐稽岫，一坐
> 儲沈極。刑部司官，以詔旨即車中示稽岫。稽神宇鎮
> 定，讀至兩遍，言曰：「聖恩聖恩！殺洋人固我也。
> 旨中所論，一無冤抑，請即就刑。」於是下車望闕叩
> 首，扶就刑所。儲則昏惘無人色矣。

林紓通過主人公邴仲光的口，感歎「稽岫雖頑固，終是
好男子」。

林紓小說對真實性的追求，秉持的是史家的姿態，他希
望自己的小說具有「良史」的價值。政治上，林紓本人是反
對革命、主張君主立憲的，但他在敘述武昌起義（《金陵秋》）

時，我們卻從文本中讀不出半點「反革命」的意味。這部小說，具體、翔實地敘述武昌起義的全過程，主人公的慷慨赴死、為國捐軀的正義感與歷史抱負，成為小說呈現出的客觀效果。林紓偶然使用「外史氏」的評價，也超越了他本人的政治立場──認為辛亥革命的發生，是清政府多年政治腐敗的結果：「非驕王馳絮其權綱，非奸相排笮其忠讜；非進退系乎賕請，非賦斂加以峻急；非是非顛倒，使朝野暗無天日；非機宜坐失，使利權蝕於列強；非朘四海之財力，用之如泥沙；非出獨夫之威棱，行之以殘殺；非無故挑邊，任邪教興師於無名；非妄意憤軍，使天下同疲於賠款，而國又烏得亡！而革命之軍又胡從起！」無論是忠實於歷史事實的「良史」精神，還是崇簡尚質、不事雕飾的語言，林紓的歷史小說，都使我們明顯感受到左馬班韓的韻致，它們更像「史」。難怪鄭振鐸這樣評價林紓：

> ……中國小說敘述時事而有價值的極少，我們所見的這一類的書，大都充滿了假造的事實，只有林琴南的京華碧血錄，金陵秋，及官場新現形記等敘庚子義和團，南京革命及袁氏稱帝之事較翔實；而京華碧血錄尤足供講近代史者以參考的資料（近來很有人稱讚此書）。[12]

不過，鄭振鐸的這番評價，著眼於對林紓小說所追求的歷史真實的肯定，說到底，是歷史的倫理學評價，而非審美

---

[12]　鄭振鐸《林琴南先生》，《林紓研究資料》第 152 頁，福州，福建人民出版社 1983 年版。

的評價。從吳趼人到林紓,他們都以還原歷史為創作宗旨,
或者說,他們創作歷史小說時所懷抱的更多不是「小說」,
而是「歷史」。這類小說所追求的真實性,其實並非文學應
當追求或必須追求的價值。林紓顯然意識到這一點,因此他
的每一部歷史小說,都以歷史為經、以愛情為緯,虛構一對
正直忠誠的青年情侶(《劍腥錄》中的邴仲光和劉麗瓊,《金
陵秋》中的王仲英和胡秋光,《巾幗陽秋》中的阿良和素素),
試圖在歷史事件的敘述中,以愛情的悲歡離合增加小說的文
學性。這一點,體現出林紓比吳趼人、黃小配等更自覺的文
學意識。但是,由於小說的目的就是展示歷史之「經」,他
苦心經營的愛情之「緯」,與小說敘述的主線完全可以剝離,
因此與敘述主線沒有能夠血肉融合,小說的人物刻畫與史實
再現,尚沒能構成圓融完整的有機體。

林紓和吳趼人,一個求雅、一個從俗,而他們的歷史小
說意識都圍繞著「補正史之闕」,追求的是正史的價值。只
不過,林紓過於追求史的價值,小說性喪失不少,不足為後
世小說家效法;吳趼人的歷史小說,則延續著傳統歷史小說
的生命。傳統歷史演義式的小說,在五四以後,它一直存在
於通俗文學中。

從吳趼人到林紓,無論是通俗演義的延續,還是正史筆
法的繼承,它們所代表的晚清絕大多數的歷史小說,基本還
不具備現代性的因素。

曾樸的《孽海花》,在歷史小說的意識和敘事方式上打
破了中國傳統「小說」或「歷史」的規範,開啟了中國現代
歷史小說的先河。

二、風俗史與非英雄：曾樸《孽海花》歷史敘事的現代性

- 法國近代小說：曾樸小說的摹本
- 「譴責小說」概念的遮蔽性與胡適的偏見
- 章回體的沿用與突破
- 世俗化與風俗史
- 人文精神與現代意識

　　已經有不少研究者在梳理中國現代長篇歷史小說時，將它的開創者聚焦於李劼人[13]。這種認同，源於李劼人歷史小說在歷史敘事的意識和方法上與傳統歷史小說的不同：

　　　　……李劼人的突破首先在於他不在史學家的話語中復述，他不是把史學家文字的記載復活為實際的歷史，而是為沒有定型的中國近代史創造一種藝術的表述，把歷史家還沒有來得及記載的實際存在的歷史變成小說。[14]

　　　　……如果說此前的歷史小說是對已有定型的中國古代歷史藝術地重寫或改寫，李劼人的歷史小說則是為沒有定型的中國近代史創造一種藝術的具文。前者的根據是歷史家的文字的記載，它們的任務是把文字的記載重新復活為實際的歷史，實際的生活史和精

---

[13]　楊繼興《長篇歷史小說傳統模式的突破——論李劼人歷史小說的獨創及其在文學史上的地位》（《四川師範大學學報》1987 年第 3 期），是現代文學研究中最早從「現代歷史小說」角度考察李劼人的，後來的研究者多採納楊文觀點。

[14]　齊裕焜《中國歷史小說通史》第 285 頁，南京，江蘇古籍出版社 2000 年版。

神史，李劼人的根據則是實際的歷史，實際的生活史
和精神史，作者的任務是把實際存在的歷史變成藝術
的具文，變成小說。[15]

　　事實上，最早突破傳統歷史小說「復活」「歷史」模式，
用「生活史」和「精神史」形式表現歷史進程的，是二十世
紀初曾樸的《孽海花》。《孽海花》在歷史敘事的意識，歷
史評價的尺度及審美觀念上，都突破了傳統歷史小說的模
式，而早於李劼人採用「把實際存在的歷史變成藝術的具文」
的方法。長期以來，我們之所以忽略了這個重要事實，是與
五四以來晚清文學在古典與現代間「失重」的研究狀況、以
及五四以來形成的主流文學史觀相關的。李劼人與曾樸因為
「同宗」——共同師法於法國十九世紀文學——而在歷史小
說的現代性追求上，呈現出客觀的傳承或延伸。

　　因此，中國現代長篇歷史小說的開拓者，應當是曾樸；
而完成者，是李劼人。

　　曾樸的《孽海花》，是在他主持《小說林》期間開始寫
的。當時《小說林》與《新小說》相呼應，力倡「歷史小說」。
由於《小說林》編輯集團（曾樸、徐念慈、黃摩西等）自覺
追求西方化，曾樸這篇有意創作的歷史小說，便呈現出與傳
統歷史小說不同的審美追求。

---

[15]　王富仁、柳鳳九《中國現代歷史小說論》（四），《魯迅研究月刊》
　　　1998 年第 6 期第 21-22 頁。

　　《孽海花》意在表現 1870 年代至二十世紀初中國充滿變動的「三十年來的歷史」[16]，但它敘述的方式、追求的目的、體現的特徵，既不同於林紓的古文敘述與史傳作風，與吳趼人的通俗演義也有很大差別。《孽海花》在根本的「歷史小說」意識上突破了中國傳統歷史小說或史傳文學的窠臼，體現出明顯的現代色彩。

　　《孽海花》歷史敘事的現代性體現在：它擺脫了一般歷史小說以重大歷史事件或重要歷史人物為中心的模式，不是演繹「正史」，而是展現一種由世俗生活構成的「風俗史」；它塑造的人物，是一種可能更多借助於虛構的，而且在道德品性、行為方式、經歷和業績上都不帶崇高色彩的「非英雄」。

　　《孽海花》所注重的歷史真實，是作為背景和氛圍的歷史事件的真實，而不必是具體人物事件的真實。其實，不拘泥於細節真實，在《史記》中早有先例，而歷史演義更可在情節上隨意想像。但是，曾樸之不同在於，它的虛構和想像，不是為表現重大歷史事件或再現歷史場景；它集中描寫和所要完成的，僅僅是歷史背景中的虛擬的「個人」的行為——個人的生存方式，個人的命運、沉浮，個人的價值追求，個人的精神活動等。特定歷史環境中人的生存狀態，社會的情緒，世態風物的變遷等，一切歷史的真相都囊括在這些最基元、最本真、最生動、最世俗的社會生活的動態現象中，時代與社會的特定氛圍和社會生活的廣泛狀態，歷史事件與社

---

[16] 曾樸《修改後要說的幾句話》，魏紹昌編《孽海花資料》第 129 頁，上海古籍出版社 1982 年版。

會歷史進程的最深的根源──人與文化的根源，就包含在這充滿世俗生機的審美形式中，社會和歷史成為一種具體而動態的形式，其來龍去脈一目了然，令人盪氣迴腸，玩味不已……在這裏，我們可以看到曾樸在突破傳統歷史小說模式時，憑藉的是法國十九世紀歷史小說的藝術形式。

　　歐洲近代歷史小說的始作俑者是英國的司各特。但是，司各特的小說，準確地說是歷史題材的浪漫傳奇。十九世紀初，受司各特的影響，法國浪漫派作家開始嘗試寫司各特式的歷史小說，代表作是大仲馬的《三個火槍手》等。雨果的《巴黎聖母院》是一個轉折，將歷史小說由傳奇引向現實，以恢弘的氣度和詩意的語言展現巴黎十五世紀的人情風俗。《悲慘世界》、《九三年》，更將歷史的鏡頭轉向當代。《九三年》寫法國大革命，現實與歷史的真實，融會著慷慨悲壯的詩意情緒；《悲慘世界》展現了法國大革命前後的社會生活，場面之宏大，情緒之深沉，語言之美麗，堪稱時代的浮雕。十九世紀 30 年代以後，一批被後來一些文學史家稱為「現實主義」的作家作品陸續湧現，司湯達的《紅與黑》、巴爾扎克的《人間喜劇》等，形成法國小說創作的高峰。自此，法國歷史小說將描繪歷史的焦點對準了當代社會現實，專門描寫被古往今來小說家「統統忘記了」的社會「風俗史」[17]，形成了具有強烈當代意識與社會關懷、並以「風俗」描繪的形式再現歷史的法國現代小說形式。

---

[17]　巴爾扎克《人間喜劇‧前言》，參見勃蘭兌斯《十九世紀文學主流‧法國浪漫派》第 222 頁，北京，人民文學出版社 1982 年版；伍蠡甫《西方文論選》下卷第 172 頁，上海譯文出版 1984 年版。

　　1894 年，曾樸入同文館學法文。1898 年，他結識了福建造船廠廠長陳季同。陳僑居法國多年、精通法國文學並與伏爾泰等一流作家「常相往還」[18]。在陳季同的指導下，在三年多的時間裏，曾樸系統學習和鑽研了西方文藝復興以來的文學，古典派、浪漫派、自然派、象徵派，無一不通。那段時間他幾乎「發了文學狂，晝夜不眠，弄成了一場大病」[19]。曾樸實際是中國近代最早系統學習西方文學的人，是最早、最系統地翻譯和介紹法國文學的人——「小說林」時代（1905-1908 年），他翻譯雨果的《馬哥王后佚史》、《九十三年》（今譯《九三年》），譯介大仲馬；1927 年至 1935 年，他與長子曾虛白在上海開真美善書店、辦《真美善》雜誌，更系統地翻譯雨果和法國文學[20]。法國文學成為曾樸創作小說的藝術資源，使他的小說在晚清小說中獨樹一幟。

　　《孽海花》的「歷史小說」意識顯然更多吸收了法國十九世紀小說的歷史敘事觀念，即將焦點對準「當代」，以包羅萬象的世態風俗描繪展示時代的風雲變幻與社會歷史進程，而在女主人公的刻畫和審美評價及道德評價上，明顯與傳統小說觀念不同，體現著法國十九世紀文學的人文精神。

---

[18] 曾虛白《曾孟樸先生年譜》，《宇宙風》第 2 期第 111 頁，1935 年 10 月。

[19] 魏紹昌《孽海花資料》第 194 頁。

[20] 曾樸翻譯雨果劇本、小說、散文數十種。此外，還有左拉的《南丹與奈儂夫人》、莫里哀的《夫人學堂》、福樓拜 的《馬篤法谷》及戈蒂耶等人的作品。曾樸還發表過不少法國文學批評文章。參見曾虛白《真美善》雜誌，《曾孟樸先生年譜》，時萌《曾樸與法國文學》（《曾樸研究》第 113-118 頁，上海古籍出版社 1982 年）等。

　　在魯迅的《中國小說史略》中，曾樸是被作為晚清譴責小說四大作家之一受到批評的。比起胡適對《孽海花》「但可居第二流」[21]的評價，魯迅將其列為「四家」之一，曾樸似應感到慶幸。儘管這部小說出版後影響極大，一兩年間再版 15 次、行銷 5 萬部，並招致不少作家去「狗尾續貂」；然而在擁有「話語霸權」的五四文學批評家那裏，曾樸這部小說受到的貶抑多於肯定，長期以來可謂「知音苦稀」[22]。

　　魯迅曾嘉許《孽海花》「結構工巧，文采斐然」，人物刻畫「亦極淋漓」[23]；當然，他也批評《孽海花》有「譴責小說通病」，如「張大其詞」、「形容時復過度」等[24]，而後者給我們留下的印象更深——它與新文學陣營對晚清小說整體的批評立場一致。晚清譴責小說，多模仿《儒林外史》，這不僅表現在作家對現實和主流文化的批判立場上，還表現在作品結構的「連綴短篇」式與人物刻畫的「形容時復過度」上。魯迅不肯稱晚清這批小說為「諷刺小說」，另

21　胡適《再寄陳獨秀答錢玄同》，原載《新青年》第 3 卷第 4 號「通信」欄，引自《中國新文學大系・建設理論集》第 61 頁，上海，良友圖書公司 1935 年版。

22　林薇《清代小說論稿》第 240 頁，北京廣播學院出版社 2000 年版。新文學批評家對《孽海花》的諸種意見，林薇此書有介紹。在 50 年代中國大陸的「近代文學」研究界，《孽海花》的地位出人意外地有所提高，原因是當時大陸正在批判胡適。按「凡是敵人反對的我們就擁護」原則，《孽海花》被評價為具有「反帝」思想。

23　魯迅《中國小說史略》，《魯迅全集》第 9 卷第 291 頁，北京，人民文學出版社 1981 年版。

24　魯迅認為譴責小說「雖命意在於匡世，似與諷刺小說同倫，而辭氣浮露，筆無藏鋒，甚且過甚其辭，以合時人嗜好，其度量技術之相去亦遠矣，故別謂之譴責小說」。同上，第 291 頁。

以「譴責小說」命名，是為了強調晚清小說的「二流」地位——
所謂「辭氣浮露，筆無藏鋒」[25]是也。魯迅批評眼光的準確
和語言方面的善抓特徵，都使「譴責小說」這個概念被廣泛
接受；而他對於譴責小說的意見，也常常被同時代和後來的
批評家引為同調。胡適 1927 年在為上海亞東圖書館標點的
《官場現形記》作序時說，「魯迅先生這樣推重《儒林外史》，
故不願把近代的譴責小說同《儒林外史》並列。這種主張是
我很贊同的」。胡適認為晚清小說「所譴責的往往都是當時
公認的罪惡，正不用什麼深刻的觀察和高超的見解」[26]。魯
迅、胡適之言，基本上代表了新文學對晚清小說的普遍意
見，並影響著此後若干年人們對晚清小說的評價；而諸如「辭
氣浮露，筆無藏鋒」、「頭緒既繁，角色復夥」、「摭拾話
柄，連綴短篇」等[27]，幾乎成為人們對晚清「譴責小說」的
整體印象。

其實，以「譴責小說」囊括晚清以李伯元、吳趼人、
劉鶚、曾樸諸人為代表的社會寫實小說，本已嫌大而劃之，
而「辭氣浮露，筆無藏鋒」及結構上「連綴短篇」，「摭
拾話柄」的批評，倘若單指《官場現形記》、《二十年目

---

[25]　同上，第 282 頁。

[26]　胡適《〈官場現形記〉序》，《胡適文集》第 4 卷第 436 頁，北京大
　　　學出版社 1998 年版。

[27]　魯迅《中國小說史略》談《官場現形記》「頭緒既繁，角色復夥，其
　　　記事遂率與一人俱起，亦即與其人俱訖，若斷若續」，「況所搜羅，
　　　又僅『話柄』，連綴此等，以作類書」；評吳趼人《二十年目睹之怪
　　　現狀》「終不過連篇話柄」。胡適《〈官場現形記〉序》：「大概作
　　　者當初卻曾想用全副氣力描寫幾個小官，後來抵抗不住別的『話柄』
　　　的引誘，方才改變方針，變成一部摭拾官場話柄的類書」。

睹之怪現狀》，還是恰當的，但卻未必適用於所有晚清的
這批小說。

　　五四新文學對於晚清小說，一般地說一是偏於貶低，二
是趨於作整體性評價。晚清小說「譴責小說」之中並不太像
《儒林外史》、而具有鮮明個體特徵的作家作品，往往被淹
沒在《官場現形記》、《二十年目睹之怪現狀》所代表的共
性之中。

　　《孽海花》在晚清小說中的獨特性，恰在它超越了「譴
責小說」概念所包含的一般主題與敘事方式。它的敘述，絕
非僅僅為「揭發伏藏」；它的意蘊，遠遠超越了糾彈時弊；
它的價值，不但體現在敘事結構和人物塑造上的獨特與相對
深入，更體現在它代表著中國現代歷史小說的雛型。

　　然而，由於長期被作為「譴責小說」看待，《孽海花》
那不夠尖刻的諷刺和不夠醜惡的人物，使它永遠不能夠與
《官場現形記》、《二十年目睹之怪現狀》等爭搶「譴責」
的風頭；它在敘事方式和敘事觀念上有違傳統的陌生，又常
常不為時人理解。《孽海花》超越「譴責」的更深切的情緒，
在糾彈之外的更複雜的意蘊，以及完全不同於《儒林外史》
的敘事結構和透露著現代審美意識的新鮮氣息，這種種獨立
於「譴責小說」整體概念之外的個性，卻幾乎完全被漠視或
「忽略」了。

　　1917 年 1 月至 5 月，在《新青年》上，圍繞《孽海花》，
胡適與錢玄同之間有過一番討論。1 月，在《新青年》第 2
卷第 5 號上，胡適發表了那篇引起中國文學根本變革的《文
學改良芻議》。胡適在文章的第二部分《不模仿古人》中說：

「吾每謂今日之文學，其足與世界『第一流』文學比較而無愧色者，獨有白話小說（我佛山人，南亭亭長，洪都百煉生三人而已）一項」。這裏，胡適將吳趼人、李伯元、劉鶚提到世界「第一流」的地位，與他後來的論述是矛盾的[28]。其實胡適這裏的「第一流」之說，不可完全當真；他當時看重的是「白話」，為了推崇白話而把晚清的這幾部白話小說提拔得很高，言未必由衷。2 月 25 日《新青年》第 3 卷第 1 號錢玄同以與陳獨秀通信的方式，對胡適的這一斷言提出異議與補充：「弟以為舊小說之有價值者，不過施耐庵之《水滸》、曹雪芹之《紅樓夢》、吳敬梓之《儒林外史》、李伯元之《官場現形記》、吳趼人之《二十年目睹之怪現狀》、曾孟樸之《孽海花》六書耳」——晚清部分，錢玄同補充了曾樸。5 月，《新青年》第 3 卷第 4 號的通信欄裏，胡適再寄陳獨秀，對錢玄同的觀點作出回應：「錢先生謂《水滸》、《紅樓夢》《儒林外史》、《官場現形記》、《孽海花》、《二十年目睹之怪現狀》六書為小說中之有價值者，此蓋就內容立論耳。適以為文學者固當注重內容，然亦不當忽略其文學的結構……適以為《官場現形記》、《文明小史》、《老殘遊記》、《孽海花》、《二十年目睹之怪現狀》諸書，皆為《儒林外史》之產兒。其體裁皆為不連屬的種種實事勉強牽合而成，合之可至無窮之長，分之可成無數短篇寫生小

---

[28] 1927 年胡適《〈官場現形記〉序》，說此書鋪敘話柄，像隨筆記帳，「書中的人物幾乎沒有一個有一點個性的表現，讀者只看見一群餓狗囊進囊出」，並同意魯迅的觀點，稱晚清小說是「諷刺小說之降為譴責小說」。

說……《孽海花》一書，適以為但可居第二流，不當與錢先
生所舉他五書同列。此書寫近年史事，何嘗不佳？然佈局太
牽強，材料太多，但適於箚記之體……而不得為佳小說
也……」。

　　堅持將《孽海花》與其他三部譴責小說分別看待，這似
乎是特別頑固的偏見，曾使筆者備感困惑。其實，正是《孽
海花》的獨特與超前，導致了它的被誤解。

　　以「結構」將《孽海花》與《官場現形記》等一鍋煮，
是胡適評價晚清小說時犯下的最草率的錯誤。《孽海花》與
其他「譴責小說」最不同的，首先就是結構。它不但不是
短篇連綴，相反是晚清小說中結構最具長篇小說有機性的
一部。

　　《孽海花》的主人公，是名士達官金汮（字雯青，原型
是晚清名士高官洪鈞）與他那出身風塵的妾傅彩雲（原型是
清末民初名妓賽金花）。金是同治五年的狀元，經過大考成
為天子門下的高官——翰林院侍講。曾經典試江西，後被派
出使德、俄等國。小說圍繞金雯青攜傅彩雲出國外前後的經
歷，廣泛描繪和展示了晚清名士達官階層的生活方式與精神
面貌。它的結構，以金雯青的宦海沉浮、金與傅彩雲的行蹤、
關係為線索，金雯青中狀元、入朝廷、遇彩雲，彩雲以夫人
身份隨金出使德、俄，金、傅在國外的經歷，歸國後金在官
場的厄運等，都成為構成小說情節的主要事件。金、傅經歷
的傳奇性與複雜性，使小說的情節富有長篇敘事中最有魅力
的故事張力。小說以金、傅為中心，但小說的敘述空間，又
遠遠超過金、傅私生活；它以金、傅二人，勾連起晚清整個

上層社會、官僚知識界及中國的內政外交，展現了那個時期
的歷史風雲與社會風俗，結構廓大而飽滿。小說的敘述，圍
繞金、傅而自由移動，生活場景的展示在「國內—國外」、
「家庭—官場」、「主人公—名士同僚」間伸縮轉移，情節
成為一種以金、傅為中心向外發散的立體結構。曾樸這部小
說用的是章回體，因而在每回的末尾與下一回的開端，照例
沿用「欲知後事如何，且聽下回分解」的套語，但是，它實
際上突破了章回的結構，在回目之內進行敘事視角和時空的
轉移。它的很多章回，都不是一條線索敘述到底，而往往在
章回的中間轉換敘述空間。譬如第十三回（小說林本），開
頭是接續前回，寫傅彩雲與維亞太太（隨後才知道是德國皇
后，也是英國女王之妹）會面合影回到公使館，見俄國人畢
葉正在向雯青兜售「中俄交界圖」；隨後金雯青給國內同鄉
官陸蓁如去信，報告獲得地圖一事。由此敘述由歐洲轉移到
了北京，由陸蓁如引出「名流宗匠，文學斗山潘尚書」及在
京其他名士，描繪這些沉迷於科名的讀書人結識名流、攀附
朝官、以求通途的精神狀態與生活方式。倘若是傳統章回
體，那麼，這一時空、人物的大轉換，應當另起一回。

　　由於中西時空的交疊，中國士大夫局限於辭章與考據的
學問，他們科名之外無所作為的狹窄，便在一種不露聲色的
時空對比中凸顯。小說以金雯青聯繫國內的名士高官，展現
主流文化風貌，在科場考試、聚會交遊、家庭逸事、政治外
交等一系列場景中，展現出清末上層社會的生活圖景，刻畫
了一系列個性鮮明的名士官僚形象。小說以傅彩雲聯繫國內
國外的世俗生活（儘管國外的部分受制於作者的經驗，不如

國內部分細膩和豐富），通過傅彩雲在兩性關係上的放浪不
羈，一方面展示了日趨崩潰的傳統道德與秩序，另一方面作
者將傅彩雲刻畫成為一個在西式社交圈中如魚得水、充滿旺
盛生命力（包括中國傳統觀念最嫉恨的女人之「淫」）而有
恃無恐的形象，昭示出曾樸敏感到中國社會新的價值觀念與
生活方式在殖民化過程中的萌發與生長。小說表現的生活內
容異常豐富，除了晚清上層知識份子的精神與生活，更囊括
了 1870 至 1890 年代之間中國政治、文化領域的特殊氛圍和
主要事件，展現了清朝政治和文化大變動到來之前的社會思
想狀況，既包括對國內維新與革命志士活動的描述，如興中
會陳千秋、孫汶（即孫文）、維新派梁超如（即梁啟超）等，
還包括對國外民主風潮的展示，如俄國民粹派的活動等，波
譎雲詭的時代與形形色色的人物，構成小說氣度不凡的史詩
結構。可貴的是，小說紛繁的事件、眾多的人物均處於環繞
男女主人公的「眾星拱月」的張力秩序中，主人公性格鮮明，
而社會與時代的大背景又充實、宏大；史詩的風雲與生活細
節的幽默生動，都使小說富於動人心魄的審美力度，並形成
這部小說一種立體交叉的結構形式。《孽海花》的結構不但
完全不同於《儒林外史》及《官場現形記》，同時，也不同
於傳統章回小說那種單向順聯或花開兩朵、各表一枝的平面
式構造。正如曾樸自己作過的解釋，「譬如植物學裏說的花
序，《儒林外史》等是上升花序或下降花序，從頭開去，謝
了一朵，再開一朵，開到末一朵為止；我是傘形花序，從中
心幹部一層一層的推展出各種形色來，互相連結，開成一朵
球一般的大花……波瀾有起伏，前後有照應，有擒縱，有順

逆……」[29] 曾樸這番話，原本是對十年前胡適評價的反駁與申辯，其中並無任何誇飾，非常平實。

　　《孽海花》雖然最終只完成了已擬定回目的三分之一強[30]，女主人公傅彩雲的傳奇故事，即其原型賽金花所經歷的世紀之交的大事件，如庚子事變與瓦德西重逢，說服瓦德西使琉璃廠免遭洗劫，虐殺雛妓入獄與蘇元春、沈藎同牢等極具戲劇性的事件，還尚未敘及；但僅僅是現有的二十五回所體現出的頗有現代意識的敘事結構，就足以體現作者含納歷史風雲，對芸芸眾生世態生活精描細繪、生動再現的卓越才能。曾樸《孽海花》在結構上的可貴，是它從結構的功能上打破了傳統章回小說的敘述模式。譴責小說四家的作品，都是採用章回體的，惟有曾樸的《孽海花》，在章回體制之內，實驗了超越章回的時空轉換、立體敘述。

　　胡適明顯的判斷錯誤和他的固執己見，甚為使人不解。只要是認真讀完《孽海花》的人，無論如何也不可能不感受到這部作品在結構上的獨特和長處。胡適對《孽海花》的批評，甚至使人疑心他並沒有好好讀完過這部小說。他自 1917 年將《孽海花》與譴責小說一同批並將它列為「二流」以後，就再沒有研究過它。三十年代曾樸辦《真美善》時與胡適有過通信，胡適對曾樸執著於法國文學翻譯的精神大表欽

---

[29] 曾樸《修改後要說的幾句話》，《孽海花資料》第 130 頁，上海古籍出版社 1982 年版。

[30] 《孽海花》已擬定回目六十回，最初刊行時只完成了二十五回——1906年小說林社出版二十回，1907 年《小說林》雜誌陸續刊登第二十一至二十五回。1927 年至 1931 年修改並續寫到第三十五回。此以初刊時的二十五回為準（稱為「小說林本」）。

佩[31]；1935 年曾樸去世，胡適在《宇宙風》的曾樸紀念專欄
裏撰文，稱讚曾樸與時並進，但仍然沒有重讀《孽海花》的
意思，且認為當時他對《孽海花》的批評是實話實說[32]。在
此之前曾樸在給胡適的信中，向這位後學詳述自己年輕時學
法文、讀西方小說、辦《小說林》等等的經歷，並闡述自己
對文學創作與文學翻譯的意見[33]。對此，胡適僅認為是曾樸
對一個後進知己的信任和熱情[34]，而筆者更願意認為，這裏
不乏曾樸私心希望胡適重讀《孽海花》、理解並能夠公允評
價這部小說的含蓄暗示。胡適 1917 年的《孽海花》批評，
大約是依據他早年在上海公學讀書時從《小說林》連載上獲
得的印象[35]。那時的胡適少年氣盛，既未有心研究，閱讀的
狀態和過程也實在可疑。我們責難胡適對《孽海花》的謬評，
還有一個有力的旁證，就是魯迅對《孽海花》的評價。如前
面所述，魯迅與他的同時代人，對晚清文學的批評遠遠不像
對五四文學那樣寬容。魯迅曾經對幼稚的新文學年輕作家獎
掖有加，卻不曾將「諷刺小說」的桂冠戴到晚清諷刺小說家
頭上；他品評晚清小說用辭可謂慳吝，卻稱《孽海花》之「所

31　見《孽海花資料》第 211 頁，上海古籍出版社 1982 年版。
32　胡適在《追憶曾孟樸先生》中說，「我在民國六年七年之間，曾在《新
　　青年》上和錢玄同先生通信討論中國新舊的小說；在那些討論裏我們
　　當然提到《孽海花》，但我曾很老實的批評《孽海花》的短處」。見
　　《孽海花資料》第 211 頁。
33　見病夫（曾樸）《復胡適的信》，原載《真美善》第一卷第 12 號，
　　1928 年 4 月。又見《孽海花資料》第 212 頁。
34　《孽海花資料》第 211、212 頁。
35　胡適在《追憶曾孟樸先生》中說「我在上海做學生的時代，正是東亞
　　病夫的《孽海花》在《小說林》上陸續刊登的時候。我的哥哥曾對我
　　說這位作者就是曾孟樸先生」。《孽海花資料》第 211 頁。

長」是「結構工巧，文采斐然」。以魯迅學術研究的嚴謹和
他對譴責小說的苛求，這個判斷的分量是其他晚清小說所望
其項背的。

　　自然，作為長篇小說，《孽海花》的結構遠非已經圓滿，
章回體制畢竟限制了作品敘事結構的自由，作品中場景與時
空的轉換總是發生在某一章回的內部，難免顯得局促，有時
甚至生硬。但無論如何，《孽海花》在敘事結構上嘗試了傳
統中國小說從未有過的立體交叉結構，這在晚清小說中，是
獨步一時的。這得益於曾樸對西方文藝復興以來文學的系統
閱讀，尤其是法國文學對他的直接影響。

　　《孽海花》涉及的人物近三百，無論高官巨卿還是青樓
娼妓，大都有現實的原型。其中小說著力刻畫的十數位名
士，其原型都是曾樸的父執、朋友（如李鴻章、李慈銘、張
之洞、張佩倫、馮桂芬、容閎等），「親炙者久，描寫當能
近實」[36]，故常常引來好事者對照史實進行考據[37]，自然也
免不了有人對號入座——據說，書中那位錢端敏（字唐卿）
的狀元，就是曾樸以自己的岳父大人為模特寫的，岳丈怫
然，翁婿一度斷交。更多的讀者因為從書中真切地讀到了自
己的時代和熟悉的世態，興趣甚濃。蔡元培就因為「書中的
人物，大半是我見過的；書中的事實，大半是我所習聞的」，

---

[36]　魯迅《中國小說史略》，《魯迅全集》第 9 卷第 291 頁，人民文學出
　　版社 1981 年版。

[37]　此類考據有冒鶴亭《〈孽海花〉閒話》、紀果庵《〈孽海花〉人物漫
　　談》、劉文昭《〈孽海花〉人物索引表》等。均見魏紹昌《孽海花資
　　料》。

所以讀起來備覺「有趣」[38]。可以說，《孽海花》具備以真人真事為對象進行歷史敘述的充分條件。但是，它顯然拋開了「歷史事實」的桎梏，而追求藝術的虛構。它的人物儘管大都有原型，但現實的原型更多是作為他創作的「素材」、「經驗」而存在的，所以在構思情節、刻畫形象上，在故事的虛構上，曾樸幾乎是隨心所欲的。他不以忠實於歷史事實之原狀為準則，而將真實表現時代風習和社會作為他創作的目的。曾樸既從他熟悉的人情掌故中獲益多多，卻又能夠為小說自身的美感而自由想像和創造。當時《申報》記者曾指責《孽海花》中的傅彩雲比原型賽金花漂亮、偉大，指責《孽海花》有若干失實處，曾樸只得苦笑說他不是寫歷史，而是在寫小說[39]。

　　傳統歷史小說或史傳文學的主角，常常是英雄或帶著英雄氣的俠客、豪強，主人公就是歷史事件的製造者或參與者，作者的道德評價、思想傾向一般是借助於這樣一個角色而得到表現的。即便是林紓，他的歷史小說的主人公有時只是作者虛構的一個歷史事件的旁觀者或見證人[40]，但這個角色卻仍然具有英雄的品質與特徵，承擔著作者思想感情與歷史評價代言人的職責。然而，《孽海花》的主人公金雯青，既不是代表正義、理想的英雄，也不具備任何道德與價值的

---

[38]　蔡元培《追悼曾孟樸先生》，《宇宙風》第 2 期第 99 頁，1935 年。
[39]　《東亞病夫訪問記》，《孽海花資料》第 142 頁。
[40]　林紓此類小說的主人公實際上只起歷史見證人與敘述者的作用，與歷史事件的構成沒有關係，在敘事的功能上不算作品的「主人公」，如《劍腥錄》中的那仲光。

理想性。金雖貴為狀元和朝廷高官，但並不是偉大的歷史人物，甚至在那一段歷史中根本就是一個無足輕重的庸官。他的名譽和地位，是靠讀死書、做八股掙來的，面對中國以外的世界，非常茫然。尤其可怕的是，終身的科名觀念，已經嚴重束縛了他的思維和胸襟，面對西學和洋務派吃香的大趨勢，他產生了危機感，可他對西學、洋務的嚮往，僅僅是能夠在官場更有出息。他鑽研輿地學，有很大程度上是盲目「慕新」，而追慕新學，動力仍然是「功名」——將此作為在同僚跟前炫耀的資本。最終，鬧了個「一紙送出八百里」的歷史笑話。

金雯青一帆風順的官運，他的追慕新學而又愚昧簡單的心態，他優容中包含平庸、顢頇中不乏善良、風流中充滿怯懦的精神與性格特徵，在清末知識份子官僚中具有極為廣泛的代表性。在德國，相對於入鄉隨俗、忙於社交的傅彩雲，金雯青顯得那樣遲鈍、木訥；與其說是他不擅交際，毋寧說是幾十年的科考訓練，造成了他平庸而死板的思維和性情，乃至失去了與外界溝通的自信。金雯青的精神與處境，展示了清末知識份子在新舊交替時期的「失重」，也昭示著中國傳統精英文化的過時與不可挽回的衰落——對精英文化的批判，即是對中國傳統道德與文化的質疑。曾樸以他對晚清上層知識界和官僚的熟悉，通過對金雯清及他那個時代精英知識份子普遍的愚昧和平庸的描寫，揭示了晚清中國社會危機的文化根源。

傅彩雲是一個不守規範而又沒有操守的女人，依中國傳統觀念，她至多能在傳奇故事或狹邪小說中充當一個角色，

而絕對不應當成為歷史小說中的主角。以風流美麗的女子做
歷史敘事的主角，雖然在《桃花扇》等前代作品中已有先例，
但傅彩雲並非李香君，不是那種參與了士大夫精神活動而又
具備識大局、明大義、關鍵時刻代表正義挺身而出的巾幗女
傑，她更像法國小說中那些活躍於上流社會社交場所、缺少
道德約束而更體現赤裸人性的女主人公。《孽海花》以「歷
史小說」的宏大背景，竟將金雯青這樣一個喪失了道德元氣
的怯懦者和傅彩雲這樣一個不道德的女性作主人公，這部小
說便成為一部沒有英雄和失去道德楷模的歷史小說——在
這裏，我們看到的是曾樸對中國傳統歷史小說的背離，卻捕
捉到了法國十九世紀那些沒有理想形象的「批判現實主義」
小說的影子。

傅彩雲這個人物，最大的特徵，用蔡元培的話說就是「美
貌和色情狂」[41]。這樣一種女性，在中國傳統小說中並不少
見，但一般只是作為狹邪小說的人物、或正統忠義小說中的
否定性角色存在，是「淫蕩」或「惡」的象徵，小說的英雄
主角往往藉著對這些淫蕩之婦實施無情報復、殘酷懲罰而完
成其圓滿的道德形象，一般讀者或聽眾也常常因此得到極大
的「審美」滿足——如《水滸傳》對「二潘」的處理。《孽
海花》中的傅彩雲，在性格做派上比傳統小說中的任何一個
蕩婦都更放肆，下自貼身男僕，上至德國軍官，甚至旅途邂
逅的船主，都成為她賣弄風情、苟且偷歡的對象。一個不守
婦道、赤裸裸追求享樂的「失貞」又「失德」的女人，曾樸

---

[41] 蔡元培《追悼曾孟樸先生》，《宇宙風》第 2 期第 99 頁。

卻不再像傳統小說那樣對之大張撻伐，完全背離了傳統文學一貫的態度。曾樸對傅彩雲若干放蕩、偷情行為的描寫，不像《水滸傳》那樣懷著罪惡感，而是出之以無奈和諷刺。

王德威在《潘金蓮、賽金花、尹雪豔——中國小說世界中的「禍水」造型的演變》中認為，曾樸的敘事立場很可能採取了對十七、十八世紀法國風情喜劇中巧婦拙夫模式的借鑒，以及對巴爾扎克小說中那些周旋於上流社會的交際花遭際命運的模仿[42]。王氏此說是很有道理的，曾樸對法國文學的熟稔，使法國小說對女性的寬容，滲透到了他的人物塑造中。傅彩雲的放蕩，既有妓女的天性，更是在特殊環境中（金雯青的善良軟弱與對她在情感上的依賴）對傳統男性權威的挑戰——「你們看著姨娘，本不過是個玩意兒，好的時，抱在懷裏，放在膝上，寶呀貝呀的捧；一不好，趕出的，發配的，送人的，道兒多著呢！……我的性情，你該知道；我的出身，你該明白了；當初討我的時候，就沒有指望我什麼三從四德，三貞九烈，這會兒做出點不如你意的事情，也沒什麼稀罕。你要顧著後半世快樂，留個貼心伏伺的人，離不了我，那翻江倒海，只好憑我去幹！要不然，看我伺候你幾年的情分，放我一條生路，我不過壞了自己罷了，沒干礙你金大人什麼事。這麼說，我就不必死，也不犯著死。若說要我改邪歸正，阿呀！江山可改，本性難移。老實說，只怕你也沒有叫我死心塌地守著你的本事呢！」（小說林本第二十一回）這哪裏是在向丈夫求饒，簡直是代表千百年的女性向男

---

[42]　王德威《想像中國的方法》第 264-265 頁，北京，三聯書店 1998 年版。

性討伐和報復！金雯青面對她的放蕩和潑辣，除了痛苦，便
是無奈，完全沒有大丈夫氣。金在傅面前如此窩囊，恰恰在
於他無法抵抗傅彩雲的美貌和情欲，他惟恐失去這個尤物。
小說第二十三回，寫彩雲向雯青撒潑之後，雯青的正室張夫
人「料到雯青這回必然要揚鈴搗鼓的大鬧」，哪知道她見到
的卻是這樣一幅圖景：

> ……彩雲正卸了晚妝，和衣睡著在那裏，身上穿
> 著件同心珠扣水紅小緊身兒，單叉著一條合歡粉藕灑
> 花褲，一搦柳腰，兩鈎蓮瓣，頭上枕著個湖綠卍紋小
> 洋枕，一挽半散不散的青絲，斜拖枕畔，一手托著香
> 腮，一手掩著酥胸，眉兒蹙著，眼兒閉著，頰上酒窩
> 兒還搵著一點淚痕，真有說不出畫不像的一種妖
> 豔……雯青歎了口氣，微微地拍著床道：「嗐，那世
> 裏的冤家！我拚著做……」說到此咽住了，頓了頓
> 道：「我死也不捨她呀！」

彩雲的「性感」成為如此勾人心魄的美，這是人性的描繪。
法國文學的浪漫精神，在這些地方往往燦然可見。

　　雯青生命彌留之際，幻覺中仍擔心外國人來搶他的彩
雲。《孽海花》的人物塑造，彩雲的形象及作者對她的態度，
顯然大大出乎傳統小說的道德模式。作者對傅彩雲沒有像傳
統小說那樣進行道德討伐，反而因其人性的多彩（同時也就
是道德的缺陷）而成為審美主體。《孽海花》的可貴，正在
於它的「出格」。作者幾乎完全擺脫了傳統道德觀念和傳統
小說的善惡模式，向讀者昭示：金雯青的窩囊、無能，恰恰

反映了人性中非理性力量的強大；而傅彩雲惑人的美麗與情
欲、她「磊落」的淫蕩，都令人想到法國文學從莫利哀到雨
果，從巴爾扎克到福樓拜作品中那些風情萬種而又道德越軌
的女主人公。

　　一部沒有英雄和失去傳統道德準繩的歷史小說，對於
傳統士大夫讀者來說，自然會感到不安。故蔡元培儘管非
常喜歡這部小說，卻「有不解的一點，就是這部書借傅彩
雲作線索，而所描寫的傅彩雲，除了美貌與色情狂以外，
一點沒有別的」[43]。林紓在對此書大加推許後，也認為，「就
彩雲定為書中主人翁，誤矣」[44]。胡適不贊同《孽海花》為
「第一流」，仍然是潛意識中與蔡、林相似的「士大夫」
心態和和傳統「歷史敘述」意識在作祟。胡適認為《孽海
花》的兩大缺點之一，是書中暗示金傅二人有「前世孽緣」：
金雯青初遇傅彩雲，見其長相酷似自己年輕時的相好、煙
台妓女梁新燕。當初金曾答應娶梁，但中舉後怕貽誤自己
的前程而翻悔，梁上吊自殺。多年來金雯青一直心中負疚，
初見彩雲，又見她脖子上有一圈紅色絲形胎記，大為心驚。
胡適斥之「皆屬迷信無稽之談」、是曾樸「老新黨頭腦不
甚清晰之見解」[45]。其實，《孽海花》這一細節的設置，原
本就是小說家常用的是似而非的懸念，以這樣一種帶點神
秘主義色彩的細節，暗示人對命運的無奈及主人公悲劇性

---

[43]　蔡元培《追悼曾孟樸先生》，《宇宙風》第 2 期第 99 頁。
[44]　《孽海花資料》第 135 頁。
[45]　胡適《再寄陳獨秀答錢玄同》，原載《新青年》1917 年 5 月第 3 卷第
　　 4 期「通信」欄，見《中國新文學大系·建設理論集》第 62 頁。

的宿命感。當然，也不排除曾樸本人對如何處理傅彩雲道
德行為與審美評價之間的關係尚無充分把握[46]。但是，無論
如何，與其說曾樸在宣揚「因果報應」，不如說他是在傳
統小說經驗中模仿西方浪漫小說的想像──曾樸曾引古希
臘悲劇和梅里美等人的作品為例反駁關於他「迷信」的指
責：「我以為小說中對於這種含有神秘的事是常有的。希
臘的三部曲，末一部完全講的是因果報應固不必說，浪漫
派中，如梅黎曼的短篇，尤多不可思議的想像……」[47]看
來是胡適忽略了曾樸那絕不亞於五四新文學作家的西方
文學修養、以及他那比李伯元等更純粹的「小說家」的浪
漫心態。

　　《孽海花》以超越現實道德的客觀冷靜態度去描寫金傅
關係，寫出了人性的複雜與矛盾。而這，正是中國傳統歷史
小說最缺乏的東西。

　　1935 年《宇宙風》第二期「紀念曾孟樸先生特刊」欄，
在蔡元培的文章之後，曾虛白就蔡元培的意見為他父親辯解
道：「組織上重要的人物，不一定是一個必須有特點的人物，
即平凡得像阿 Q 之類的人，也還足勝此任，何況彩雲還有她
的『美貌』與『色情狂』。以『美貌』與『色情狂』的女人
做小說中心人物者，歐美名家小說中固然是舉不勝舉，即中

---

[46]　王德威認為「曾樸在塑造賽金花時，還不完全肯定他的角色所具有的
　　　時代意義」，因而把傅彩雲的道德行為附會到煙台孽報這樣的陳腐主
　　　題上。王德威《想像中國的方法》第 268-269 頁，北京，三聯書店 1998
　　　年。
[47]　曾樸《修改後要說的幾句話》，《孽海花》第 289 頁，「中國近代小
　　　說大系」，南昌，百花洲文藝出版社 1996 年版。

國的舊小說中，也自不乏例證」[48]。1935 年曾樸逝世，趙景深贈送的輓聯是：「福樓拜曹雪芹靈肉一致魯男子，傅彩雲李純客文采斐然孽海花」[49]，道出了曾樸小說融會古今中西的大家風範。

　　傳統文人不語「怪力亂神」的士大夫話語，與充斥著「迷信無稽之談」的世俗小說之間，原本是有巨大鴻溝的。曾樸的獨特與寂寞，就在於他在傳統小說的話語形式中，悄悄地以西方近現代人文精神與文學意識開始了對中國小說品質的改造與轉換。由於這一切都是在「傳統」與「文學」的審美形式中進行的，既是「漸變」，又沒有口號、不張旗幟、甚至沒有表白（他的表白都是在十年之後了），因此被輕視與誤解，是難免的了。然而，曾樸為中國小說注入的人文精神、浪漫情調和雅俗相容的品格，可謂超越了所有他的同時代人——曾樸的寂寞即在於他的超前。

　　對比林紓的歷史小說，曾樸的《孽海花》因為深入和生動地描繪了傅彩雲、金雯青這樣一類歷史進程中的「俗人俗物」，描繪了他們真實的人性和他們的很難用「善」「惡」進行衡量的道德行為，及由他們的生活所聯繫起來的千姿百態的世態人生，使這部小說顯得那樣元氣淋漓。幾乎是在三十年後，新文學領域才又出現了李劼人《死水微瀾》、《暴風雨前》這樣充滿現代歷史意識和浪漫詩情、結構恢弘的「風俗史」。郁達夫稱曾樸為「中國二十世紀所產生的諸新文學

---

[48]　《宇宙風》第 2 期第 100 頁。

[49]　引自林薇《清代小說論稿》第 252 頁，北京廣播學院出版社 2000 年版。《魯男子》是曾樸的自傳體小說，1928 年開始在《真美善》連載。

家中」「一位最大的先驅者」,「中國新舊文學交替時代的」「一道大橋梁」[50],是不過分的。

曾樸歷史小說的「現代性」,還體現在它的獨立性上,即擺脫了對正統歷史小說觀念的依賴。中國傳統歷史演義,僅僅是正史的補白,歷來是在正史既有的敘述框架和價值系統內進行演繹的。而具有現代意識的歷史小說家,則不必拘泥於「正史」的結論或傳統的價值尺度;他以當代人的立場、眼光重新省視歷史、發掘歷史精神,表達當代的情緒與當代人的歷史感受,因此,這樣的歷史小說家,常常將歷史敘事的視點對準當代,以小說的方式表達和書寫自己對身處的時代及歷史的感受。在自覺肩負「究天人之際、通古今之變」的歷史敘事責任這一點上,具有現代意識的小說家倒頗有點像正統的史家,他試圖成為歷史的代言人。這恰好反映了現代歷史小說作家已克服了「史餘」之「稗官」的自卑心理,顯示出相當的獨立意識。

曾樸的《孽海花》,聚焦在 1870 年代至二十世紀初「中國由舊到新的一個大轉關」,即中國歷史由封閉愚昧向開放文明過渡的時期。「一方面文化的推移,一方面政治的變動,可驚可喜的現象,都在這一時期內飛也似地進行。我就想把這些現象,合攏了他的側影或遠景和相聯繫的一些細事,收攝在我筆頭的攝影機上,叫他(它)自然地一幕一幕的展現,印象上不啻目擊了大事的全景一般……」[51]曾樸已經擬就的六十回回目,包容了晚清歷史的重要事

---

[50] 郁達夫《記曾孟樸先生》,《孽海花資料》第 206、207 頁。
[51] 曾樸《修改後要說的幾句話》,《孽海花資料》第 130 頁。

件，使我們不但仿佛置身於晚清風雲變幻的歷史場景中，更重要的是我們通過小說展示的生活場景和各色人物，觸摸到了歷史的脈搏——由曾樸充滿獨立精神的敘述所揭示的歷史真相。

《孽海花》以小說家者言，表達著中國近代啟蒙思想者的歷史意識與現實關懷。它語言上相應的雅，即魯迅所說的「文采斐然」，也標誌著中國歷史小說品格的獨立與昇華。

勃蘭兌斯在《十九世紀文學主流》中，稱巴爾扎克對歷史和人類的描繪是「連它的根都勾畫出來」，「對他說來，把植物的地下生命（這種生命決定著植物的外表可見的生命）的繁茂分枝及其所有作用一一探索出來，才是至關緊要的」[52]。曾樸未完成的《孽海花》，儘管還沒有達到完美與偉大，但是，作者從中國傳統文化中挖掘鉗制歷史和人性發展的根源，卻使我們感受到一種不同於傳統歷史小說「正統」敘事話語的主體意識和人文精神。這正是中國文學由古典邁向現代的可貴的轉變。

---

[52]　勃蘭兌斯《十九世紀文學主流》第五分冊《法國的浪漫派》第 235 頁，北京，人民文學出版社 1982 年版。

三、李劼人：現代歷史小說的完成者

- 大河小說的史實形態
- 「風俗」的文化與歷史含量
- 真實性與審美評價的超越性

　　無獨有偶，李劼人的歷史小說，也是在法國小說的薰陶和借鑒中產生的。沒有詳細資料顯示李劼人與曾樸之間有直接的師承關係[53]，但是，起碼可以確定的是，法國文學的共同源頭，使李劼人與曾樸的小說，在歷史敘事意識與審美追求上，具有相當程度的一致性與延續性。李劼人繼續著曾樸《孽海花》的非英雄和風俗史追求，而在人物性格的塑造、小說的情節敘事上，李劼人的小說更具宏偉性和完整性，他是以對法國歷史小說和寫實技巧的成功借鑒，較好地體現了長篇歷史小說的現代特徵。

　　在最近十多年來的現代小說研究中，李劼人作為中國現代長篇歷史小說開拓者的地位，已經成為公論。比較曾樸的《孽海花》，李劼人的三部曲不但在歷史精神上繼承了法國十九世紀小說的「當代史」情懷，而且，李劼人的小說在敘事結構的恢弘、敘事手法的客觀上，在借鑒法國文學寫實派

---

[53]　但根據郭沫若回憶，李劼人在中學時代（1910 年前後）就嗜好小說，「在當時凡是可以命名為小說的東西，無論新舊，無論文白，無論著譯，他似乎是沒有不讀的」（郭沫若《中國左拉之待望》，《李劼人選集》第 1 卷第 7 頁，成都，四川人民出版社 1980 年版），曾樸《孽海花》在當時十分風行，可以斷定李是讀過的。

如福樓拜、左拉等的同時，形成了自己獨特的藝術形式。曾樸的《孽海花》，是在法國浪漫小說感召下的初試，而李劼人的小說，則在敘事的整體構架和細節的真實描寫兩方面，都體現了對法國「大河小說」的接納與創造性轉換，因而他在中國現代歷史小說的創作上，具有比曾樸《孽海花》更充分的典範意義。

　　如前所述，如果說歷史小說是司各特以來歐洲文學的一個重要種類，那麼以「大河小說」的形式敘述歷史，則形成了法國文學獨有的恢弘氣概。

　　從十九世紀 30 年代開始，法國社會進入一個歷史大轉折時期，沒落的封建貴族、新興的資產階級、大工業產生的無產階級，各種社會政治力量的尖銳矛盾和激烈鬥爭，將法國社會各階層都推向命運大搏鬥的旋渦中，而社會在各種力量的較量中發生著急遽變化。法國十九世紀作家就生存在這樣一個「出生入死的時代」。他們不能不「驚心怵目於它的奇譎，每一個作家都想寫出它的長遠意義」，從司湯達開始，「每一個作家都有一部偉大的著作象徵或總結他們的時代」[54]——這便是不朽的《紅與黑》、《人間喜劇》、《包法利夫人》、《情感教育》、《盧貢-馬卡爾家族》……如果說曾樸的《孽海花》對法國歷史小說的借鑒，主要在「世俗化」上，那麼，李劼人的「三部曲」，則以更從容的姿態，

---

[54]　李健吾《福樓拜評傳》第 201 頁，長沙，湖南人民出版社 1980 年版。

將法國歷史小說從精神到形態都統統學了過來，形成獨特的現實主義「大河小說」。

　　有趣的是，中國現代文學的長篇小說創作中，以多卷體「大河」形式進行創作的，都是與法國文學關係密切的作家——除了李劼人，還有巴金、茅盾。巴金在法國待過幾年，後來寫過很多「三部曲」；茅盾雖然未曾去過法國，卻對法國文學非常熟悉，五四時期大量介紹法國寫實主義和自然主義，他的最初創作就是《蝕》「三部曲」。

　　「大河小說」（romance-fleave）是十九世紀中期以來法國長篇小說的重要體制，由巴爾扎克率先實踐，被眾多法國作家鍾愛[55]。它的特點是，多卷體，長篇幅，描寫年代長，人物多，背景廣闊，容量極大，最適合於歷史敘事。巴爾扎克的《人間喜劇》包括小說近百部，人物數千，通過「私人生活」、「外省生活」、「巴黎生活」、「政治生活」、「軍事生活」、「鄉村生活」等各個方面，來進行「風俗研究」，真實而全面地再現了法國十九世紀上半期從大革命失敗到1848 年資產階級取得勝利這一整段時期社會生活的全貌。左拉的《盧貢-馬卡爾家族》完全師承《人間喜劇》，以 25部長篇、一千餘人物，從政治、經濟、文化、道德等各個方面，對法國「第二帝國」繪製出「包羅萬象」的歷史。

　　中國晚清至五四的歷史，是中國空前大變動、大轉折的時代。西方的入侵，封建專制體制的崩潰，維新、革命、再革命……可謂風雲變幻，可歌可泣。時代對文學產生了期

---

[55]　左拉的《盧貢-馬卡爾家族》、羅曼·羅蘭的《約翰·克里斯朵夫》、
　　　普魯斯特的《追憶逝水年華》等，均屬大河小說。

待，然而實際情形正如魯迅所慨歎的，「即以前清末年而論，大事件不可謂不多了：雅片戰爭，中法戰爭，戊戌政變，義和拳變，八國聯軍，以至民元革命。然而我們沒有一部像樣的歷史的著作，更不必說文學作品了。」[56] 魯迅此話寫於 1935 年 3 月 28 日，而李劼人的《死水微瀾》是在這年 5 月開始動筆，1936 年 7 月出版的──魯迅當年 10 月去世，沒有能夠讀到它。

　　1919 年至 1924 年，李劼人留學法國時，系統學習過法國文學，後來翻譯過包括福樓拜《包法利夫人》（李劼人譯本作《馬丹·玻娃利》）在內的若干法國文學作品[57]。四年後，李劼人從法國回來，便萌生了模仿法國大河小說表現中國現代歷史的念頭。他的計劃是，「以一九一一年即辛亥年的革命為中點，此之前分為三小段，此之後也分為三小段」，「打算把幾十年來所生活過，所切感過，所體驗過」的，「意義非常重大，當得起歷史轉捩點的這一段社會現象，用幾部有連續性的長篇小說，一段落一段落地把它反映出來」[58]。對比曾樸對《孽海花》寫作動機和過程的描述，曾、李二人對「歷史」的興趣和敘述歷史的方法，具有驚人的一致。這種一致，根源於他們文學上的「同宗」──法國小說的宏大

56　魯迅《田軍作〈八月的鄉村〉序》，《魯迅全集》第 6 卷第 286-287 頁，北京，人民文學出版社 1981 年版。「雅片」，今作「鴉片」。

57　李劼人翻譯的法國文學作品還有福樓拜《薩朗波》，莫泊桑《人心》，都德《小東西》，卜勒浮斯特《婦人書簡》，龔古爾《女郎愛里莎》，德萊士《文明人》，維克多·馬爾格裏特《單身姑娘》，羅曼·羅蘭《彼得與露西》，左拉《夢》等。

58　李劼人《〈死水微瀾〉前記》，《李劼人選集》第 1 卷，成都，四川人民出版社 1980 年版。

歷史敘事。李劼人的三部曲，儘管僅僅是他計劃的系列小說中的二分之一，然而它們所具有的當代精神，恢弘的結構和客觀敘事的風格，都體現著與傳統歷史小說迥然不同的特徵。它蘊含一種由法國文學的滋養和影響帶來的陌生化，發展和完善了在曾樸小說中已露端倪的現代特徵。郭沫若在讀到李劼人的三部曲時，「整整陶醉了四五天。像這樣連續的破著整天的工夫來讀小說的事情，在我，是二三十年來所沒有的事了。」郭沫若說他如此讀小說，還是在晚清讀林紓翻譯小說、《紅樓夢》和《花月痕》時才有過的。[59]

　　1925 年，李劼人剛從法國回來，便開始醞釀寫他計劃的「大河小說」。但由於生活動蕩不安──他在成都大學任過教授，爾後辭職；開過餐館，又倒閉；先後在重慶、樂山經營紙廠等實業，耗去大量的時間和精力──直到十年以後，他才集中時間在三年之內寫完《死水微瀾》（1935 年）、《暴風雨前》（1936 年）和《大波》（1937 年）。也就是說，這本該在 20 年代就出現的小說，推遲到 30 年代中後期才完成。但是，這遲開的花朵並不遜色，因為五四以來的二十年中，中國新文學還沒有產生過這樣一種具有現代精神的宏大的歷史敘事[60]。李劼人遲到的創作，仍然是中國現代長篇歷史小說的先行者。這不能不令人思索：在傳統的演義體

---

[59]　郭沫若《中國左拉之待望》，《李劼人選集》第 1 卷第 4 頁。

[60]　茅盾的小說實際是比較接近法國式「當代史」敘述的，但是，由於他更多採取截取社會歷史進程中的「現在」時刻，並不試圖縱向展示歷史的歷時性，因此一般未被歸入歷史小說。

歷史敘述被拋棄後，歷史小說似乎只有借助一種外來模式才能建立起符合現代體驗的敘述形式。

《死水微瀾》表現的背景是 1894 年至 1901 年，這個期間，發生過甲午戰爭和庚子事變。《死水微瀾》並沒有寫大事件和大人物，它只寫了成都附近天回鎮一對男女、幾個袍哥及教民，通過他們的愛與恨、利害關係與糾葛，描寫晚清社會結構的變動，通過官府與民間、袍哥與教民之間蓄積的矛盾，揭示晚清社會崩潰的前兆。小說敘述了一個奇特的婚外愛情故事，塑造了一個美麗潑辣、心高氣傲的鄉村女子鄧么姑（蔡大嫂）的形象，這個形象的性格及命運，使晚清下層社會的道德、風俗及社會矛盾，得到生動再現。《暴風雨前》將視線由天回鎮轉移到成都，以義和拳變為背景，以成都紅燈教首領廖觀音被示眾處死為開端，圍繞半官半紳的郝達三的家庭，敘述了 1901 至 1909 年間的社會現實。那時，清朝統治即將崩潰，社會處於大變動中，各種變革的思想和學說紛然傳播，社會話語中充滿中國歷史上少有的新名詞、新思想、新問題和新選擇。蘇星煌等維新派辦「文明合作社」，聚集一批青年探討變革；曾經流亡日本的尤鐵民，從維新派轉變成了革命黨，鼓吹孫中山聯合哥老會共同排滿的主張。郝家大少爺郝又三在朋友和妹妹的鼓勵下進官辦學堂學新知識，後來與朋友一起辦平民小學。光緒、慈禧先後謝世之際，預備立憲的呼聲震盪於朝廷內外，結果之一是，成都成立了「諮議局」。由於是從「風俗」的角度再現歷史，小說的主體是郝家的家庭生活與社會交際，男女的私情仍然是藝術描寫的重心。李劼人俯仰歷史的從容與幽默的歷史

感，不僅將成都過去的風俗、也將現在「維新」的風俗，生
動地再現出來──譬如首屆運動會。辦運動會，這在原本封
閉保守的成都，簡直是破天荒的大事件，市民滿懷新奇踴躍
觀看，維護秩序的巡警惟恐人們激動鬧事，最後終於與學生
發生了衝突……《暴風雨前》生動地記錄了晚清臨近結束的
幾年間那糾結著新與舊、文明與愚昧、改良與革命、本土與
西方文化之間的矛盾衝突，展示了一段令人回味無窮的歷
史。《大波》則詳細記載了 1910 至 1911 年作為辛亥革命導
火線的四川保路運動的始末。

　　從《死水微瀾》到《大波》，龐大的史詩結構，豐富的
生活內容，不啻是清末中國社會的完整畫卷，的確是中國文
學史上空前的大手筆。

　　在探討李劼人小說對法國文學的借鑒時，「寫實主義」這
個在現代文學中曾很風行的概念，仍然可能是一個有效的途徑。
　　我們知道，五四新文學在確立自己的文學典範時，普遍
看好西方的寫實主義。這是因為，第一，寫實的方法，與五
四作家「為人生」的啟蒙目的論最能融洽；第二，無論從進
化論的文學史觀看，還是從糾正中國小說虛假、遊戲痼蔽的
需要出發，寫實主義都是中國文學改頭換面、融入世界的必
需環節。然而，我們看到的五四文學，其「寫實主義」追求，
往往更多體現在作家對待藝術與現實關係的「態度」上，而
不在具體的美學規範上。歐洲的寫實主義，在十九世紀至二
十世紀初，大致形成分別以法國和俄國為代表的兩種風格：
法國寫實主義追求文學的真實性，追求冷靜和客觀，為此，

他們推崇實地調查、科學分析，後來發展為自然主義；而俄國寫實主義則不避作家的主觀傾向，作家的感情和道德評價常常介入敘述與描寫中。法國作家追求社會生活描繪的完整性、歷史性，在展示廣闊的社會生活場景時，又十分注重對細節的精雕細刻；俄國作家，則更注重個體心靈的描繪。五四初期，法國與俄國寫實主義，都被作為歐洲最重要的文學現象進行介紹，但是，基於中俄兩國民族情緒與現實處境的親和性，五四作家事實上更多接受了注重心靈表現的俄國寫實主義；以客觀真實性為原則的法國寫實派文學，則往往更多停留在理論倡導上[61]。

　　我們仍然可舉巴金和茅盾的例子。巴金所受法國文學的影響，更多集中在人道主義、民主自由等思想的層面，他推崇盧梭，卻很少提到巴爾扎克、福樓拜；他喜歡左拉[62]，但他的小說在藝術形式上卻很少左拉的痕迹——哪怕是他幾乎原樣模仿左拉《萌芽》寫出的長篇小說《萌芽》（後改名《雪》），也只在「內容」上模仿，藝術風格上與左拉完全兩樣。巴金喜歡的是左拉的「思想」——同情無產階級，主張社會主義——而不是左拉的自然主義藝術。所以，左拉、屠格涅夫、托爾斯泰、陀思妥耶夫斯基，這幾位藝術風格不

<hr />

[61]　茅盾自 1920 年接編《小說月報》，便開始介紹法國文學思潮，發表大量提倡法國寫實主義（包括自然主義）的文章。茅盾認為法國現實主義和自然主義的寫實精神、科學態度、實地考察的習慣，是糾正民初小說逃避現實、「向壁虛造」惡習的有效方法，是五四文學擺脫俗套、創立現實主義新文學的可模仿模式。

[62]　見巴金《片斷的回憶》，《巴金文集》第 10 卷第 104 頁，人民文學出版社 1961 年版。

同的作家，同時成了巴金最喜歡的作家[63]。巴金是中國現代
作家中使用「大河」形式最多的（《激流》三部曲、《愛情》
三部曲、《火》三部曲等），但藝術上，巴金並不親近法國
寫實派，卻更接近俄國的現實主義，充滿屠格涅夫式的憂鬱
與托爾斯泰式的悲憫。相反，沒有到過法國的茅盾，倒比巴
金更多吸收了法國寫實派的養料。

　　在宏觀把握時代方面，法國作家具有超人的氣魄和才
華，他們善於從經濟的、政治的、軍事的、外交的、地理的、
生物的、道德的、歷史的等各個角度把握社會和歷史，描繪
出完整、豐富而動人心魄的生活畫卷。他們的作品所涉及
的，幾乎遍及社會生活的各個方面，巴黎的街道，外省的風
俗，銀行家的宅邸，貴族的沙龍，破舊的旅店，喧囂的交易
所，崇高的教堂，污濁的貧民窟，骯髒的妓院……就像勃蘭
兌斯所說的，法國作家的作品，是「數不清的物質因素和精
神因素」「奇妙結合的整體」[64]。法國現實主義的宏偉性，
即它們描繪歷史進程的整體性、俯瞰社會生活的全景性特
徵，被茅盾很好的繼承。茅盾的《蝕》三部曲、《虹》、《子
夜》等，在取材和敘述的歷史性、時代性，敘述的目的性（探
究社會歷史原因），作品結構的宏大謹嚴，再現社會生活的
廣闊性、豐富性、真實性上，都有濃厚的法國寫實派文學的
氣息。但是，俄國文學對茅盾的影響，同樣也是重要的——
他既「愛左拉」，「亦愛托爾斯泰」[65]。這導致茅盾小說具

---

[63]　同上。
[64]　勃蘭兌斯《十九世紀文學主流・法國浪漫派》第 193 頁。
[65]　茅盾《從牯嶺到東京》，《小說月報》第 19 卷第 10 號，1928 年。

有「雜取」的特徵：既有法國文學的宏偉氣魄、精細描繪，以及真實性、客觀性追求（後者在文學史上常常被作為茅盾創作的「自然主義」弱點受到批評），又有俄國現實主義乃至二十世紀表現主義的因素──尤其在人物心理刻畫上。總之，在五四以來中國現代文學作家中，沒有誰像李劼人這樣忠實地借鑒法國寫實派小說。

李劼人的三部曲，焦點對準中國近現代史上社會轉型最關鍵的十幾年（1894-1911），將中國傳統社會結構的解體、生活方式的改變和道德觀念的崩潰，作了整體而又真實的反映。與巴爾扎克、左拉等人的作品相似，李劼人小說表現的地域，也是他最熟悉的成都及周邊小鎮。成都之於李劼人，猶如巴黎之於雨果和左拉，是他記憶歷史、解讀社會、施展藝術想像的沃土。成都的歷史文化、風俗人情，因浸淫深久，像生命的因子融進了他的血液中。他的描寫，隨著情節和人物性格的刻畫，筆觸自由穿行在小鎮的店鋪、煙館，都市的官邸、學校，貧民的陋巷、棚屋，以及商埠、教堂等，塑造出一系列鮮活的藝術形象，他們中有市民、鄉紳、商人、官吏、袍哥、政客、教師、妓女、學生，等等；上自改良派、革命黨人的啟蒙、宣傳，下至世俗生活的矛盾糾葛、男女私情，社會生活的方方面面，都在作家從容而生動的敘述中展示。這種容量，是傳統歷史小說「花開兩朵，各表一枝」式的線性結構所難以容納的。所以，法國文學給予李劼人的，首先是現代歷史小說宏大敘述的可能性。

善於將人物放置在宏闊的歷史背景中進行描寫，這大概是十九世紀法國小說最突出的特徵之一。李劼人的長篇小

說，尤其是《死水微瀾》和《暴風雨前》，將人物置於庚子
事變之後，維新和革命思潮相擊相盪的中國近代歷史的「轉
捩點」上，使人物與「環境」一道，成為歷史的組成部分。

　　與法國作家筆下的環境描寫一樣，李劼人筆下的成都平
原，無論街道、茶館、賭場、家庭、教堂、學校、商鋪，無
論婚嫁、喪葬、燈會、看戲、趕集還是雅聚，還有紅燈照、
維新派、革命黨等等，都已超越了背景、風俗或時代氛圍的
意義，而成為刻畫人物性格密不可分的「環境」。李劼人是
那麼富於激情地為我們描繪著成都平原的風俗、人物、歷史
掌故，就像雨果、巴爾扎克、左拉為我們提供的巴黎一樣，
構成一幅社會和歷史的「全景」；這「景」既本身充滿審美
的感染力，又為讀者提供著詮釋人物性格和行為的根據。從
天回鎮市民富足、安閒的生活方式，我們看到的是成都平原
民勤物豐、封閉遲滯的小國寡民狀態；從成都郝公館顧預的
主人、滿屋的洋擺設，我們看到十九世紀末和二十世紀初西
方文化已經在物質生活形式上影響到了中國，中國傳統觀念
的固守已經不太可能。教堂被搶、「白頭帖子」事件，以及
羅歪嘴、蔡大嫂命運的戲劇性改變，都顯示出中國下層文化
與上層政治的衝突，西方文化在中國霸權地位的形成以及中
國世俗文化對它的抗拒。成都青羊宮廟會、燈會上的「看女
人」、聲勢浩大的首屆運動會，使我們看到現代文明之風吹
入「天府之國」後忌禁解除的天真可笑。而成都大街上某些
茶館以「蒸餾水泡茶」的廣告招徠顧客，滑稽中卻活畫出晚
清（二十世紀初）維新是從、盲目崇拜西方文明的社會風貌。
李劼人敘事的宏大性，並不體現在寫重大歷史事件或重要歷

史人物，而體現在立體地表現社會生活的空前的包容性。讀
他的小說，川西平原的歷史、物產、文化、習俗和人情世態，
具體歷史時期特有的氛圍，無不生動地呈現。李劼人的性
情，既有小說家的幽默和灑脫，同時又有社會學家般的對社
會政治、經濟、歷史、風物的濃厚興趣（這一點與茅盾相似）。
他藏有大量四川地方誌，曾經將自己主編的副刊取名《華陽
國志》和《風土什志》，對四川的飲食文化有極其系統和細
緻的研究，對成都的歷史沿革、風俗掌故了如指掌。因而，
李劼人對成都的描寫，可謂縱橫捭闔、生動有趣。在一個宏
大而具體的文化背景中展示具相的歷史，是李劼人主動的追
求，他「盡力寫出時代的全貌」，好讓別人「瞭解到歷史的
真實」[66]。所以，他對法國大河小說形式的選擇，與他歷史
小說的觀念是一致的。

　　與整體結構的宏大相對應的，是細節和局部描寫的真
實、細膩。法國文學長於對細節精雕細刻，雨果的《巴黎聖
母院》，在情節開始之前，用了大量的篇幅描寫教堂的環境、
建築的各個細節；巴爾扎克的小說，一開始往往是冗長的環
境描寫，大到地域外貌、街道位置，小到居室的裝飾、家什，
一一詳細交代。他們「對房屋的建築、室內的陳設、貴婦人
的梳妝打扮，花花公子的縫紉清單，分家的訴訟，不同階級
居民的健康狀態、謀生的手段、需要和願望等，無不了如指
掌」，並以極細緻的描寫逼真地展現出來，他們試圖「從每

---

[66]　《「大波」第二部書後》，《李劼人選集》第 2 卷中冊第 953 頁，成
　　都，四川人民出版社 1980 年版。

一個毛孔攝取」法國社會[67]。追求細節的真實，大概是法國
作家共同的審美癖好。而受十九世紀科學主義和實證主義影
響，作家們更以科學的冷靜追求真實性，樂於對細節進行研
究。這是法國現實主義特別突出的特徵。在這一點上，茅盾
小說常常體現著法國文學影響的痕迹。

　　就環境描寫的「法國味」而言，我們可以隨意擷取李劼
人小說的片段進行感受。《死水微瀾》的開頭，作者以很大
篇幅描寫環境。先從宏觀角度展示地理位置、文化風俗，其
次對局部對象進行精雕細刻，最後引出人物。當人物出場
時，他（她）已經被置於一個具體、逼真而充滿歷史意味的
地域與文化環境中。

> 　　由四川省省會成都，出北門到成都附屬的新都
> 縣，一般人都說有四十里，其實只有三十多里。路是
> 彎彎曲曲畫在極平坦的田疇當中，這是一條不到五尺
> 寬的泥路，僅在路的右方鋪了兩行石板；大雨之後，
> 泥濘有幾寸深，不在草鞋後跟栓上鐵腳馬幾乎半步難
> 行，晴明幾日，泥濘又會變為一層浮動的塵土，人一
> 走過，很少有不隨著鞋的後跟而揚起幾尺的；然而到
> 底算是川北大道。它一直向北伸去，直達四川邊縣廣
> 元，再過去就是陝西省的寧羌州、漢中府，以前走北
> 京首都的驛道，就是這條路線。並且由廣元分道向
> 西，是川、甘大鎮碧口，再過去是甘肅省的階州、文
> 縣，凡西北各省進出貨物，這條路是必由之道。

---

[67]　勃蘭兌斯《十九世紀文學主流》第五分冊《法國的浪漫派》第 218 頁。

　　沿著這條許多年來走過無數來往於北京、四川之間的官員士子，目睹過無數主考、學政、總督上任下任而今每天仍充斥著駝馬、官轎的官路，作者將我們帶到居於成都和新都之間二十里、「在錦田繡錯的曠野中」的天迴鎮。進入天迴鎮，作者的視角由遠及近，由高向低，先從「黑魆魆的樹蔭下」瞭望波濤般起伏的瓦屋頂，再下降到小鎮的街道、鋪子，最後來到小說的主要場所──興順號雜貨鋪，主人公蔡大嫂及相關人物便在一種濃厚的「風俗」與「歷史」交織的環境中漸次出場。

　　寫四川的作家，除了李劼人，還有巴金、沙汀，然而他們都沒有像李劼人這樣講究外部環境的「物理真實」。巴金寫成都，卻沒有為我們展示成都的地理、文化與風俗，他的人物，就主要活動在「家」中，而這個家，完全不具備「地方」和「風俗」的特徵；他的《寒夜》，背景是重慶，但他關注的主要是人物心靈的痛苦，有限的外部環境描寫，也更多是以主人公的感覺為中心，呈零星和模糊的狀態，依然缺乏地方風俗的意味；《第四病室》展示了眾多的社會眾生，但無論環境還是語言，都缺乏地方特徵。沙汀在展示川北鄉鎮地方文化風俗上，可與李劼人媲美，然而他展示的方式與李劼人仍然是不同的。沙汀選擇白描，追求儉省，風俗是通過情節來展示的，外部環境的描寫，往往是魯迅式的印象式點染，不求具體、逼真和全面，但求簡潔和傳神。對比起來，現代小說中大約只有茅盾的小說與李劼人相似，喜歡對環境作靜態、歷史的與全方位的描寫。

　　在人物塑造上，曾樸的《孽海花》首次將道德上有重大缺陷的人物拿來作為歷史小說的主人公，而李劼人三部曲的主要人物，仍然是道德上有重大缺陷的人──《死水微瀾》中的男女主角，一個是「打流跑灘」、稱霸一方的袍哥頭子（羅歪嘴），一個是不安貧樂道、最終墮落的女人（蔡大嫂）。《暴風雨前》的郝又三、伍大嫂，分別是公子哥和暗娼，絕不能代表社會之「善」（然而他們也並不是惡）。選擇這樣一些有明顯道德缺陷甚至是有罪的人物作主人公，卻又不從道德的角度「抑惡揚善」，這既不是中國傳統歷史小說的模式，也有違五四以後新文學的通常形態。羅歪嘴，蔡大嫂，令人想到于連與德瑞那夫人（《紅與黑》），愛瑪及與她私通的男性（《包法利夫人》），還有巴爾扎克筆下的巴黎貴族女性以及圍繞在她們裙下的各色男子。法國小說在描述這些非道德的男女時，其冷靜與客觀的態度向來是超越了道德的，作家們不是簡單地將人物推到道德的法庭進行審判，而是以超越道德評判的眼光，引導我們追索人物墮落與犯罪的社會與人性的根源。李劼人筆下的羅歪嘴，身為袍哥頭子，是舊時代與官府關係微妙的「強人」，屬於民間霸主。在某些相對穩定的歷史時期，封建幫會，除了在民間欺行霸市之外，通常也遵循一種「盜亦有道」的規矩，且常常有些扶弱濟困的善舉。從某種角度說，它們扮演著官府管轄之外的維護社會平衡的角色，與官府可以相安無事。對比沙汀小說的人物塑造，李劼人超越時代道德的寬容，就更明顯。沙汀小說中也有少許仗義慷慨的袍哥，但由於三四十年代整個社會政治環境的特殊性，沙汀敘述立場的階級論傾向，促使他筆

下的袍哥，往往成為地方惡勢力的代表。李劼人的《死水微瀾》，背景是十九世紀末，在社會大變動的前夕，偏僻而富庶的川西鄉鎮尚處於小國寡民的自足狀態，傳統社會倫理和秩序還沒有崩潰，這為李劼人刻畫男主人公羅歪嘴性格的豐富性提供了基礎。更值得注意的是，李劼人追求客觀性的姿態，使他能夠超越三十年代的革命文學語境，真實地刻畫近代社會這些善惡交織的人物。

《死水微瀾》中的羅歪嘴，除了江湖流氓氣，還兼有硬漢俠士氣。他見多識廣，又慷慨仗義。他曾為一個土糧戶搭救過被冤枉抓進衙門的佃農；他曾經在公園嚴厲教訓調戲婦女的流氓無賴，具有通常俠客的仗義勇豪。他但凡外出一趟，不忘給心愛的女人帶點東西，比一般男人更知道疼女人。對正「包」著的妓女劉三金空閒時與別的嫖客染指的行為，他絲毫不吃醋，認為婊子本來就是大家的，找點外水也正當。他勸劉趁年輕趕快從良，後半輩子還可以好好生活，這些都顯示著羅歪嘴荒唐人生中的人情味。他見識廣，有頭腦，對官府處理衝擊教堂事件大加抨擊。對於心性很高而生活在狹小天地中的蔡大嫂來說，羅歪嘴對於她，無論在精神還是情感上，都像是久旱遇甘霖。

與羅歪嘴相似，《死水微瀾》的女主人公蔡大嫂，也不是一個代表「理想」的形象，但卻是一個極有個性、富於審美魅力的形象。她少女時代就不甘貧賤，一心要過城裏人的生活。她寧願給城裏的老爺做填房，也不嫁鄉下農民過尋常窮日子。這樣一個女人，完全不符合傳統道德對女性的規範，既不嫻淑，也不貞靜。但作者並沒有把她當「壞」女人

來寫。她不但面容美麗，而且性情真率，敢想敢說。她問羅
歪嘴為什麼中國人都不敢惹洋人。羅跟她講官府怕洋人的道
理，她愈發覺得羅懂得多，是個了不起的男子漢，而懊惱自
己的丈夫「除了算盤帳簿外，只曉得吃飯睡覺」。蔡大嫂對
世界的關心和好奇，也博得羅歪嘴的欽佩，覺得她「真不像
鄉壩裏的婆娘！」相互的好感、相通的感情，使這兩個人心
靈擦出了愛的火花。

> 羅歪嘴不由回過頭來看了她一眼。微微的太陽影
> 子，正射在她的臉上。今天是趕場日子，所以她搽了
> 水粉，塗了胭脂，雖把本來的顏色掩住了，卻也烘出
> 一種人工的豔彩來。……最令他詫異的，只有那一對
> 平日就覺不同的眼睛，白處極白，黑處極黑，活潑玲
> 瓏，簡直有一種說不出的神氣。此刻正光芒乍乍地把
> 自己盯著，好像要把自己的什麼打算射穿似的。[68]

　　作者在寫蔡羅的關係時，不是一般化地從性的角度寫，
而是在情節的自然延伸中展示兩人戀情產生的精神基礎，揭
示這段不道德愛情的合理性，乃至美感。蔡大嫂對羅歪嘴由
英雄崇拜到愛情燃燒，是她的性格發展所必至的。她崇拜羅
歪嘴，不僅因為羅可以「走官府，進衙門」，還因為羅敢於
倚強扶弱，伸張正義。他帶頭搶教堂，在老百姓眼裏，就是
民族英雄。而羅歪嘴對蔡大嫂由尊重而發生的愛，也是純粹
的。所以，蔡大嫂與羅歪嘴之間的戀情，原本是有真情作基
礎的；這段愛情，違背了婚姻道德的「善」，卻具人性和感

---

[68]　李劼人《死水微瀾》第二部分第九章。

情之「真」，從審美形態上說，還有一種「英雄美人」的傳奇魅力。作者所遵循的冷靜寫實的方法，展現了這段令人瞠目結舌的畸形愛情的野性之美——那由被壓抑的生命本身迸發出的激情的美。

　　蔡與羅在完全拋棄道德後瘋狂的相愛，一方面顯示了社會大變動時期通常產生的傳統道德禮儀的式微，另一方面也揭示了蔡大嫂猖傲不羈的個性。在李劼人的小說中，這樣一種敢愛敢恨、無視道德的女性，還有不少，如郝香芸、伍大嫂（《暴風雨前》）、尤二姐（《大波》）等。伍大嫂身居低賤的下蓮池，以賣身養家，卻絲毫沒有羞恥感。這與其說是「無恥」，不如說是下層社會最貧賤的女人對生活和命運的不屈姿態。她與婆婆吵架，對丈夫撒潑，卻從不放棄對家庭的責任。丈夫當兵走了，她靠賣身、做手工，艱難地供養著上學的兒子和年邁的婆婆。潑辣的性格，成為與命運抗爭的力量。她敢與巡防兵拼命，敢對警察又吵又鬧。她與郝又三等男子的關係，本是嫖客與暗娼的關係，但她與他們由利用、熟悉到感激，使這層關係超越了金錢和買賣，變成了頗帶溫情的、充滿世俗情味的人與人之間的相互關懷與體貼。伍大嫂的丈夫回來，還專門感謝郝又三等「嫖客」對他家老小的關懷。普通人為生存而掙扎的艱辛，以及在這種艱辛中相濡以沫的友情，超越了冷冰冰的道德。

　　這些地方，使我們感受到，由深厚人文精神支持的法國文學的博大與寬容，給予了李劼人超越的氣度，「道德」的評價在李劼人筆下退隱，人性的真與善，上升為「美」。

　　我們看到，李劼人的小說與二十世紀三十至四十年代幾乎成為主流的革命文學顯然有很大區別。李劼人秉持的不但不是道德的尺度，也不是階級論的尺度，而是人性的尺度。這使他的小說在三四十年代的階級鬥爭語境中顯得比較孤立，導致他在過去若干年裏被現代文學史敘述所忽略。

　　李劼人的三部曲，並不都在宏大敘事與藝術描繪上達到完美與平衡。《大波》在再現歷史事件時，就因為未能將「歷史」與「風俗」的關係調適恰當，忽略了藝術的個別性與形象性，筆墨過多集中在歷史人物和事件上，缺乏對人性進行深入的描繪，失去了《死水微瀾》和《暴風雨前》「風俗史」的審美趣味——《大波》的失敗，恰是李劼人無意中背離了文學著眼於個人和凡俗的特徵，由「小說」而向「歷史」回歸所致。

　　在創造現代中國歷史小說的過程中，曾樸與李劼人，在師法對象、審美選擇方面具有驚人的一致性，二人在中國現代文學研究視野中長期被遮蔽的命運，也極為相似。這種被遮蔽，使他們的創作對中國現代歷史小說影響，注定是有限的。因此，李劼人之後，並沒有形成大河小說式的現代歷史小說潮流。但是，他們的創作及他們參與的法國文學翻譯，對中國現代文學仍然產生了潛移默化的影響。中國現代長篇小說中，一種關注現實歷史進程、以世俗生活一角展開宏大歷史敘事的「社會剖析」式小說[69]，一直居於主流地位。這

---

[69]　「社會剖析派」，是八十年代初由嚴家炎首先提出、後來被現代文學研究界廣泛接受的一個概念。此派的基本特徵，是以寫實手法，再現

使我們不得不注意到另一位吮吸法國文學養料的長篇小說大家茅盾，其對中國現代小說宏大敘事的影響。

　　儘管茅盾自我表白他既愛左拉、亦愛托爾斯泰，但他小說「社會學」式的再現方式，敘事結構的恢弘，細節描寫的精雕細刻等，都帶有鮮明的法國文學特徵。他並不自稱其創作是「歷史小說」，因而被研究者規為「社會剖析派」；但他的小說，從來就是在為中國充滿變動的大時代進行形象的記錄。他的若干未完成的長篇小說，從《霜葉紅似二月花》到《子夜》，從《蝕》到《虹》，都試圖通過小說再現和探討中國社會近代以來的經濟、政治和社會生活變動的歷史軌迹，體現出與曾樸、李劼人小說相似的歷史敘事特徵——不同的是，曾樸、李劼人試圖寫出《人間喜劇》、《盧貢-馬卡爾家族》式的歷史性長軸畫卷，而茅盾描繪的只是橫切面的「斷代史」。由於特殊的時代和文化環境的制約，中國現代長篇小說，最終沒有形成曾樸、李劼人式的現代歷史小說潮流，而茅盾式的宏大敘事——「社會剖析小說」——成為40年代以後中國長篇小說最常見的模式。

　　而當代有明確理念的「歷史小說」創作，則基本又重回傳統中國歷史小說的老路。無論是姚雪垠的《李自成》，還是二月河的帝王系列，都基本回復到敘述豪傑、呈現「正史」的套路上。

　　完整而豐富的社會生活內容，以揭示社會歷史的深厚底蘊及社會關係的真實情狀為審美目的，敘事結構一般趨於宏大。參見嚴家炎《中國現代小說流派史》，北京，人民文學出版社1989年版。

後　記

　　蒙臺灣中國文化大學宋如珊教授誠邀，本書有幸作為「大陸學者叢書」之一種，在臺灣出版。

　　本書原為《晚清至五四：中國文學現代性的發生》，2003 年在北京大學出版社出版時，有緒論及七章共八部分；此次為臺灣版進行修訂時，按照叢書的規定，選取了其中的三、四、六、七章，重起書名，修訂了部分章節重寫了緒論，保留了嚴家炎先生的原序，增加了李雙先生專為此版寫的新序。

　　在本書有幸在臺灣付梓之際，我要將它獻給我最親愛的先生和兒子。他們是我人生旅途上最相得的兩個夥伴，因為他們，我的人生才有意義。

　　我要感謝多年來一直給予我關注和支持的學術前輩嚴家炎教授、導師郭志剛教授，感謝給予我關懷、並在學術思想上給我很多激勵的王富仁教授、錢理群教授、趙園教授、陳平原教授，感謝始終關懷著我的啟蒙老師楊繼興教授，以及一貫支持我的王一川教授。

　　我還要感謝北京大學出版社的江溶先生和張鳳珠女士，本書是在他們的大力支持下首先得到出版的。感謝友人李今教授，她的推介，使本書得以在臺灣出版。最後，感謝

「大陸學者叢書」主編宋如珊教授。是她的熱情、誠摯和
耐心，使我在延宕了近一年時間之後，最終完成了本版的修
訂。

楊聯芬

2005 年 10 月於哈佛

主要參考文獻

學術類

梁啟超《清代學術概論》，上海古籍出版社 1998 年，上海

嚴復《天演論》，商務印書館 1981 年，北京

Thomas H. Huxley: *Evolution & Ethics and other essays,* London, 1925（赫胥黎《進化論與倫理學》）

錢鍾書《七綴集》（修訂本），上海古籍出版社 1994 年，上海

李澤厚《中國近代思想史論》，人民出版社 1979 年，北京

李澤厚《中國現代思想史論》，東方出版社 1987 年，北京

郭湛波《近五十年中國思想史》，山東人民出版社 1997 年，濟南

許全興、陳戰難、宋一秀《中國現代哲學史》，北京大學出版社 1992 年，北京

昌切《清末民初的思想主脈》，東方出版社 1999 年，北京

王元化《思辯隨筆》，上海文藝出版社 1994 年，上海

羅志田《權勢轉移——近代中國的思想、社會和學術》，湖北人民出版社 1999 年，武漢

袁偉時《中國現代思想散論》，廣東教育出版社 1998 年，廣州

余英時《中國思想傳統的現代詮釋》，江蘇人民出版社 1995 年，南京

余英時等《五四新論——既非文藝復興·亦非啟蒙》，聯經出版公司 1999 年，臺北

史華慈等《近代中國思想人物論：自由主義》，時報文化出版公司 1982 年，臺北

傅樂詩等《近代中國思想人物論：保守主義》，時報文化出版公司 1982 年，臺北

金耀基《從傳統到現代》，時報文化出版公司 1966 年，臺北

陳其泰《清代公羊學》，東方出版社 1997 年，北京

唐德剛《晚清七十年》，嶽麓書社 1999 年，長沙

夏曉虹《晚清社會與文化》，湖北教育出版社 2001 年，武漢

桑兵《清末新知識界的社團與活動》，三聯書店 1995 年，北京

錢基博《現代中國文學史》，嶽麓書社 1986 年「舊籍新刊」，長沙

陳子展《中國近代文學之變遷・最近三十年中國文學史》，上海古籍出版社 2000 年，上海

社科院文研所近代文學研究組《中國近代文學研究集》，中國文聯出版公司 1986 年，北京

中國現代文學研究會《在東西古今的碰撞中——對五四新文學的文化反思》，中國城市經濟社會出版社 1989 年，北京

劉小楓《人類困境中的審美精神》，知識出版社 1994 年，北京

阿英《晚清小說史》，東方出版社 1996 年，北京

方正耀《晚清小說研究》，華東師範大學出版社 1991 年，上海

歐陽健《晚清小說史》，浙江古籍出版社 1997 年，杭州

時萌《中國近代文學論稿》，上海古籍出版社 1986 年，上海

劉納《嬗變——辛亥革命時期至五四時期的中國文學》，中國社會科學出版社 1998 年，北京

袁進《中國小說的近代變革》，中國社會科學出版社 1992 年，北京

袁進《中國文學觀念的近代變革》，上海社會科學出版社 1996 年，上海

陳平原《中國小說敘事模式的轉變》，上海人民出版社 1988 年，上海

陳平原《二十世紀中國小說史》第一卷（1897-1916），北京大學出版社 1997 年，北京

陳平原《小說史：理論與實踐》，北京大學出版社 1993 年，北京

陳平原《文學史的形成與建構》，廣西教育出版社 1999 年，南寧

徐德明《中國現代小說的雅俗流變與整合》，社會科學文獻出版
　　社 2000 年，北京

米琳娜編、吳曉明譯《從傳統到現代——19 至 20 世紀轉折時期的
　　中國小說》，北京大學出版社 1991，北京

《中國近代文學的歷史軌迹》上海書店出版社 1999 年，上海

郭志剛、孫中田《中國現代文學史》，高等教育出版社 1993 年，
　　北京

范伯群《中國近代通俗文學史》，江蘇教育出版社 2000 年，南京

嚴家炎《求實集》，北京大學出版社 1983 年，北京

王富仁《王富仁自選集》，廣西師範大學出版社 1999 年，桂林

王富仁、趙卓《突破盲點——世紀末社會思潮與魯迅》，中國文
　　聯出版社 2001 年，北京

汪暉《汪暉自選集》，廣西師範大學出版社 1997 年，桂林

陳伯海主編《近四百年中國文學思潮史》，東方出版中心 1997 年，
　　上海

陳子展《中國近代文學之變遷／最近三十年中國文學史》上海古
　　籍出版社 2000 年，上海

林薇《清代小說論稿》，北京廣播學院出版社 2000 年，北京

許壽裳《亡友魯迅印象記》，人民文學出版社 1977 年（1953 年版），
　　北京

蒙樹宏《魯迅年譜》，廣西師範大學出版社 1988 年，南寧

錢理群《周作人傳》，北京十月文藝出版社 1990 年，北京

錢理群《周作人論》，上海人民出版社 1991 年，上海

陶明志編《周作人論》北新書局 1934 年，上海

王曉明《批評空間的開創——二十世紀中國文學研究》，東方出
　　版中心 1998 年，上海

馮奇編著《林紓》，中國文史出版社 1998 年，北京

Leo Ou-fan Lee: *The Romantic Generation of Modern Chinese Writers*, Harvard University Press, Cambridge, Massachusetts, 1973（李歐梵《現代中國作家浪漫主義的一代》）

李歐梵《現代性的追求》，三聯書店 2000 年，北京

普實克《普實克中國現代文學論文集》，湖南文藝出版社 1987 年，長沙

王德威《想像中國的方法》，三聯書店 1998 年，北京

David Der-wei Wang: *Repressed Modernities of Late Qing Fiction, 1849-1911*, Stanford University Press, Stanford, California, 1997（王德威《晚清小說：被壓抑的現代性》）

梁景和《清末國民意識與參政意識研究》，湖南教育出版社 1999 年，長沙

羅榮渠《現代化新論》，北京大學出版社 1993 年，北京

陳嘉明等《現代性與後現代性》，人民出版社 2001 年，北京

讓-弗朗索瓦·利奧塔《非人》（羅國祥譯），商務印書館 2000 年，北京

伊夫·瓦岱《文學與現代性》（田慶生譯），北京大學出版社 2001 年，北京

安東尼·吉登斯，克里斯多弗·皮爾森《現代性——吉登斯訪談錄》（尹宏毅譯），新華出版社 2001 年，北京

吉登斯《現代性的後果》（田禾譯），譯林出版社 2000 年，南京

石元康《從中國文化到現代性：典範轉移？》，三聯書店出版社 2000 年，北京

福澤諭吉《文明論概略》，商務印書館 1959 年，北京

福澤諭吉《勸學篇》，商務印書館 1984 年，北京

王岳川、尚水編《後現代主義文化與美學》，北京大學出版社 1992 年，北京

鮑曼《現代性與大屠殺》（楊渝東、史建華譯），譯林出版社 2002
　　年，南京

楊春時《現代性與中國文化》，中國國際文化出版公司 2002 年，
　　北京

盛寧《人文困惑與反思──西方後現代主義思潮批判》，三聯書
　　店出版社 1997 年，北京

包利民、M·斯戴克豪思《現代性價值辨證論──規範倫理的形態
　　學及其資源》，學林出版社 2000 年，上海

汪民安等主編《後現代性的哲學話語──從福柯到賽義德》，浙
　　江人民出版社 2000 年，杭州

陳建華《「革命」的現代性──中國革命話語考論》，上海古籍
　　出版社 2000 年，上海

王一川《中國現代性體驗的發生》，北京師範大學出版社 2001 年，
　　北京

王一川《漢語形象與現代性情結》，首都師範大學出版社 2001 年，
　　北京

曠新年《現代文學與現代性》，上海遠東出版社 1998 年，上海

逄增玉《現代性與中國現代文學》，東北師範大學出版社 2001 年，
　　長春

楊義《中國古典小說史論》，中國社會科學出版社 1995 年，北京

夏志清《中國古典小說導論》，安徽文藝出版社 1988 年，合肥

胡懷琛《中國小說研究》，商務印書館 1933 年，上海

郭箴一《中國小說史》，商務印書館 1939 年，上海

柳無忌《蘇曼殊傳》，三聯書店 1992 年，北京

柳無忌編《柳亞子文集·蘇曼殊研究》，上海人民出版社 1987 年，
　　上海

毛策《蘇曼殊傳論》，中國人民大學出版社 1995 年，北京

陳星《蘇曼殊新傳》，新潮文化事業有限公司 1996 年，臺北

曼昭、胡朴安《南社詩話兩種》，中國人民大學出版社 1997 年，
　　北京
陶晶孫《牛骨集》，太平書局 1944 年，上海
馬以君《燕子龕詩箋注》，四川人民出版社 1983 年，成都
陳萬雄《五四新文化的源流》，三聯書店 1997 年，北京
方漢奇《中國近代報刊史》，山西教育出版社 1981 年，太原
鄭方澤《中國近代文學史事編年》，吉林人民出版社 1983 年，長春
劉德隆等《劉鶚及老殘遊記資料》，四川人民出版社 1985 年，成都
劉再復、林崗《傳統與中國人》，三聯書店出版社，1988 年，北京
辜鴻銘《中國人的精神》（黃興濤、宋小慶譯），海南出版社 1996
　　年，海口
[美]明恩溥《中國人的素質》（秦悅譯），學林出版社 2001 年，
　　上海
[英]羅素《中國問題》（秦悅譯），學林出版社 1996 年，上海
《潘光旦文集》第 3 卷，北京大學出版社 1995 年，北京
沙蓮香主編《中國民族性》，三聯書店香港有限公司 1999 年，香港
齊裕焜《中國歷史小說通史》，江蘇教育出版社 2000 年，南京
楊義《中國現代小說史》，人民文學出版社 1986 年，北京
羅鋼《歷史匯流中的抉擇——中國現代文藝思想家與西方文學理
　　論》，中國社會科學出版社 2000 年，北京
勃蘭兌斯《十九世紀文學主流》，人民文學出版社 1980-1982 年，
　　北京
羅成炎《現代中國浪漫主義思潮》，湖南教育出版社 1992 年，長沙
譚桂林《二十世紀中國文學與佛學》，安徽教育出版社 1999 年，
　　合肥
陳國恩《浪漫主義與二十世紀中國文學》，安徽教育出版社 2000
　　年，合肥
譚興國等《李劼人作品的思想與藝術》，中國文聯出版公司 1989

　　年，北京

亞里士多德《詩學》，羅念生譯，人民文學出版社 1962 年，北京

塞米利安《現代小說美學》，陝西人民出版社 1987 年，西安

楊聯芬《中國現代小說中的抒情傾向》，北京師範大學出版社 1996
　　年，北京

資料類

《清議報》

《新民叢報》

《新小說》

《繡像小說》

《月月小說》

《遊戲世界》（1906-1907，寅半生主編）

《小說林》

《教育世界》

《京話報》

《安徽俗話報》

《東方雜誌》

《新青年》

《新潮》

《每周評論》

《北京大學日刊》

《語絲》

《現代》

《真美善》

阿英《晚清文學叢鈔・小說戲劇研究卷》，中華書局 1960 年，上海

胡適《中國新文學大系・建設理論集》，良友圖書公司 1935 年，

上海

鄭振鐸《中國新文學大系・文學論爭集》，良友圖書公司 1935 年，
　　上海

阿英《中國新文學大系・史料・索引》，良友圖書公司 1935 年，
　　上海

劉揚體選評《鴛鴦蝴蝶派作品選評》，四川文藝出版社 1987，成
　　都

施蟄存主編《中國近代文學大系・翻譯文學集 2》，上海書店出版
　　社 1991 年，上海

施蟄存主編《中國近代文學大系・翻譯文學集 3》，上海書店出版
　　社 1991 年，上海

章培恒等主編《中國近代小說大系》，百花洲文藝出版社 1996 年，
　　南昌

于潤琦主編《清末民初小說書系》，中國文聯出版公司 1997 年，
　　北京

魏紹昌《孽海花資料》，上海古籍出版社 1982 年，上海

魏紹昌《吳趼人研究資料》，上海古籍出版社 1980 年，上海

魏紹昌《老殘遊記資料》，中華書局，1962 年，上海

魏紹昌編《鴛鴦蝴蝶派研究資料》，上海文藝出版社 1984 年，上海

時萌《曾樸研究》，上海古籍出版社 1982 年，上海

鄭方澤《中國近代文學史事編年》，吉林人民出版社 1983 年，長春

薛綏之、張俊才《林紓研究資料》，福建人民出版社 1983 年，福州

張菊香、張鐵榮《周作人研究資料》，天津人民出版社 1986 年，
　　天津

張菊香、張鐵榮《周作人年譜》，天津人民出版社 2000 年，天津

魏紹昌主編《中國近代文學大系》史料索引集（1），上海書店 1996
　　年，上海

徐中玉《中國近代文學大系》第 1 集第 1 卷、第 2 卷，文學理論

集，上海書店出版社 1994、 1995 年

陳崧《五四前後東西文化問題論戰》（增訂本），中國社會科學
　　出版社 1989 年，北京

陳平原、夏曉虹編《二十世紀中國小說理論資料》（1897-1916）
　　第一卷，北京大學出版社 1989 年，北京

夏曉虹編《梁啟超文選》（上、下），中國廣播電視出版社 1992
　　年，北京

丁守和《中國近代啟蒙思潮》（上、中、下），社會科學文獻出
　　版社 1999 年，北京

鄭曦原編《帝國的回憶》，三聯書店 2001 年，北京

作家文集

梁啟超《飲冰室合集》（12 冊），中華書局 1936 年，上海
康有為《康有為政論集》（上、下），中華書局 1981 年，北京
嚴復《嚴復集》（上、下），中華書局 1986 年，北京
林紓《林紓選集》小說卷（上，下），林薇選注，四川人民出版
　　社 1985 年，成都
　　《踐卓甕小說》（1-3 輯），都門印書局 1913-1917 年，北京
　　《畏廬文集》，商務印書館 1910 年，上海
　　《畏廬短篇小說》，普通圖書局 1922 年，上海
　　《巴黎茶花女遺事》，商務印書館 1981 年，上海
　　《塊肉餘生述》，商務印書館 1933 年，上海
　　《迦茵小傳》，商務印書館 1981 年，上海
　　《撒克遜劫後英雄略》，商務印書館 1981 年，上海
　　《孝女耐兒傳》，商務印書館 1915 年，上海
　　《吟邊燕語》，商務印書館 1981 年，上海
　　《黑奴籲天錄》，商務印書館 1981 年，上海
　　《魔俠傳》，商務印書館 1933 年，上海

　　　《劍底鴛鴦》，商務印書館 1914 年，上海

　　　《賊史》，商務印書館 1915 年，上海

　　　《美洲童子萬里尋親記》，商務印書館 1914 年，上海

王國維《靜庵文集》，光緒 31 年（1905），自刊

　　　《王國維文集》（1-4 卷），中國文史出版社 1997 年，北京

李伯元《官場現形記》（署李寶嘉），人民文學出版社 1992 年，
　　　北京

　　　《文明小史》，花山文藝出版社 1996 年，石家莊

吳趼人《二十年目睹之怪現狀》，人民文學出版社 1998 年，北京

　　　《恨海》，上海時還書局 1924 年，上海

　　　《新石頭記》，上海改良小說社，光緒 34 年（1908），上海

劉鶚《老殘遊記》，人民文學出版社 1998 年，北京

曾樸《孽海花》（東亞病夫），上海真美善書店，1928 年，上海；
　　　「中國近代小說大系」《孽海花》，百花洲文藝出版社 1996
　　　年，南昌

蘇曼殊《曼殊全集》（《蘇曼殊全集》，柳亞子編）1-5 冊，北新
　　　書局 1928-1933 年，上海

　　　《蘇曼殊文集》（上、下），花城出版社 1991 年，廣州

　　　《蘇曼殊譯作集》（平禁亞編），上海中央書店 1936 年，
　　　上海

　　　《燕子龕詩箋注》，馬以君箋注，四川人民出版社 1983 年，
　　　四川

周氏兄弟《域外小說集》，群益書社 1921 年，上海；嶽麓書社 1986
　　　年，長沙

魯迅《魯迅全集》1-12 卷，人民文學出版社 1981 年，北京

胡適《胡適文集》（2，3，4 卷），北京大學出版社 1998 年，北京

周作人《談虎集》，北新書局 1928 年，上海[1]

　　　《談龍集》，開明書局 1927 年，上海

　　　《雨天的書》，北新書局 1925 年，上海

　　　《自己的園地》，晨報社 1923 年，北京

　　　《夜讀抄》，北新書局 1928 年，上海

　　　《瓜豆集》，宇宙風社 1937 年，上海

　　　《魯迅的青年時代》，中國青年出版社 1957 年，北京

　　　《藝術與生活》，群益書社 1931 年，上海

　　　《雨天的書》，北新書局 1925 年，上海

　　　《苦口甘口》，太平書局 1944 年，上海，

　　　《苦雨齋序跋文》，天馬書店 1934 年，上海

　　　《苦茶隨筆》，北新書局 1935 年，上海

　　　《秉燭談》，北新書局 1940 年，上海

　　　《知堂回想錄》，香港三育圖書文具公司 1974 年，香港

徐枕亞《雪鴻淚史》，清華書局 1914 年，上海

老舍《老舍文集》1-8 卷，人民文學出版社 1980 年，北京

王以仁《王以仁選集》，浙江文藝出版社 1984 年，杭州

郭沫若《少年時代》，人民文學出版社 1979 年，北京

李劼人《李劼人選集》1-4 卷，四川人民出版社 1980-1986 年，成都

---

[1]　為查校方便，本書對周作人文集的引文，最終一律以河北教育出版社「周作人自編文集」2002 年版為準。

國家圖書館出版品預行編目資料

流動的瞬間：晚清與五四文學關係論 / 楊聯芬
著. -- 一版. -- 臺北市：秀威資訊科技，
2006[民 95]
　　面；　　公分. -- (大陸學者叢書；CG0010)
參考書目:面
ISBN 978-986-7080-45-5(平裝)

1. 中國文學 - 歷史 - 晚清(1840-1911) 2.
中國文學 - 歷史 - 民國(1912-　　) 3. 中國
文學 - 評論

820.907　　　　　　　　　　　95008490

流動的瞬間
──晚清與五四文學關係論

作　　者 / 楊聯芬
發 行 人 / 宋政坤
執行主編 / 宋如珊
執行編輯 / 林秉慧
圖文排版 / 張慧雯
封面設計 / 莊芯媚
數位轉譯 / 徐真玉　沈裕閔
圖書銷售 / 林怡君
網路服務 / 徐國晉
出版印製 / 秀威資訊科技股份有限公司
　　　　　　台北市內湖區瑞光路 583 巷 25 號 1 樓
　　　　　　電話：02-2657-9211　　　傳真：02-2657-9106
　　　　　　E-mail：service@showwe.com.tw
經 銷 商 / 紅螞蟻圖書有限公司
　　　　　　台北市內湖區舊宗路二段 121 巷 28、32 號 4 樓
　　　　　　電話：02-2795-3656　　　傳真：02-2795-4100
　　　　　　http://www.e-redant.com

2006 年 7 月　BOD 再刷
定價：270 元

讀　者　回　函　卡

感謝您購買本書，為提升服務品質，煩請填寫以下問卷，收到您的寶貴意見後，我們會仔細收藏記錄並回贈紀念品，謝謝！

1. 您購買的書名：＿＿＿＿＿＿＿＿＿＿＿＿＿＿＿＿＿＿＿

2. 您從何得知本書的消息？

　□網路書店　□部落格　□資料庫搜尋　□書訊　□電子報　□書店

　□平面媒體　□ 朋友推薦　□網站推薦 □其他＿＿＿＿＿＿

3. 您對本書的評價：(請填代號　1.非常滿意 2.滿意 3.尚可 4.再改進)

　封面設計＿＿　版面編排＿＿　內容＿＿　文/譯筆＿＿　價格＿＿

4. 讀完書後您覺得：

　□很有收獲　□有收獲　□收獲不多　□沒收獲

5. 您會推薦本書給朋友嗎？

　□會　□不會，為什麼？＿＿＿＿＿＿＿＿＿＿＿＿＿＿＿＿＿

6. 其他寶貴的意見：＿＿＿＿＿＿＿＿＿＿＿＿＿＿＿＿＿＿＿

＿＿＿＿＿＿＿＿＿＿＿＿＿＿＿＿＿＿＿＿＿＿＿＿＿＿＿＿

＿＿＿＿＿＿＿＿＿＿＿＿＿＿＿＿＿＿＿＿＿＿＿＿＿＿＿＿

＿＿＿＿＿＿＿＿＿＿＿＿＿＿＿＿＿＿＿＿＿＿＿＿＿＿＿＿

讀者基本資料

姓名：＿＿＿＿＿＿＿＿＿＿　年齡：＿＿＿　性別：□女 □男

聯絡電話：＿＿＿＿＿＿＿＿　E-mail：＿＿＿＿＿＿＿＿＿＿

地址：＿＿＿＿＿＿＿＿＿＿＿＿＿＿＿＿＿＿＿＿＿＿＿＿＿

學歷：□高中(含)以下　　□高中　□專科學校　　□大學

　　　□研究所(含)以上 □其他＿＿＿＿＿＿＿＿＿

職業：□製造業 □金融業 □資訊業 □軍警 □傳播業 □自由業

　　　□服務業 □公務員 □教職　□學生 □其他＿＿＿＿＿

To：114

台北市內湖區瑞光路 583 巷 25 號 1 樓

秀威資訊科技股份有限公司　　　收

寄件人姓名：

寄件人地址：□□□

(請沿線對摺寄回,謝謝!)

秀威與 BOD

BOD（Books On Demand）是數位出版的大趨勢，秀威資訊率先運用 POD 數位印刷設備來生產書籍，並提供作者全程數位出版服務，致使書籍產銷零庫存，知識傳承不絕版，目前已開闢以下書系：

一、BOD 學術著作—專業論述的閱讀延伸
二、BOD 個人著作—分享生命的心路歷程
三、BOD 旅遊著作—個人深度旅遊文學創作
四、BOD 大陸學者—大陸專業學者學術出版
五、POD 獨家經銷—數位產製的代發行書籍

BOD 秀威網路書店：www.showwe.com.tw
政府出版品網路書店：www.govbooks.com.tw

永不絕版的故事·自己寫·永不休止的音符·自己唱